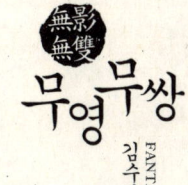

무영무쌍

FANTASTIC ORIENTAL HEROES

김수겸 新무협 판타지 소설

무영무쌍 1

김수겸 新무협 판타지 소설

초판 1쇄 찍은 날 § 2008년 7월 30일
초판 1쇄 펴낸 날 § 2008년 8월 11일

지은이 § 김수겸
펴낸이 § 서경석

편집장 § 문혜영
편집책임 § 서지현
편집 § 이재권

펴낸곳 § 도서출판 청어람
등록번호 § 제1081-1-89호
등록일자 § 1999. 5. 31
어람번호 § 제2-1549호

주소 § 경기도 부천시 원미구 심곡1동 350-1 남성B/D 3F (우) 420-011
전화 § 032-656-4452 팩스 § 032-656-4453
http://www.chungeoram.com
E-mail § eoram99@chollian.net

ISBN 978-89-251-1425-5 04810
ISBN 978-89-251-1424-8 (세트)

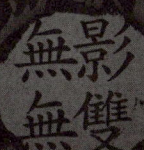

無影無雙

무영무쌍

김수겸 新무협 판타지 소설
FANTASTIC ORIENTAL HEROES

청설위국

도서출판
청어람

目次

無影無雙

무영무쌍

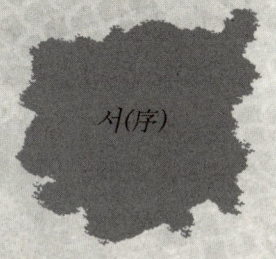

서(序)

위국(衛局).

일정한 보수를 받고 청부자의 재산과 생명을 지켜주는 일을 업으로 삼는 곳.

위사(衛士).

위국에 고용돼 일하는 무사들. 강호의 문파나 방회, 세가, 혹은 관부나 군대 출신 등으로 구성돼 있다.

—강호대전(江湖大典) 중에서.

第一章
한왕부

無影無雙
무영무쌍

　"형님, 알아서 헤어지자는데 왜 이곳 북경까지 끈질기게 따라온 겁니까?"

　진세인이 다부진 체격의 노인에게 불만을 토로하는 것인지 농을 거는 것인지 모를 투로 말했다.

　"형님도 이제 자유의 몸이 됐으니 다시 한 번 살막을 열어 밤의 제왕으로 군림하던가 알아서 하십시오. 듣자 하니 나이가 들어 몸이 예전 같지 않다는 소문도 간혹 들리던데 이참에 강호에서 은퇴하는 것은 어떻습니까?"

　손자뻘 정도로나 보이는 세인을 향해 노인이 버럭 소리를 질렀다.

"몸이 부실해져? 이 살왕 당막천이? 내 장담하는데 이 당막천, 앞으로도 오십 년 정도는 끄떡없어!"

노인의 목소리가 제법 컸는지 시끄럽게 떠들고 있던 주위가 쥐 죽은 듯 조용해졌다. 바글바글 모여 있던 사람들 중 제법 나이가 있어 보이는 몇몇은 사시나무처럼 바르르 떨기까지 했다.

십 년 전만 해도 살왕 당막천 하면 천하제일 살수 집단인 살막의 주인으로 악명을 떨쳤었다. 게다가 살왕 당막천은 천하에서 가장 강한 이들을 일컫는 환우십삼성(寰宇十三星) 중 한 사람이었다.

그러니 그 이름만으로도 칼밥 좀 먹었다는 이들은 크게 두려워할 수밖에 없었다.

그런데 험악한 인상에 귀부터 턱까지 제멋대로 자란 구레나룻을 기르고 있어 산적 같은 느낌을 주는 청년이 비웃었다.

"으하하하! 영감님이 살왕 당막천이면 나는 십만마교 교주 구양창천이겠소. 이 영감님이 실성을 했나?"

"뭐라? 실성을 해?"

실성을 했다는 소리에 당막천이 막 살기를 폭발시키려는 순간, 세인이 당막천을 제지했다.

"옳게 봤소. 어릴 때 보약을 잘못 먹어 간혹 실성을 하는 노인네요. 어제는 무림맹주 이군성이 됐다, 오늘은 살왕 당막천이 됐다, 내일은 또 검성 남궁유수가 되기도 한다오. 그러니 신경 쓰지 말고 볼일들 보시오."

그 소리에 혹시나 하던 사람들이 안도의 한숨을 내쉬었다. 하긴, 살왕 당막천 정도 되는 절대고수가 이런 작은 위국의 위사를 뽑는 시험에 응시할 리 없었다.

"허……."

십 년 전 같으면 지금 이 자리에 모여 있는 작자들 모두를 몰살시키고도 남았을 당막천이다.

"형님, 성질 좀 죽이십시오. 만약 작은 소란이라도 떨게 되면 더 이상 동행을 하지 않을 셈이니 그렇게 아십시오."

"이놈아, 이런 상황에서도 참으란 말이냐? 나 당막천이?"

"그러게 이런 수모 당하고 싶지 않으면 진즉에 헤어졌으면 됐을 일 아닙니까? 제 갈 길 가자는 데도 죽자 사자 나를 따라온 것은 바로 형님이었습니다."

억장이 무너진다는 표정으로 가슴을 두드리던 당막천이 허탈한 어조로 말했다.

"하긴, 내가 실성하지 않았으면 그 모진 수모를 감내하면서 어찌 너를 따라왔겠느냐? 나도 미쳤지, 미쳤어. 험한 꼴 볼 거 뻔히 알면서도 네 녀석을 따라오다니. 요즘 잘나간다는 옛 수하 놈들이나 찾아갈 것을……."

이곳까지 오는 동안 이와 유사한 경우를 여러 차례 당해 그나마 참을성이 생긴 당막천이 간신히 화를 억눌렀다.

'네 녀석을 겪는 그날까지 찰거머리처럼 따라다닐 게야.

네 녀석을 꺾는 그날 미련없이 강호를 떠나련다.'

이렇게 다짐에 다짐을 하는 살왕 당막천이었으나, 묘하게
도 그 안에 복수심이나 적개심 같은 것은 일절 보이지 않았
다.

둘은 지난 십 년 동안 볼 꼴, 못 볼 꼴 다 보아가며 함께 뒹
굴다 보니 고운 정, 미운 정 다 쌓인 사이였다. 게다가 세인이
자신의 목숨을 구해준 것도 여러 번이었다.

어떤 때는 세인이 더 이상 자신 곁에 없다는 상상만으로도
가슴 한구석이 휑하니 뚫려 버린 것 같은 외로움이 밀려올 정
도였다.

'하~! 나도 이제 늙기는 늙은 건가? 어쩌면 인이를 죽자
사자 따라다니는 것도 손자뻘 되는 녀석에게 늙은 내가 투정
을 부리고 있는 것인지도 모르지.'

어이없게도 실성한 노인네 취급을 받은 당막천아 연거푸
한숨을 내쉬고 있을 때였다.

"화나셨습니까?"

"실성한 노인네가 화를 내봐야 무엇 하겠느냐?"

"그러니 조용히 은퇴하시라니까 왜 그리 고집을 피웁니
까?"

"네 녀석을 꺾기 전에는 절대 은퇴 못해!"

세인이 난감하다는 표정을 지었다.

"강제로 은퇴시킬 수도 없는 노릇이고. 그런데 한때 살수

업계의 신화로 군림했던 분이 살수의 천적인 위사 노릇을 어찌하려고 그럽니까? 예전에 동종 업계에 함께 종사했던 동업자들이나 영감님 수하들도 마주칠지 모르는데."

생각해 보니 그랬다. 위사는 여러 일을 하지만 그중 하나가 몸을 던져 살수를 막는 것이었다. 위사 노릇을 하다 보면 분명 살수 중에 아는 얼굴도 만날 것이 틀림없는데…….

예전 동업자들이야 이제는 거의 은퇴를 했거나 누군가에게 한 칼 맞고 불귀의 객이 됐을 것이다. 문제는 살막주 시절 자신이 거느렸던 수하들을 만났을 경우이다.

'그런 상황이 오면 확실히 곤혹스럽긴 하겠군. 흠, 녀석들과 마주치지 않게 조용히 지내야겠어.'

하지만 세상일이 어디 자신의 생각대로만 돌아가던가?

청설위국 위사 선발 시험의 시험관을 맡고 있는 조자한은 지금 자신 앞에 서 있는 응시자를 훑어봤다. 응시자랍시고 서 있는 이는 아무리 적게 잡아도 나이 오십은 족히 넘긴 노인이었다.

"노인장, 혹시 장소를 잘못 찾아오신 것 아닙니까?"

당막천이 미간을 찌푸렸다.

"위사를 뽑는다기에 왔어. 왜, 나 같은 사람은 안 뽑아?"

"그것이 아니라… 올해 연세가 어찌 되십니까?"

"나 말이야? 그러니까…….."

당막천은 주변을 둘러보았다. 아무리 둘러봐도 위사 시험 응시자 중 마흔이 넘어 보이는 자는 없었다.

"올해… 마흔하나야."

"예? 쿨럭! 쿨럭!"

말도 안 되는 얘기였다. 마흔하나면 조자한 자신과 동갑이라는 얘기인데…….

"사실대로 얘기해 주서야 합니다."

당막천이 버럭 화를 냈다.

"어릴 때 보약을 잘못 먹어 얼굴이 조금 일찍 삭았어. 그리고 위사 시험에 나이가 뭐 그리도 중해? 실력만 있으면 되는 거 아냐, 실력만!"

화를 내는 당막천의 몸에서 뿜어져 나오는 기세는 살벌하기 그지없었다. 살기가 진하다 못해 당장에라도 피를 볼 것만 같았다.

'으이크! 살벌한 노인네구먼. 하긴, 위사 시험에 나이 제한 따위는 없긴 하지만…….'

나이와 관련해 한마디만 더 했다가는 자신의 몸을 갈가리 찢어발길 것만 같은 당막천을 보며 두려움을 느낀 조자한이 목을 움츠리며 말했다.

"아, 알겠습니다. 응시자 명부에 간단히 신상명세를 기록하고 시험장으로 가십시오."

"진즉에 그럴 것이지."

당막천은 붓을 들어 응시자 명부에 당당하게 기록했다.

당막천, 올해 나이 마흔하나!

한껏 거드름을 피우며 당막천이 사라지자 곧이어 세인이 조자한 앞에 나섰다.

'참으로 잘생겼구나. 꼭 내 젊은 시절을 보는 것 같은걸.'

조자한은 곱상하게 생긴데다 인상까지 서글서글해 참으로 마음에 드는 청년을 보며 미소를 지었다.

"응시자 명부에 자네 이름을 쓰게. 저 노인처럼 나이를 속이거나 유명한 고수의 이름을 사칭해서는 안 될 것이야."

"알겠습니다."

세인이 예의 바르게 답하더니 응시자 명부에 자신에 대해 기록하기 시작했다.

"진가 성에 세인이라……. 고향이 이곳 북경이라 적었는데, 계속 여기서 살아온 것인가?"

"태어나기만 이곳에서 태어났을 뿐, 계속 강남땅에서 살아왔습니다."

"그런가?"

조자한이 환한 미소를 짓고 있는 세인을 바라봤다.

"허! 그 미소로 여인 여럿 잡았겠군그래. 여인들 앞에서 계속 그리 웃었다가는 여난(女難)이 끊이지 않을 게야."

직업상 대단한 귀공자나 미남자들을 종종 보아온 조자한이었다. 그러나 지금 눈앞에 서 있는 청년처럼 아름다운 미소를 짓는 사람은 본 적이 없을 정도였다. 보는 이의 가슴속 깊은 곳까지 따스하게 만들어주는 좋은 미소였다.

'사람을 절로 안심하게 만들어주는 좋은 얼굴을 가졌구나. 위사로서 최고의 얼굴이야.'

"그런데 자네 여기 적은 나이 말이야, 옳게 적은 것인가?"

아무리 많이 잡아도 스물을 넘어 보이지 않게 생긴 청년이었다. 조금 과장하면 열일곱, 열여덟이라고 해도 믿을 법한 얼굴이었다.

"나이보다 어려 보여 적잖이 손해를 보기도 했지요. 하지만 제 나이가 맞습니다."

"그런가? 그렇다면 상당한 동안이로군그래. 하긴, 예순은 들어 보이는 노인도 마흔하나라고 우기는 마당이니……. 알았네. 좋은 결과 있기를 바라겠네."

세인이 시험관인 조자한에게 가볍게 목례를 하고는 시험장으로 향했다.

'저 친구, 위사가 필요한 기녀들이나 대갓집 마나님들이 서로 고용하겠다고 난리를 치겠는걸.'

시험장으로 향하는 세인의 뒷모습을 바라보며 조자한은 그렇게 생각했다.

"자한 형님, 철웅이 왔습니다!"

쩌렁쩌렁 울리는 목소리와 장대한 체구, 덥수룩한 구레나룻이 무척이나 인상적이었다. 사내다움이 넘치다 못해 지나치기까지 해 인근 산길에 떡하니 산채를 신장개업해도 장사(?)가 무척 잘될 것 같아 보이는 사내였다.

　"철웅이 자네도 지원했나? 북경위국으로 간다고 들었는데, 그쪽 일이 잘 풀리지 않았나 보지?"

　사내가 질렸다는 표정으로 손사래를 쳤다.

　"말도 마시오. 그쪽은 무슨 문파 출신이네, 방회에 연줄이 있네, 누가 뒤를 봐주네 하며 더럽기 그지없었소. 북경위국 위사는 실력 순으로 뽑는 것이 아니더이다."

　"그런가?"

　철웅의 말에 조자한은 쓴웃음을 지었다.

　'물론 그런 대형 위국에서는 적잖이 그런 면도 있겠지. 하나, 철웅이 자네 솜씨도 별 볼일 없다 들었는데 말이야.'

　그러나 그런 속마음을 겉으로 드러낼 이유도 없었다.

　"우리 위국에서 열심히 무공을 수련하고 경력도 쌓다 보면 자네에게도 언젠가 좋은 날도 오지 않겠는가? 신상명세 쓰고 시험장으로 가게. 자네 정도 실력이면 당연히 붙을 걸세."

　"이를 말이겠습니까?"

　철웅은 자신만만했다. 연줄이 없어 북경위국 위사가 되지는 못했으나, 청설위국 정도라면 위사 시험에서 떨어지는 것이 이상한 일이라고 믿고 있었다.

그는 신상명세를 쓰고 곧 시험장으로 향했고, 조자한은 계속해서 지원자들을 맞이했다.

사실 북경에서 손꼽히는 위국들의 경우에는 이처럼 간단히 신상명세를 기록하고 위사를 선발할 리 없었다. 청설위국이 자그마한 위국이기에 신분 확인이 이토록 허술했던 것이다.

"우리 통성명이나 합시다. 내가 이번에 수.석.으로 합격한 장철웅이오."

수석으로 합격했다는 것을 유달리 강조하는 철웅이었다. 장난기가 동한 세인 역시 맞장구를 쳤다.

"이번에 차석으로 합격한 진세인이라고 하오."

"당신이 차석이셨구만?"

"수석께서 이 차석을 많이 이끌어주시오."

"하하하! 그야 물론 당연하지."

어려 보이는 외모를 가지고 있는 세인에게 은근히 말을 놓는 철웅이었다.

"수석, 차석? 고작 세 명의 합격자 중에 수석하고 차석한 것이 무슨 자랑이라고. 남들이 들으면 웃겠다."

심기가 무척이나 불편해 보이는 당막천이었다.

"하하하! 꼴찌로 붙었다고 수석과 차석을 시기라도 하는 것이오? 노인장, 무슨 사정이 있어 그 나이까지 위사 일을 하

는지는 모르지만 이 수석이 이끌어줄 것이니 나만 믿고 따라오시오. 하하하!'

연방 수석 운운하는 철웅을 보며 당막천은 심사가 뒤틀리고 말았다.

'이놈의 위국, 대체 평가를 어찌한 거야? 내가 아무리 평가를 받는 흉내만 냈다 해도 그렇지, 이 천하의 당막천이 꼴찌로 붙다니. 이놈의 위국 윗대가리들 눈은 다 썩은 동태눈인가?'

아무리 생각해도 자신이 철웅만 못해 보였다는 것을 결코 인정할 수 없었다.

"당 노인, 우리 동기끼리 잘 지내봅시다."

"당 노인? 으……."

살왕에서 일개 당 노인으로 전락하고 만 당막천은 입에 게거품을 물고 쓰러질 것 같은 기분이었다. 뒷골이 당기는 것을 느끼며 몸을 바르르 떨었다.

"당 노인이 어디 아픈 거 아닌가?"

"당 형님에게 간질기가 있어 저런다오. 간혹 이렇게 발작을 일으키기도 한다오."

차석 세인의 말에 수석 철웅이 고개를 끄덕였다.

"하긴 저 나이쯤 되면 대개 지병 하나쯤은 가지고 있기도 하지. 그런데 차석, 듣자 하니 나랑 동갑이라고?"

"나도 그렇게 들었소."

"동갑끼리 서로 불편하게 부를 것 있겠어? 앞으로 세인이라 부르지. 나를 철웅이라 불러."

"그럴까? 그럼 그러지."

왠지 손발이 척척 맞는 두 사람이었다.

"나만 믿고 따라오라고. 이건 비밀이지만, 나는 언젠가 북경제일이라는 북경위국으로 옮길 몸이야. 그때 너도 그리될 수 있도록 내 힘을 써주지."

"그런가? 말만으로도 고맙네."

철웅은 북경위국이란 곳이 진정으로 대단한 곳처럼 얘기했으나 세인은 그런 이름 따위 들어본 적도 없었다. 철웅이 대단하다 하니 뭐 그런가 보다 할 뿐이었다. 하긴 그 어떤 위국이 세인에게 대단하게 느껴지겠는가마는.

미혼이거나 아직 집이 없어 위국에서 숙식을 해결하는 위사들을 위한 숙소 문이 열리며 고참 위사 조자한이 들어왔다.

"자네들에게 바로 임무가 떨어졌네. 나와 함께 가세."

본래는 간소하게나마 신입 위사들을 위한 환영식도 하고, 간단한 교육과 함께 얼마 동안 적응할 시간을 주는 것이 관례였다. 그러나 위국에 사람이 부족한지 세 신입 위사에게 입국과 동시에 임무가 떨어졌다.

"우리는 한왕부(漢王府)로 갈 것이네."

한왕부 정문을 지나자마자 철웅이 조자한에게 물었다.

"형님, 언제쯤 한왕 전하를 만날 수 있는 것이오?"

"전하? 하하하! 나도 가까운 거리에서 전하를 뵌 적이 없네."

"예? 그럼 우리는 전하를 뵐 수 없는 것이오?"

"당연하지 않은가? 우리가 할 일이 있으면 좌장사 나리나 금의위 무관들을 통해 영을 받을 것이야. 사실 좌장사 나리 얼굴 보기도 쉽지가 않지."

"그래요……."

무척 실망한 표정의 철웅이 중얼거렸다.

"이곳에서 크게 공을 세워 전하의 눈에도 들고 명성도 떨쳐 볼까 했는데……."

조자한이 그 말에 딱하다는 표정을 지었다.

"철웅이, 내 자네를 위해 하는 말인데, 한왕 전하의 눈에 들어봐야 좋을 것 하나 없네. 전하를 죽이려고 노리는 자들이 한둘이 아니야. 괜히 곁에 있다가 날벼락 맞기 십상이네."

"그래도 친왕 전하신데 그분 눈에 들면 조그만 관직이라도 얻을 수 있지 않겠습니까?"

"허허! 큰일 날 소리. 당당한 왕부가 고관대작들의 저택만도 못할 정도로 초라한 것이 이상하지 않은가?"

듣고 보니 이상하기도 했다.

친왕의 왕부는 본디 작은 황궁을 방불케 할 정도로 크다. 부 안에는 왕궁의 종묘와 사직단 등은 물론이고, 정사를 보는 승운전, 환전, 존심전, 환전 등의 전각이 있어야 하고, 침소로 쓰는 전궁, 중궁, 후궁이 있어야 했다.

확실히 방만 백여 개가 넘을 정도니 한왕부로 불리는 이 저택도 크기는 했다. 그러나 그것은 저택의 측면에서였지 왕궁으로 불려야 할 왕부의 규모에는 턱없이 못 미치는 것이었다. 화려함과 웅장함에서는 고관대작들의 저택보다도 못해 보일 정도였으니……

"그러고 보니 호위병의 숫자도 너무 적군요. 금의위 소속 무관이 몇 보이기는 하지만 다들 하급 간부인 제기들이고. 게다가 왕부에서 왜 위국의 위사까지 써야 하는지 쉽게 이해가 안 됩니다."

세인의 예리한 지적에 조자한이 고개를 끄덕였다.

"자네 제법 눈치가 빠르군. 원래 왕부의 호위병들은 수천은 족히 된다고 하지. 하지만 이곳에는 금의위 소속 무관들과 우리 청설위국 위사들을 다 합해봐야 서른이 되지 않아."

조자한이 한참 한왕부의 사정에 대해 설명을 하려던 때, 멀리서 가벼운 실랑이를 벌이는 소리가 들려왔다.

"조 제기, 왕비와 함께 장인이신 예부상서 댁에 다녀오려 하네."

붉은색 전포 위에 흑색 조끼를 덧대 입고 있는 금의위 제기가 매몰차게 거절했다.

"안 됩니다! 위에서 그리해도 좋다는 명을 받지 못했습니다."

"내 언제 자네 말을 따르지 않은 적이 있는가? 그러니 이번은 사정 좀 봐주시게. 오늘이 장인어른 생신이라네. 사위도 자식인데 찾아뵙고 경하를 드려야 하지 않겠는가. 이렇게 부탁하네."

"친왕 전하, 계속 이리 억지를 부리시면 전하께 무례를 범할 수밖에 없습니다. 안으로 들어가십시오!"

금의위 제기는 대단히 고압적인 말투였다. 금의위 말단 간부인 제기가 친왕보다 상전으로까지 느껴질 정도였다.

"이 사람, 내 다시는 이런 청 넣지 않을 테니 오늘만 봐주시게."

친왕이 앞으로 한 걸음 떼자 제기는 마치 기다렸다는 듯 그 앞을 가로막았다. 그러자 친왕이 제기의 발에 걸려 벌러덩 넘어지고 말았다.

상식적으로는 말도 안 되는 일이 벌어진 것이다.

"전하!"

친왕 곁에 서 있던 왕비가 크게 놀라 바닥에 쓰러진 친왕을 부축했다. 넘어지며 바닥에 머리를 찧었는지 친왕은 이마에서 피를 흘리고 있었다.

"전하! 피가……."

왕비는 옷소매로 친왕의 피를 닦아주며 제기에게 호통을 쳤다.

"그대도 예부상서이신 내 아버님과 금의위 한 도독의 각별한 사이를 모르지 않을 터. 이런 무례를 범하고도 살아남을 성싶은가!"

제기는 잠시 당황하더니 비웃음 가득한 미소를 지었다.

"마마, 그야 물론 알지요. 하나 저는 황태자 전하의 명을 따르고 있을 따름입니다. 친왕 전하께서 허락없이 왕부를 벗어나려 하면 참해도 좋다는 명령까지 받은 바 있습니다. 그러니 더 험한 꼴 보시기 전에 안으로 들어가시지요."

"이, 이……."

무례함을 넘어 오만불손하기까지 한 제기를 보며 왕비가 이를 악물었다.

"왕비, 되었소. 하루 이틀 일도 아닌 것을요. 그리고 미안하오. 내가 이리도 못나서……."

친왕이 도리어 왕비를 위로하자 왕비가 흐느끼기 시작했다.

"흑흑흑! 전하……."

"들어갑시다."

여전히 이마에서 피를 흘리고 있는 친왕이 힘겹게 일어나더니 왕비의 부축을 받아 처소로 보이는 전각 안으로 들어갔다. 그러자 그 모습을 보고 있던 제기가 다른 제기를 보며 비웃었다.

"친왕이 돼 자존심이란 것도 없나? 나 같으면 죽든 살든 칼이라도 한번 뽑아보겠구만."

"그렇게 강단있는 위인이라면 몇 년째 이런 수모를 겪고 살겠는가? 나라면 진즉에 혀를 깨물고 자결이라도 했을 것이야. 하긴, 겁쟁이 친왕으로 북경 바닥에 소문이 자자하니……."

일부러 발을 걸어 친왕을 넘어뜨린 조 제기가 주변 사람들이 다 들으라는 듯 소리쳤다.

"우리 가랑이 사이를 기어가라고 해도 기어갈 위인 아닌가 말이야! 흐흐흐!"

멀리서 그 광경을 지켜보고 있던 조자한이 혀를 찼다.

"쯧쯧! 친왕이면 무엇 하겠는가? 북경에 반 연금돼 저런 수모를 당하고 있는 것을."

당금 황상에게는 많은 황자들이 있었다. 그중 둘은 황후 소생이고, 나머지는 후궁 소생이었다. 그 후궁 소생 중 하나가 한왕으로 봉해진 셋째 황자였다.

황태자는 잠재적 황권 경쟁자인 한왕을 극도로 경계했고, 황태자를 미는 조정 또한 한왕을 백안시하고 있었다. 그러니 한왕은 친왕으로서 마땅히 받아야 할 대우는커녕 언제 죽을지 모를 불안감 속에서 살고 있는 형편이었다.

"조정에서는 금의위 무관 몇을 보내주고는 모른 척하고 있지. 게다가 그들 중 태반이 전하의 동태를 감시하기 위해 파견됐다는 소문까지 있어. 그러니 전하의 안위를 지켜줄 위사들이 별도로 필요하게 된 것이지."

그런데 황실과 조정의 눈치를 보느라 북경에서 가장 큰 북
경위국이나 다른 대형 위국들은 한왕부의 호위 맡기를 꺼려
했다. 중소형 위국들 역시 마찬가지였는데, 유독 청설위국 국
주만이 호위를 받아들여 청설위국이 한왕부의 호위를 맡게
된 것이었다.

"한왕 전하와 왕비 마마의 근접 호위는 금의위에서 맡고
있지. 우리가 게으름 피운다 하여 누가 뭐랄 사람 하나도 없
네. 오히려 우리가 게으름을 피우면 피울수록 금의위 무관들
은 좋아하는 기색까지 보이거든. 그러니 적당히 하는 흉내만
내게. 위험한 일이 생겼다 싶으면 몸 사리고 말이야."

조자한이 몇 가지 정보와 함께 그렇게 당부를 했으나 철웅
의 생각은 달랐다.

'어찌 됐든 이곳에서 공을 세우면 이 장철웅의 이름을 크
게 날릴 수 있지 않겠는가? 기회만 와라! 그동안 갈고닦은 실
력을 유감없이 펼쳐 보일 테니!'

세 사람을 안내한 조자한이 곧 왕부에서 숙소로 쓸 방을 가
르쳐 줬다.

"별도의 명이 있을 때까지 이곳에서 숙식을 해결하면 될
것이네. 흠, 나와 철웅이가 한 방을 쓰고, 세인이 자네와 흠
흠, 당 노인이 같은 방을 쓰면 되겠군."

자칭 마흔하나인 당막천이었으나 그 얘기를 아무도 믿지

않았다. 어느새 당막천에 대한 호칭은 당 노인으로 통일되고 있었다.

"두 사람이 일개 조로 주야를 번갈아가며 번을 서게 될 것이네."

왕부에서 중한 곳은 한왕과 왕비가 각기 거하는 곳과 창고와 서고 등이 있는 곳, 그리고 정문 정도였다.

"자네들은 아직 경험이 적으니 나와 함께 후원 쪽을 맡게 될 예정이네. 전에 이곳을 맡고 있던 위사들이 다른 위국으로 옮기는 바람에 자네들이 급하게 투입됐지. 어차피 직접 일을 하면서 배우는 것이 가장 빠른 법이니 열심히들 해주게."

세인과 당막천은 술시(戌時:오후 7시부터 9시)부터 묘시(卯時:오전 5시부터 7시)까지 후원 쪽을 지키는 임무를 받았다. 고참 위사인 조자한과 한 조가 된 장철웅은 진시(辰時:오전 7시부터 9시)부터 유시(酉時:오후 5시부터 7시)까지 이곳을 지키고.

세인은 물론이고 당막천 또한 밤낮을 뒤바꿔 생활해야 하는 야간조 근무에 별 불만이 없었다. 당막천은 낮보다 밤을 더 좋아하며 밤에 더 힘을 내는 편이었다. 달리 밤의 제왕 소리를 들었던 것이 아니다.

잘 가꿔진 정원수와 여러 화초들이 만발해 있는 한왕부 후원의 크기는 제법 컸다. 그 사이에 무예를 수련하고 활도 쏠

수 있는 연무장 같은 공간이 갖춰져 있었다. 작은 연못과 그 위를 지나는 구름다리도 하나 있었으나 특별하다 할 것까지는 없어 보였다.

"엄중히 지키려면 끝도 없겠으나, 설렁설렁하려 들면 정말할 일이 없겠군."

후원 쪽을 살피자마자 세인은 그렇게 결론을 내렸다.

"은퇴한 살수인 형님이 보기에는 어떻습니까?"

은퇴라는 소리에 당막천이 발끈했다.

"은퇴하긴 누가 은퇴했다고 그래? 잠시 살수 일을 접었을 뿐이야. 그건 그렇고, 누가 마음먹고 살수를 보내면 한왕은 그날로 죽은 목숨이겠다."

세인 또한 당막천의 말에 고개를 끄덕였다. 낮에 얼핏얼핏 본 한왕부의 경계 태세는 그야말로 한심하기 짝이 없었다.

"그건 그렇고, 나는 당최 이해가 되질 않는다. 너 정도 되는 녀석이 왜 위사가 돼 이런 어릿광대 놀음을 하려 드는 것이냐?"

당막천은 세인의 정체를 아는 사람이며, 그렇기에 세인을 진실로 높이 평가하는 사람이었다.

"그럼 따로 무엇을 하겠습니까? 철이 들기도 전부터 해온 것이 호위무사 일이었는데, 원래 있던 곳에서는 쫓겨나고 말았지 않습니까? 이 나이에 금분세수를 하고 은퇴를 할 수도 없는 노릇이고, 지금부터 죽을 때까지 마냥 놀 수도 없으니 뭐든 하기는 해야 하니……."

"그렇다고 위사 일을 해?"

당막천은 한심하다는 표정이었다. 또한 세인에게 위사 일이 가당키나 하냐는 얼굴이었다.

"그럼 형님과 함께 신(新)살막이란 문패를 내걸고 살수 단체라도 열어야 하겠습니까?"

"그것도 나쁘지는 않은 일이지. 암, 나쁘지 않아."

당막천은 그 상상만으로도 흐뭇한지 연방 미소를 짓기 시작했다. 그런데 곧 미간을 찌푸렸다.

"에잉~! 그래 봐야 뭐 할까, 결국은 살수인 것을. 그러지 말고 우리 문파나 세가를 하나 여는 것은 어떠냐? 우리가 손을 잡으면 성 하나 먹는 것은 일도 아닐 것이고, 너를 따르던 아이들 몇 데려오면 천하사패가 천하오패로 바뀔 수도 있는 노릇인데."

"전 주인과의 의리와 깊은 정이 있는데 어찌 그럴 수 있겠습니까? 그리하면 세상이 크게 손가락질하겠지요."

당막천이 혀를 찼다.

"쯧쯧! 그럼 끝까지 그곳에 눌러앉았어야 할 것이 아니냐? 네가 그동안 해온 일이 얼만데 나가란다고 순순히 나가주는 것이 말이 된다 생각하느냐?"

"따르던 전 주인이 죽고 그 아들이 뒤를 이었는데 그를 향해 칼이라도 거꾸로 쥐고 반역이라도 했어야 한단 말입니까?"

반역이라는 소리에 당막천이 눈을 번뜩였다.

"너를 따르던 자들은 내심 그러기를 바랐다고 알고 있다만, 내가 혹 잘못 알고 있는 것이냐?"

"뭐, 그런 얘기도 있긴 있었습니다만… 나 하나 떠나면 될 일을 가지고 일 크게 만들 거 뭐 있겠습니까? 그리고 나는 전 주인의 자리 같은 거 거저 준다고 해도 싫은 사람인데, 그걸 피 흘려서 빼앗을 생각은 애당초 하지도 않았습니다."

"허허! 네 전 주인이 원래는 그 자리를 너 준다 했다면서? 그럼 못 이기는 척 날름 받아먹지 않고. 쯧쯧! 너무 욕심이 없는 것도 병이다, 병!"

"하하하! 골치 아픈 자리 대신 이렇게 위사 노릇이나 하는 것이 더 마음 편하고 좋습니다."

"뭐, 다 그렇다 치자, 이왕 위사를 할 거면 잘나가는 곳으로 갈 것이지 하필이면 삼류 위국이냐?"

세인이 의미심장한 미소를 지었다.

"뭐, 특별한 이유랄 것도 없습니다. 북경에 오자마자 이 위국이 가장 먼저 눈에 띄어 온 것일 뿐."

그 말이 전혀 믿기지 않은 당막천이 추궁하듯 물었다.

"고작 그런 이유란 말이냐? 말도 안 된다!"

"이유야 무엇이면 어떻겠습니까? 호위무사 일을 계속하는 것이 중요한 것이지요."

세인이 미소를 지으며 먼저 순찰을 돌기 시작했다. 그런데 그 걸음이 어쩌나 경쾌하고 빠른지 순식간에 당막천의 시야에서 사라져 버렸다.

"기다려라, 이놈!"

당막천이 서둘러 세인의 뒤를 쫓기 시작했다.

그렇게 아흐레가 지나고 열흘째 되던 날에도 두 사람은 어김없이 후원에 나왔다.

후원 한쪽에는 작은 초소 같은 것이 있어서 두 사람이 번갈아가면서 순찰을 돌았다. 하지만 이 일에 별 흥미가 없는 당막천은 대개 초소 안에 궁둥이를 붙이고 있었고, 순찰을 도는 것은 거의 세인의 몫이었다.

교교한 달빛을 뿌리고 있는 밤하늘을 바라보며 세인이 다른 날처럼 한가로이 순찰을 돌고 있었다.

한 식경쯤 걸었을까? 근처에서 인기척이 느껴졌다. 그것도 한둘이 아닌 대여섯은 족히 돼 보였다. 가까운 곳이었다면 보다 명확했겠으나 그 인기척은 상당히 멀리서 느껴진 것이었다.

"좋지 않은걸."

땅바닥에 귀를 대고 소리를 듣기 시작했다.

'하나, 둘… 다섯, 여섯! 전부 발걸음이 가볍고 보폭이 일정하다. 발자국 소리도 작으니 이는 발뒤꿈치를 들고 움직이고

있다는 의미. 게다가 이들이 향하고 있는 방향은 한왕의 처소 쪽......'

야심한 시각에 소리를 죽이고 빠르게 이동하는 무리가 좋지 않은 목적을 가지고 있음은 바로 추측할 수 있었다.

'형님에게 얘기를 하고 가면 늦는다!'

그렇게 판단한 세인은 곧바로 몸을 날려 한왕의 처소로 달려가기 시작했다.

소변이 마려워 잠을 갠 철웅이었다. 반쯤 감긴 눈으로 자신의 방 근처에서 아무렇게나 볼일을 보고 있던 철웅의 눈에 흑의에 복면을 한 사내 여섯이 재빨리 움직이고 있는 모습이 보였다.

"뭐… 지?"

철웅이 눈을 비비며 재차 확인하려 했을 때는 이미 그들의 모습은 사라지고 없었다.

"잠이 덜 깨 헛것이라도 본 건가?"

늘어지게 하품을 한번 하고는 다시 방으로 들어가려 했다. 그런데 이번에는 거의 확인도 불가능할 정도로 빠르게 움직이는 인영 하나가 스쳐 지나갔다.

인영의 등 쪽에는 굵은 글씨로 큼지막하게 '청(靑)' 자가 쓰여 있었다. 청설위국의 위사들에게 지급되는 무복에 어김없이 쓰여 있는 바로 그 글자.

"혹시?"

가슴이 뛰기 시작했다. 어떻게든 공을 세우고 명성을 날려 북경위국으로 옮길 생각만 하고 있던 터다.

별일 아닐지도 모르지만 만약 일이 벌어진 거라면 이 기회에 자신의 이름 석 자를 북경 바닥에 드날리고 싶었다.

철웅 또한 주저없이 도를 챙겨 청설위국의 위사로 추정되는 자가 움직인 방향으로 달려갔다.

세인의 경공술은 대단했기에 순식간에 한왕의 처소 앞에 당도할 수 있었다. 그러나 괴인들과는 이미 상당한 거리가 떨어져 있었기에 그가 당도했을 때는 이미 일이 벌어지고 난 후였다.

얼마 전, 한왕을 크게 비웃었던 금의위의 조 제기란 자가 바닥에 쓰러져 있었다.

'검도 뽑아보지 못하고 당했어. 치명적인 요혈을 베어 단숨에 절명했고. 아무리 하급 무관이라 하나 다른 곳도 아닌 금의위 무관이…….'

조 제기 외에도 다른 제기 하나가 눈도 감지 못한 채 죽어 있었다.

'벌써 끝난 건가?'

한발 늦었다는 느낌이었다. 그러나 혹 모르니 직접 확인해 볼 요량으로 한왕이 침소로 사용하는 방의 문을 열어젖혔다.

그런데 그때였다.

허공을 거세게 가르며 좌우에서 두 자루 검이 그를 향해 날아왔다. 대단한 쾌검인데다 치명적인 요혈을 노린 공격이었다. 일부러 상대적으로 빠르고 느린 것을 조절해 막기가 결코 쉽지 않게 만든 절묘한 연수 합격.

그러나 세인은 전혀 당황하지 않았다.

몸을 크게 비틀어 사각을 찌르고 들어온 두 자루 검 중 한 자루는 피해내고, 나머지 한 자루를 향해 손을 강하게 내려쳤다.

챙!

날카로운 금속음이 들렸다. 강하게 내려친 수도(手刀)와 부딪친 검이 단박에 두 동강이 나고 말았다. 그와 동시에 괴인들을 향해 쌍장을 날렸다.

장력이 괴인들의 가슴을 격타하자 괴인들은 비명 한 번 제대로 지르지 못하고 그대로 숨이 끊기고 말았다.

"이들이 나를 기다렸을 리는 없고⋯⋯."

머리가 재빨리 회전하기 시작했다. 자객들의 습성상 목표인 한왕을 죽였다면 바로 도주했을 것. 하나 그들은 도주하는 대신 위험을 무릅쓰고 한왕의 처소에 은신해 있었다. 게다가 처소의 문이 열리자마자 살수를 썼다. 이는 이 처소의 주인인 한왕을 기다렸다는 의미.

"그렇다면?"

자객들은 목표인 한왕을 죽이기는커녕 아직 발견조차 못했을 공산이 컸다.

촉각을 곤두세우자 인근에서 네 사람 정도가 제각각 움직이고 있음을 알아챌 수 있었다.

'남은 자객은 넷. 지금 움직이고 있는 저 넷 모두 동일한 보폭에다 빠르기 또한 일정하다. 한왕이 자객들과 똑같은 움직임을 보일 수 있을 리 만무하다. 그러니 저 넷 모두 한왕이 아니다. 그럼 한왕은 어디에 있는가?'

세인의 눈이 어둠을 뚫고 한왕의 처소 곳곳을 훑기 시작했다.

비단 휘장으로 가려진 침상, 도자기들이 올려져 있는 고풍스런 문갑, 그리고 벽에 걸려 있는 서화 몇 점이 전부였다.

친왕의 처소라고는 믿을 수 없을 정도로 검박하고 단출한 곳이었다.

'한왕이 출타를 했다 돌아오지 않아 횡액을 피했다면 더할 나위 없이 좋을 것이나 그럴 가능성은 적다.'

한왕은 거의 문밖출입을 하지 못한다고 들었다. 더욱이 친왕을 노릴 정도로 대담한 자들이 한왕이 어디에 있는지 정확히 확인조차 하지 않고 무작정 들이닥쳤을 가능성은 극히 희박했다.

'분명 이 안에 있을 것인데……'

귀인들이나 적이 많은 자들은 자신의 처소 안에 비밀 은신처 하나 정도 마련해 놓는 것은 흔한 일.

은신처가 방바닥에 있을 수도 있어 바닥에 빈 공간이 있는지를 일일이 확인하며 한왕의 처소 안을 조사하기 시작했다.

그러나 바닥을 두드렸을 때 들려오는 소리가 모두 일정하고 별 차이가 없는 것이 바닥에 그런 공간은 없는 것 같았다. 혹시 침상 아래로 이어지는 통로가 있을지도 몰라 꼼꼼히 살펴보았으나 전혀 소득이 없었다.

그렇다고 쉽사리 포기하지도 않았다.

벽과 붙어 있는 문갑 뒤편까지 샅샅이 훑은 후에 마지막으로 천장과 맞닿아 있는 서고 앞에 섰다.

장식품이 얼마 없기도 하지만 일부러 처소에 많은 물건을 들이지 않은 듯 시원시원한 느낌이 드는 곳이었다. 그런데 유독 이 서고만이 천장까지 솟아 있어 갑갑한 느낌을 주고 있었다.

서고는 네 개의 단으로 돼 있었고, 각 단을 많은 책이 가득 메우고 있었다. 그런데 유독 가장 아랫단에만 책들이 듬성듬성 꽂혀 있었다.

'사람의 심리란 것이 아랫단부터 차곡차곡 책을 꽂아 위로 채워 나가게 마련이지. 그런데 위에는 책이 가득한데 아랫단만 듬성듬성 비어 있다는 것은……'

허리를 숙여 아랫단의 듬성듬성한 책 사이로 손을 집어넣었다. 그러자 곧 잡아당길 수 있는 문고리가 손에 걸렸다. 생각할 것도 없이 그 문고리를 확 잡아당기자 서고가 통째로 뒤로 밀리며 벽 뒤로 이어지는 공간을 드러냈다.

획!

공간이 막 개방되자마자 날카로운 단검 한 자루가 미간을 향해 날아왔다.

단검을 향해 가볍게 검지를 들었다. 그러자 예리하기 그지 없는 단검 끝이 검지에 막혀 단박에 튕겨 나가고 말았다.

서고 뒤편 밀실에 숨어 있던 이는 단검을 손에서 놓쳤음에도 포기하지 않고 권을 날렸다. 세인이 가볍게 손을 휘젓자 그 권은 무형의 벽에 막힌 듯 더 이상 전진하지 못했다.

세인이 금나수의 재주를 발휘해 어둠 속에서 자신을 공격한 상대를 단박에 제압했다. 덫에라도 걸린 듯 옴짝달싹하지 못하게 된 상대는 이를 갈며 소리쳤다.

"황태자 전하가 보낸 것이냐, 아니면 진왕 전하? 혹 중군 도독이냐? 그도 아니면 동창의 장 제독……?"

그는 자신을 죽이려 하는 자들을 쉴 새 없이 지목했다.

'예상은 했으나, 한왕을 노리는 이들이 한둘이 아니구나. 그런 적들에 둘러싸인 채로 이제껏 살아 있는 것이 이상할 정도로.'

"그런 것이 아닙니다."

"밝히기 싫다니 좋다. 죽여라! 죽음 따위 이미 각오했던 몸, 전혀 두렵지 않다!"

금의위 제기 앞에서 보였던 비굴한 모습이 아니었다. 당당하기 그지없는, 친왕으로서 한 치의 부족함도 없는 모습이었다.

'…역시 그 모습은 연극이었나?'

"나는 자객이 아닙니다."

세인이 친왕을 결박하고 있던 금나수의 수를 풀자, 친왕은 그 기회를 노려 선풍각의 수법으로 급소를 노려왔다. 어떻게든 살아남겠다는 필생의 의지가 느껴지는 공격이었다.

'이런, 이런! 게다가 지금 친왕의 선풍각이 노리고 있는 급소는…….'

세인이 난감하기도 하고 우습기도 한 표정을 지으며 선풍각을 펼친 친왕의 다리를 절묘하게 밀어냈다. 그러자 친왕이 쿵 소리를 내며 크게 바닥을 뒹굴었다.

"낭심은 말입니다, 사내의 급소 중의 급소입니다. 그곳을 걷어차는 것만은 피해주십시오."

'어떻게든 살겠다는 의지를 갖고 있는 것은 알겠으나, 친왕 체면에 상대의 낭심을 걷어차려 하다니…….'

우습기도 했으나 반드시 살아남겠다는 그 절실함만은 확실히 전달돼 왔다.

"더 이상 희롱하려 들지 마라! 힘이 없어 이렇게 죽게 되나, 한 나라의 친왕 된 몸으로 더 이상 모욕을 당하고 싶지는 않다!"

"나는 청설위국의 위사입니다."

"믿을 수 없다. 금의위 무관조차 감당하지 못한 자들을 어찌 일개 위사 따위가 제압할 수 있단 말이냐?"

'의심도 많군. 하긴 여러 차례 이런 일을 겪었을 테니 그 심정이 이해는 간다만……'

"믿든 안 믿든 상관없습니다. 어쨌든 나는 위사고, 친왕 전하를 구하러 온 것이니."

무례하기 그지없는 언사였으나 세인은 친왕이라는 존재가 그리 대단하다고는 한 번도 생각해 본 적이 없었다.

그때, 세인이 이곳을 향해 빠르게 다가오고 있는 여러 기운을 감지했다.

"밤손님들이 돌아오는 모양입니다."

그의 말이 끝나기가 무섭게 밖에서 거센 소리가 일더니 복면사내 넷이 처소 안으로 난입했다.

"한왕이 여기 숨어 있었구나!"

흉흉한 살기를 일으키고 있는 사내였다. 그 사내는 처소 입구에서 죽어 있는 자신의 동료 둘과 세인을 번갈아 바라보더니 말했다.

"네놈 짓이냐?"

"글쎄… 갑자기 지병이라도 도졌는지 내가 왔을 때는 저 꼴로 죽어 있더군."

사내가 보기에는 말도 안 되는 얘기였다. 하지만 더 이상

시간 끌 겨를이 없었다.

"쳐라!"

우두머리 사내의 명이 떨어지자 자객들이 일시에 검을 빼들고 세인을 향해 공격해 들어왔다.

그들을 향해 세인이 가볍게 주먹을 날렸다. 그러자 어찌 된 영문인지 자객 넷이 일제히 허공에 피를 뿌리며 방 밖으로 튕겨 나가고 말았다.

"윽!"

자객들은 고통스러운 듯 신음성을 토하며 바닥을 굴렀다.

소리도 없었고, 무시무시한 기운도 없었다. 몇 장 밖에 서 있던 세인은 그저 허공에 대고 가볍게 주먹 몇 번 뻗은 것뿐이었다.

"권풍(拳風)? 아니, 이처럼 소리도 없고 형체도 없는 권풍은 들어본 적도 없어. 설마 무영장(無影掌)……."

생각이 거기까지 미친 자객의 우두머리가 경악성을 터뜨렸다.

십 장 밖의 상대가 자신이 어찌 당하지는지도 모르게 죽일 수 있는 장력이 천하에 딱 하나 있었다. 그 무공의 이름은 무영권(無影拳)이었다.

강호에서 무영권을 구사할 수 있는 자는 오직 한 사람이었다. 천하제일인으로 불리는 십만마교의 교주 구양창천조차 맞상대를 꺼린다는 용부의 절대고수 무영무쌍(無影無雙)!

"틀림없다. 분명히 그다. 그런데 분명 용부에 있어야 할 그가 왜 이곳 북경에……."

사지가 바르르 떨릴 정도로 극도의 공포에 젖은 그가 젖 먹던 힘까지 다해 몸을 일으키려던 순간이다.

"이놈들!"

뒤편에서 거대한 기합성을 내지르며 달려오는 산적 하나가 있었다. 정확히는 산적처럼 생긴 사내였다.

"사나이 장철웅, 오늘 같은 날만 기다리고 있었다! 열혈남아의 칼을 받아라!"

혹시나 해서 달려온 철웅은 세인의 무영권에 당해 마침 바닥에 쓰러져 있는 네 자객을 향해 칼을 휘둘렀다.

"이……."

자객의 우두머리가 필사적으로 검을 휘두르려 했으나 무영권에 당해 이미 뼈가 부러지고 장부가 크게 상한 상태였다. 삼류무사, 아니, 무공을 전혀 모르는 범부의 손에도 가볍게 목숨을 잃을 정도로 중한 부상을 입고 있었다.

쉬익! 쉬익! 쉬익! 쉬익!

철웅의 칼에 네 자객은 저항 한 번 제대로 하지 못했다.

자객 우두머리 역시 어이없다는 표정을 지으며 죽어갔다.

"천하의 산동육살이 이렇게 허무하게……."

그는 죽어가면서도 무영권을 구사한 자를 공포에 가득 찬 눈으로 바라보고 있었다.

'무영권의 주인이 이곳에 있는 줄 알았으면 설사 백만 냥을 준다 해도 오지 않았을 것인데……'

때늦은 후회를 하며 그 역시 곧 숨통이 완전히 끊겼다.

"전하! 위사 장철웅이 왔습니다! 장철웅입니다!"

어떻게든 자신의 이름을 각인시키려는 듯 연방 자신의 이름을 외치는 철웅이 곧 한왕을 발견하고는 무릎을 꿇었다.

"이 장철웅이 자객들을 모두 처치했으니 안심하십시오!"

"수고했네."

한왕은 철웅을 보고 가볍게 한마디 하더니 곧바로 세인을 바라봤다.

몇 가지 불분명한 점이 있었으나 자객들을 해치운 것은 자신이 죽였다고 연방 떠벌리는 산적 같은 외양의 사내가 아니라 바로 이 곱상하게 생긴 미청년이라고 추측하고 있었다.

"자네의 이름을 듣고 싶네."

한왕은 세인에게 물었으나, 세인이 대답할 새도 없이 철웅이 한왕의 처소가 떠내려갈 정도로 크게 소리쳤다.

"위사 장철웅입니다!"

철웅의 이름 따위를 듣고 싶은 것이 아니었던 한왕이 세인에게 다시 한 번 물었다.

"이름을 말해주겠나?"

목소리 하나만은 소림의 사자후 신공을 방불케 할 정도로 커다란 장철웅이 전력을 다해 외쳤다.

"자객들을 모조리 척살한 제 이름은 장!철!웅!입니다."

그 소리가 어찌나 컸던지 뒤늦게 달려온 금의위 무관들과 청설위국 위사들 전부가 똑똑히 들을 수 있었다.

그들은 자객이 들었고, 장철웅이라는 사내가 그 자객들을 모조리 처치한 것으로 이해할 수밖에 없었다.

"하하하! 수고했네. 정말 수고했어. 내 철웅이 자네를 다시 보게 되었네. 왜 그동안 이처럼 엄청난 실력을 숨기고 있었는가? 허! 산동의 고수인 산동육살을 한칼에 요절내다니. 대단하이, 대단해!"

아침이 밝자 고참 위사 조자한이 연방 철웅을 칭찬했다. 그도 그럴 것이, 산동육살이라고 하면 산동에서는 거의 적수가 없다 알려진 고수 중의 고수였다. 제법 고수들이 득시글거린다는 북경위국에서도 쉽사리 상대할 엄두도 못내는 사파의 거물이었다.

그런 산동육살을 청설위국의 일개 위사가 단칼에 요절냈다는 소문이 돌면 청설위국의 명성이 크게 올라갈 것이 분명했다.

"정말 그자들이 산동육살이었소?"

철웅이 도저히 믿기지 않는다는 표정으로 물었다.

"그렇다네. 내 국주님께 고해 자네에게 큰 상을 내리라 청하겠네."

철웅이 자신의 손을 내려다보며 생각했다.

'내가 그렇게 강했었나? 하긴, 그동안 진짜로 싸움을 해본 적도 없지 않은가? 내 실력을 정확히 알 수가 없었던 거야. 나는 고수였던 것이다. 하하하!'

심한 착각과 과대망상에 빠지기 시작한 철웅이었다.

"자한 형님, 이 장철웅이 청설위국의 명성을 계속 드높일 것입니다. 그러니 저만 믿으십시오!"

"우리 위국에 자네 같은 고수가 있다는 사실이 뿌듯하게 느껴지네."

조자한은 내심 철웅이 한왕을 구한 것으로 인해 자객들을 보낸 자들—아마도 조정의 실세로 보이는 이들—에게 위국이 피해를 입을까 걱정이 되기도 했다. 그러나 일단은 산동육살을 요절낸 철웅으로 인해 위국의 위상이 크게 올라갈 것만은 확실했다.

철웅은 한껏 기분이 달아올랐다.

'북경위국으로 옮길 수 있는 날도 머지않았다. 흐흐흐!'

청설위국의 위사 장철웅이 지난밤 산동육살을 단칼에 요절내고 한왕을 구해 공을 세웠다는 소문은 북경 바닥에 금세 퍼졌다.

"장철웅이 누구지?"

"산동육살을 단칼에 베어버리다니… 도저히 믿기지가 않

는군그래."

"청설위국에 그렇게 대단한 고수가 있었나?"

북경 사람들이 고수 장철웅에 대해 서서히 관심을 보이기 시작했다.

"지난밤에는 내가 경황이 없어 제대로 설명을 하지 못했다. 나를 구하고 자객들을 처치한 것은 분명 그대일 것인데, 그것이 장철웅이라는 사내라 잘못 알려졌더구나."

한왕은 세인을 따로 불러 얘기를 하고 있었다.

"이 오해를 나라도 나서 풀어줄 생각이다. 공정한 신상필벌은 모든 일의 근본, 공을 세운 것은 그대이니 상을 받아도 마땅히 그대가 받아야 할 것이야."

세인은 미소를 지으며 답했다.

"실제로 자객들 중 다수를 처리한 것은 장철웅 위사입니다. 제가 왔을 때는 다른 두 자객 또한 이미 죽어 있었습니다."

"그렇기는 하네만……."

한왕은 실제로 세인이 산동육살 중 그 누구를 처치하는 것을 직접 목격한 바는 없었다.

처음 둘이 죽었을 때는 서고 뒤 밀실에 숨어 있었다. 세인과 맞섰던 나머지 넷은 아마도 세인에게 당한 것이라 추측은 되지만 세인의 무영권은 그로서는 도저히 알아볼 수가 없는 것이었다.

'그러고 보니 모두 추측뿐이다. 어쩌면 이 위사의 공이 아닐 수도……'

자신이 직접 본 것도 아니고 위사 또한 부인을 하니 혹 자신의 확신이 틀렸을 수도 있다는 생각이 들기도 했다.

"하나 나를 가장 먼저 구하러 온 것은 그대가 분명하다. 그것마저 아니라 부인하지는 못하겠지?"

"그거야… 그렇지요."

"그것만으로도 그대는 충분히 상 받을 자격이 있어."

"상이라니요. 저는 위국에 고용돼 이미 월 삯을 받고 있습니다. 당연히 해야 할 일을 했을 뿐입니다."

"그렇다 해도 나는 꼭 이 말을 해야겠네."

한왕이 세인을 바라보며 진심 어린 목소리로 말했다.

"내 목숨을 구해줘서 정말 고맙네. 내 죽는 날까지 자네의 공을 잊지 않을 것이야."

세인이 고개를 들어 한왕의 얼굴을 바라봤다.

맑은 눈에는 정기가 넘치고, 굵고 선명한 칼날 같은 검미에서는 굳은 의지가 느껴졌다. 전체적인 인상은 온화하고 서글서글한 가운데 범접할 수 없는 기품까지 느껴졌다.

'누가 봐도 귀인이라 할 만한 얼굴이군. 게다가 일개 위사에게도 스스럼없이 고맙다 할 수 있을 정도로 솔직하기도 하고. 일찍 죽기는 아까운 인물 같아.'

결국 당사자인 한왕마저 누가 자객을 해치운 것인지 확신하지 못한 상태로 이 일은 매듭지어지게 됐다.

그래서 결국 산동육살을 해치운 것은 북경의 떠오르는 신진고수 장철웅으로 굳어져 버렸다.

"섭섭해, 섭섭해!"

근무지인 후원으로 향하던 당막천이 세인에게 연방 투덜거렸다.

"뭐가 그리 섭섭합니까?"

"그리 보지 않았는데 참으로 얄미워."

"대체 무슨 얘기를 하고 있는 겁니까?"

"그 산동육살인지 뭔지 하는 잡배들 말이야. 어찌 혼자만 재미를 본 거야? 재미 볼 일 있으면 나도 한 발 걸치게 해줬어야지. 요즘 가뜩이나 몸도 근질근질하던 차였는데."

"아, 그 일 말입니까? 다음부터는 형님 표현대로 재미 볼 일 있으면 꼭 알려 드리겠습니다. 그러니 이만 화 푸십시오."

"흠흠, 약조한 거야? 팔자에도 없는 위사 노릇 하느라 요즘 좀이 쑤셔 죽을 것 같아 그래. 그런 잡배들 두들기면서 몸이라도 풀면 조금 나을 것도 같아."

"형님도 참."

"그런데 그 잡배들을 처리한 것이 왜 너라고 밝히지 않았어? 그 수석입네 뭐네 하며 목소리만 큰 산적 녀석에게 모든 공을 돌리고 말이야."

"형님 같으면 그런 잡배들 몇 벤 걸 가지고 소문내고 싶으시겠습니까?"

아마 산동 땅의 고수 중의 고수인 산동육살을 벤 것이 전혀 자랑거리가 되지 못한다는 소리를 다른 사람이 들었으면 입에 거품을 물고 쓰러졌을 것이다.

그러나 당막천은 세인의 말과 심정을 충분히 이해했다.

"하긴, 소 잡는 칼로 닭 몇 마리 잡아봐야 자랑은커녕 부끄럽기만 하지."

"그리고 호위무사란 지켜야 할 대상의 생명만 구하면 되지요. 음지에서 일하는 호위무사가 양지의 명성이나 공, 상 같은 것을 탐해서는 안 되겠지요."

"말은 쉬우나 행하기는 쉽지 않지. 너처럼 욕심없는 사람이나 가능한 것이지."

두 사람은 이런저런 얘기를 하며 근무지인 후원에 당도했다. 그런데 오늘은 여느 날과는 조금 다른 부분이 있었다.

후원의 연무장에서 한 사내가 땀을 뻘뻘 흘리며 연신 검을 휘두르고 있었다.

"저치는 또 뭐야? 어제 일에 놀란 금의위 무관이나 우리가 아직 모르는 위국 위사인가?"

당막천 역시 분명 본 적 있는 사내였으나, 특별히 신경 쓰지 않고 본 까닭에 얼굴을 정확히 기억하지 못하고 있었다.

당막천이 잠시 그 사내의 검에 집중하더니 혀를 찼다.

"쯧쯧! 왜 저리 제멋대로야? 웬 미친 작자가 허공에 대고 마구잡이로 검을 휘두르는 것도 아니고. 에이, 눈 썩을 것 같아 더는 못 봐주겠다."

당막천 정도 되는 절대고수의 눈에 그 어떤 검객의 검이 제대로 느껴지겠는가마는.

못 볼 것을 봤다는 표정을 지은 당막천이 곧장 초소로 들어갔다. 반면, 세인은 얼굴에 미소를 띠며 연무장으로 다가가더니 그 사내의 검을 살폈다.

'검에 분노와 오기, 한이 서려 있어. 게다가 억울함까지도.'

세인은 미친 듯이 검을 휘두르고 있는 사내에게 다가가 가볍게 허리를 숙였다.

"전하, 무엇이 그리도 억울하십니까?"

자신의 속을 꿰뚫어 보는 것 같은 세인의 말에 연무장에 있던 한왕이 흠칫 놀라 뒤돌아봤다.

"어, 억울한 것 없어. 그저 지난밤 일도 있고 해서 몸이나 강건히 하려고 연무장에 나와본 것이야."

한왕은 주위에 살펴보는 눈은 없는지, 듣고 있는 귀는 없는지를 급히 살피고 있었다.

"걱정하지 마십시오. 근처에 감시하는 눈은 없습니다."

한왕이 짧은 순간 쓴웃음을 지으며 말했다.

"친왕이 돼 주변 눈치나 살피는 내가 우습게 보이겠지?"

"한나라 개국공신 장량은 파락호의 가랑이 사이도 기었습니다. 아무리 가슴에 큰 뜻을 품고 있다 한들 일단은 살아남아야 무엇이든 할 수 있는 것이 아니겠습니까?"

한왕이 서둘러 손사래를 쳤다.

"당치도 않아. 나는 그저 시나 읊고 그림이나 그리며 술이나 홀짝이다 한세상 살다 가면 족하다 여기고 있는 사람이야. 바라는 것은 그것뿐이야."

한왕은 그렇게 말하며 세인 또한 자신의 형님이나 조정에서 보낸 감시자가 아닌가 하는 생각에 의심의 눈길을 거두지 않았다.

"그렇습니까?"

세인은 평생 한량 노릇이나 하며 살고 싶다는 한왕의 말을 믿지 않았다. 지난번 자객이 들었을 때 한왕이 보여준 생에 대한 의지와 집념, 그리고 직전에 그의 검에서 보였던 분노와 억울함은 전혀 다른 것을 의미하고 있었다.

'안목이 있는 자가 한왕 전하의 검을 보게 된다면 그 검에 담긴 의미를 단박에 읽어 내릴 것이다. 그렇게 되면 자객의 숨겨진 칼이 아니라 결코 피할 수 없는 권력의 칼에 목숨을 잃을 것이다. 저 검에 담긴 분노와 억울함을 가려야 한다.'

"전하, 저에게 혹 검법 하나를 배워볼 생각은 없으십니까?"

"검을 배워? 친왕인 내가 검을 배워 무엇에 쓰겠는가?"

전장에 나갈 장수가 될 수 있는 것도 아니고, 강호의 고수를 꿈꾸는 것도 아니다. 게다가 명만 내리면 필요한 것은 대부분 얻을 수 있는데 굳이 힘들게 무공을 익혀 무엇 하겠는가?

"성현께서는 이렇게 말씀하셨지요. '검은 도락(道樂)을 구하고 마음을 가다듬어 도를 추구하는 하나의 도구' 라고 말입니다."

"나는 처음 듣는 얘기야. 대체 그런 말씀을 남긴 성현이 누군가?"

"궁금하십니까?"

"약간은 그렇군."

세인이 한왕의 맑은 눈을 바라보며 말했다.

"바로 공자님이십니다. 공자님께서는 실제로 검을 패용하기를 즐겨하셨다 합니다. 검이란 고래로 무인들뿐만 아니라 문인들 또한 마음을 청정하게 만들고 번뇌를 없애는 한 방편으로 이용되기도 했지요."

"그러한가?"

"상대가 검을 휘두르는 것만 봐도 많은 것을 알 수 있습니다. 우연찮게 보게 된 전하의 검에는 분노와 오기, 한, 그리고 억울함이 짙게 깔려 있었습니다. 전하를 해하려는 자들이 그것을 본다면 전하에게 득이 될 것이 없습니다."

한왕이 생각했다.

'진세인이라 했지? 아무리 봐도 일개 위사 따위를 할 인물이 아니야. 대체 정체가 무엇인가?'

이제는 의심보다는 호기심이 앞서기 시작했다.

"마음을 다스리고 심사를 편히 할 수 있는 것이 검이라 했는가? 그런 것이 검이라면 내 한번 배워보도록 하지. 사부, 이 제자에게 어떤 검을 가르쳐 주시려오?"

"사부라니 당치도 않습니다."

"그대와 나는 신분의 고하가 있겠지. 하나, 나는 배움을 청하는 사람이고 그대는 배움을 베푸는 사람이니 마땅히 내가 그대를 사부라 불러야 하지 않겠는가? 그러니 부담스럽게 여기지 말게."

소문과는 달리 호방한 성품을 가진 한왕을 보며 세인이 미소를 지었다.

"전하께 가르쳐 드릴 검법은 공자검(孔子劍)이라 합니다."

"공자검? 성현이신 공자님이 검법이라도 남기신 건가?"

세인이 의미심장한 미소를 지었다.

"그랬을지도 모르지요."

그 소리에 한왕이 깜짝 놀랐다.

"공자님께서 검법을 남겼다는 것도 금시초문일뿐더러, 그 검법을 지금 내게 가르쳐 주겠다는 말인가?"

"저 같은 무명 위사 따위가 어찌 그런 검법을 알고 있겠습니까? 제가 알고 있는 검법에 멋들어지라고 공자검이란 이름을 붙인 것뿐입니다."

"이런, 이런. 내가 깜빡 속아 넘어갔군그래. 이름이야 어찌 됐든 이 제자에게 검을 가르쳐 주게."

한왕이 자신이 들고 있던 검을 세인에게 넘겨줬다. 그러자 세인이 검을 들어 시범을 보이기 시작했다.

"양다리로 굳건히 몸을 세워 앞을 바라봅니다. 그런 연후에 양손으로 검을 거꾸로 쥔 후 상대를 응시합니다. 이것이 공자검의 기수식인 '학이시습지 불역열호(學而時習之 不亦說乎)'입니다."

"배우고 때때로 익히면 또한 기쁘지 아니한가? 공자님의 유명한 말씀이로군그래."

"검법의 이름 자체가 공자검이니까요."

"계속해 보게."

세인이 한왕의 검을 가지고 서른여섯 개 초식으로 이뤄진 공자검을 시연했다. 부드럽기 그지없는 것이 도저히 살상을 위해 만들어진 검법 같지가 않았다.

한 마리 학처럼 우아하게 움직이다 산들바람에 휘날리는 버드나무처럼 유연하게 변화했다. 또한 칠흑 같은 어둠 속에서도 찬란한 광채를 뿌리는 금강석마냥 화려하기 짝이 없었다.

천하에서 가장 아름다운 검법이 바로 이 공자검이라 해도 과언이 아닐 정도였다.

"이것이 정녕 검법이란 말인가? 이처럼 아름다운 검법은 본 적이 없어!"

한왕이 감탄에 또 감탄을 했다. 핍박받는 친왕이라 하나, 어려서부터 아름답고 화려한 것만 보며 자라온 자신이었다. 천하에 둘도 없다는 진귀한 보석도, 중원제일 무희의 춤사위도, 당장 살아 움직일 것 같다는 그림도, 심지어는 황궁의 꽃다운 비빈들의 미색조차 지금 저 검법의 아름다움만은 못했다.

완전히 넋을 잃은 채 공자검을 바라보고 있는 사이, 시연을 마친 세인이 말했다.

"겉이 화려한 것은 대개 실속이 없지요."

"아니야, 아니야. 설사 실속이 없는 검법이라 해도 그 아름다움이 단점을 가리고도 남을 검법이야. 어찌해야 하는지 얼른 세세하게 가르쳐 주게."

한시라도 빨리 배우고 싶어 마음이 급해진 한왕이 세인을 재촉하기 시작했다.

"알겠습니다."

곧 세인이 검을 잡는 지법(指法)부터 검법을 펼칠 때 손이 마땅히 가야 하는 방향인 수법(手法), 몸을 움직이는 신법(身法), 발의 움직임인 보법(步法), 검술을 펼칠 때 눈이 보고 있어야 하는 올바른 방향인 안법(眼法), 내력을 운용하는 경력(勁

力)과 기를 받아들이는 호흡법(呼吸法) 등을 처음부터 끝까지 세세하게 가르쳐 줬다.

처음에는 검법에 익숙하지 않아 한왕이 짐짓 힘들어하는 기색을 보이기도 했다. 그러나 친절한 스승인 세인이 항상 웃는 얼굴로 가르치고, 고쳐 주고, 그에 담긴 의미까지 일깨워 주자 한왕은 금세 공자검을 따라 할 수 있었다.

'공자검은 형을 따라 하는 것도 결코 쉬운 일이 아니야. 그런 것을 저리 능숙히 해내다니… 대단한 무재(武才)다. 황실이 아닌 강호에서 태어났다면 상당한 고수가 됐을 텐데……'

한왕의 재능과 총기를 바로 꿰뚫어 볼 수 있었다. 이런 대단한 인물이 날개 한 번 제대로 펴보지 못하고 있다는 것이 너무나 아쉽게 느껴졌다.

한왕은 잠시도 쉬지 않고 공자검을 따라 했다. 술시가 막 넘은 시점에 시작해 자정을 넘겨 새벽이 오고, 어느덧 묘시가 끝나갈 무렵까지도 수련은 계속됐다.

한창 나이라고는 해도 그처럼 밤을 꼬박 새며 검을 수련하는 것은 결코 쉬운 일이 아니었다. 그러나 한왕은 아침이 밝아오는 데도 전혀 지친 기색 없이 시간이 지날수록 오히려 더 힘이 솟는 것 같았다.

'공자검을 펼침에 있어 올바른 자세로 성심을 다하면, 검을 휘두를수록 지치는 것이 아니라 오히려 사지백해에서 절로 힘이 솟구치고 정신 또한 맑아지지. 그리고… 공자검만 제대로 익히면 어지간한 살수 따위는 감히 한왕의 옷자락조차 스치지 못할 거야.'

자신이 가르친 바를 성심껏 따라 하는 한왕을 보고 있자니 세인의 입가에서도 절로 흐뭇한 미소가 떠올랐다. 예전에도 몇 번 느낀 바 있는 가르치는 즐거움을 새삼 느끼게 되자 세인의 마음 또한 기쁘기 한량없었다.

하지만 날이 훤하게 밝아오는데 한없이 한왕의 수련을 지켜보고 있을 수만은 없었다.

"전하, 벌써 날이 밝았습니다."

무아지경에 빠져 검을 수련하고 있던 한왕은 날이 밝는지도 느끼지 못하고 있었다.

"벌써 그렇게 되었나? 어찌 이리도 밤이 짧단 말인가. 마음 같아서는 몇 날 며칠이고 계속해서 이 공자검만 수련하고 싶건만."

한왕이 크게 아쉬워했다.

"그리고 제 근무 시간도 거의 끝나갑니다."

"그런… 가?"

한왕은 사부 세인을 더 붙잡고 가르침을 받고 싶은 눈치였으나 자신을 지켜주는 것으로 모자라 이렇게 검까지 가르쳐 주는 사부를 한없이 붙잡고 있는 것도 염치없다는 생각이 들었다.

"사부는 몇 시부터 근무지?"

"보통은 매일 술시부터 시작합니다."

"술시?"

한왕이 미간을 찌푸렸다.

"그리도 늦게 시작하나?"

"하루 여섯 시진 근무니 그리 짧은 것은 아닙니다만……."

"마음 같아서는 잠시 쉬고 진시(辰時:오전 7시부터 9시)부터 다시 했으면 좋겠건만……. 아니야. 내 공연한 소리를 했어. 사부도 쉬어야 하는데."

"너무 아쉬워하지 마십시오. 오늘만 날도 아닌 것을요."

"그래. 그렇긴 하지."

여전히 미련이 남은 것 같은 한왕을 보며 세인이 말했다.

"언젠가 전하를 경계하는 이들이 전하를 시험하려 들 수도 있을 것입니다. 그들이 혹 전하의 검을 보기를 원하면 '성사불설 수사불간 기왕불구(成事不說 遂事不諫 旣往不咎)'의 초식에 유달리 힘을 주십시오."

'이미 이루어진 일은 말하지 않으며, 끝난 일은 간하지 않으며, 지난 일은 탓하지 않는다'는 의미로 논어에 나오는 구절이었다. 동시에 공자검의 마지막 초식 이름이기도 했다.

한왕은 진 사부가 왜 그리 말하는지 지금 당장은 이해할 수 없었다.

"어쩌면 그 한 초식으로 인해 전하의 생과 사가 갈릴지도 모를 일입니다."

한왕이 보기에 진 사부는 절대 허튼소리를 할 인물이 아니었다. 나이도 자신보다 어리고 신분 또한 낮은 이였으나 눈에 은은하게 현기(玄氣)마저 배어 있어 범상한 인물이 아닌 것이 확실했다. 그런 인물의 말을 무시할 한왕이 아니었다.

"내 명심하지. 그나저나 오늘은 편히 잠을 이룰 수 있을 것 같은 느낌이야. 철들고 나서부터는 단 한 번도 그런 적이 없었는데……."

한왕이 세인의 손을 덥석 잡으며 크게 감사의 뜻을 표했다.

"다 진 사부의 덕이야. 진 사부가 내게 큰 기쁨을 준 것 같아."

그날 이후 한왕은 하루도 빠지지 않고 밤마다 세인을 찾아왔다. 그것도 세인이 근무를 시작하기 훨씬 전부터 찾아와 발을 동동 구르며 세인을 기다렸다. 그러다 세인이 나타나면 크게 반겼다.

"진 사부, 어찌 이리 늦었나? 바로 시작하지."

그는 그렇게 재촉하며 매일같이 밤새 공자검을 수련했다.

第二章
만남과 이별

無影無雙
무영무쌍

"은자 일만 냥이면 자네들을 고용할 수 있겠소?"

한 사내가 하북제일의 살수 단체인 하북살막의 막주를 찾아와 물었다.

"일만 냥이라……. 나쁘지는 않소. 그런데 누구를 죽여야 하는데 그런 거금을 들인단 말이오?"

하북살막 막주의 물음에 사내가 비릿한 미소를 지었다.

"대상은… 한왕이오."

하북살막의 막주가 그 소리에 약간 놀랐다.

"친왕을 말이오?"

"힘들겠소?"

"무슨 소리요! 한왕의 명줄 끊는 것이야 어려울 것도 없소. 하나, 상대는 친왕. 황실과 조정이 격노할까 저어되는 것이오."

"흐흐흐! 걱정 마시오. 이 청부 자체가 황실에서 나온 것이니."

사내가 하북살막의 막주에게 한참 동안이나 속삭였다. 그 얘기를 다 듣고 난 막주가 미소를 지었다.

"그렇다면 전혀 문제 없소. 이레 안에 한왕의 수급을 갖다 드리리다."

"하북살막을 믿지 못해서 그런 것이 아니라 마음에 걸리는 점이 한 가지 있소. 한왕의 호위를 맡은 청설위국 위사 장철웅이란 자가 제법 고수라 하오. 산동육살을 단칼에 베었다는 소문도 있고……."

막주가 흠칫 놀랐다. 산동육살이라면 자신도 들어본 바 있는 고수들. 그런 자들이 단칼에 요절이 났다면 장철웅이란 자는 대단한 고수일 터였다. 하지만 그렇다고 겁먹을 자신과 하북살막이 아니었다.

"걱정 마시오. 그자가 대단한 고수라 해도 우리 하북살막은 그보다 몇 배는 강하니까."

"알았소. 그럼 좋은 소식 기대하리다."

머칠 후.

달도 뜨지 않은 칠흑 같은 어둠을 뚫고 흑의에, 복면을 두른 자객 일백이 일제히 한왕부의 담을 넘었다.

그들은 자객이었음에도 자신들이 자객이라는 사실을 굳이 숨길 생각이 없는 듯 보였다. 일백이 넘는 자들이 대놓고 움직이니 아무리 무딘 자라 할지라도 그들의 침입을 감지할 수 있었다.

"자객이다! 자객이 들었다!"

그 외침과 함께 정문과 요지를 지키던 당번 호위들은 물론이고, 한참 곤한 잠에 빠져 있던 이들까지 모조리 자신의 병기를 들고 움직이기 시작했다.

자객이 들었다면 분명 목표는 한왕일 것. 한왕부의 모든 위사들이 한왕의 처소를 향해 몰려들었다.

"청설위국 위사들은 평소의 지침을 절대 잊지 말아라!"

한왕부에 파견 나온 청설위국 위사들을 책임지고 있는 대위사(大衛士) 막청송이 연방 그렇게 소리쳤다.

청설위국 위사들은 그 말의 의미를 바로 이해했다.

상황을 살피다 불리하다 싶으면 바로 몸을 사리라는 것이었다.

자객을 막기 위해 고용되는 것이 위사라 하나, 위사도 어디까지나 돈을 받고 일하는 이들. 불리한 상황에서 미련하게 목숨까지 바치는 위사들은 적었다.

또한 자객들 역시 청부 대상만 죽이면 굳이 위사들까지 죽이지는 않았다. 위사들을 잃은 위국이 복수심에 불타 자신들을 공격해 오면 그 또한 골치 아픈 일이기 때문이었다.

살수와 위사는 서로를 잘 알고 있었다. 심지어 위사를 하던 자가 살수가 되고, 살수를 하던 자가 손을 씻고 위사를 하는 경우도 종종 있었으니.

그러니 불가피한 상황이 아니면 서로를 죽이지 않는다는 묵계를 은연중에 잘 지켜오고 있었다.

쉭!

진을 짜고 엄밀히 수비하고 있던 금의위 무관들과 청설위국 위사들 머리 위로 한 자루 창이 날아왔다. 허공을 가르며 날아온 그 창은 그들의 머리 위를 지나 전각 기둥에 깊숙하게 꽂혔다.

그 창에는 깃발 하나가 달려 있었고, 깃발 위에는 분명한 글씨로 '하북살막' 이라고 적혀 있었다.

"헉!"

청설위국 위사들 거의가 경악성을 터뜨렸다. 또한 금의위 무관들 또한 몸을 바르르 떨기 시작했다. 하북살막이란 이름은 위사들은 물론이고 금의위에까지 널리 악명을 떨치고 있었다.

전설적인 살수인 살왕 당막천의 수하였던 혈살과 야살이 하북 땅에 세운 살수 단체로 하북에서는 하북팽가마저도 한 수 접어준다 할 정도로 강력한 곳이었다.

하북살막의 위명에 눌려 무관들과 위사들이 자신들도 모르게 뒷걸음질을 치기 시작했다.

하북살막의 자객들 중 십여 명이 어느새 허공을 가르며 날아와 한왕이 거하는 전각 앞에 착지했다.

그들 중 한 사람이 마치 저승사자 같은 음산한 목소리로 말했다.

"우리가 누구인지 모르지는 않을 터. 내가 하북살막의 부막주인 야살이다. 살왕의 유지를 이은 우리 하북살막은 암습을 하지도, 불필요한 피도 보지 않음을 잘 알고 있을 것이다. 그러니 물러나라. 우리는 오직 한왕의 목만 취하면 되니."

살기를 풀풀 풍기는 야살을 보자마자 대위사 막청송이 크게 좌절했다.

"하북살막의 부막주가 직접 왔다니… 우리에게는 일 할의 승산도 없다."

그는 지금 어떻게 싸울 것인가가 아니라 어떻게 이 자리에서 몸을 빼야 할지를 두고 고민하고 있었다.

반면, 잔뜩 살기를 풍기고 있는 야살 또한 완전히 자신이 있는 것은 아니었다. 바로 산동육살을 단칼에 베어버렸다는 고수 장철웅이란 자 때문이었다.

'산동육살이 강하다 하나 내가 능히 제압할 수 있다. 하나 그들을 단칼에 베어버릴 수 있을 정도까지는 아니다. 한 성의 패주로 군림할 정도의 고수가 아니고서야 어림없는 일이지.'

간혹 자그만 곳에 절대고수가 숨어 있는 경우가 있었다. 어쩌면 장철웅이란 자 역시 신분을 감추고 청설위국이란 곳에 은거하고 있는 고수일지도 몰랐다.

정확히 정체도 모르는 고수를 상대하느니 그 고수가 속한 청설위국을 통째로 물러서게 하는 편이 보다 안전하다고 여겼다.

"명성이 자자한 청설위국의 위사들을 통솔하고 있는 분이 어느 분이시오?!"

야살이 내력을 돋우어 그렇게 소리치자 사람들이 깜짝 놀랐다. 야살이 살수치고는 강하다는 소리는 많이 들었지만 단지 소리를 친 것만으로도 내장이 진탕될 정도로 강할지는 미처 몰랐기 때문이다.

"내, 내가 청설위국의 대위사 막청송이오."

"살수들 사이에서도 명성이 자자한 막 대위사였구려."

막청송? 실제로는 들어본 적도 없는 이름이다. 이번 일을 맡으며 청설위국이란 작은 위국의 이름조차 겨우 알았는데 그 위국에 속한 위사 따위의 이름을 알고 있을 리 만무했다.

"대위사, 오늘은 물러서시오. 우리는 굳이 청설위국과 피를 보고 싶은 생각이 없으니. 또한 지금 이 자리에 있는 우리 막주 형님 또한 그러기를 원치 않소."

"마, 막주?"

막청송은 그 소리에 기절할 것만 같았다. 하북살막의 막주라면 혈살이었다. 혈살은 하북제일의 살수로 이름 높은 것은 물론이고, 혹자는 강북제일의 살수라고까지 평할 정도였다. 강호의 무수한 고수들이 혈살의 칼 아래 목숨을 잃은 바 있었다.

'하북살막의 막주까지 왔다면 무조건 물러나야 한다. 하북살막에게 굴복했다면 그다지 수치스러운 일도 아니다.'

사람들이 달리 커다란 위국을 찾고 고수가 많은 위국을 찾는 것이 아니다. 북경제일로 불리는 북경위국 정도 되면 모를까, 하북살막에 밀려 청설위국이 물러섰다 하여 큰 문제는 없었다. 물론 청설위국의 신용과 명성은 떨어지겠지만.

상황을 파악한 막청송이 '우리는 물러나겠소'라며 막 입을 떼려던 순간이었다.

북경의 떠오르는 신진고수, 자신은 어쩌면 절대고수일지도 모른다고까지 믿고 있는 철웅이 크게 소리쳤다.

"무슨 개소리냐! 이 장.철.웅.이 버티고 있는데 우리가 왜 물러서야 한단 말이냐? 너희들이나 물러서라!"

목소리 하나만은 절대고수의 경지에 올라 있는 철웅이었다. 그렇잖아도 청설위국의 숨은 고수 장철웅을 경계하고 있던 야살은 그 목소리에 적잖이 놀랐다.

'목소리 하나에 이처럼 심후한 내력이 느껴지다니… 소림의 사자후라 할지라도 이렇게 커다랗지는 않을 것이다.'

"그대가 북경제일도(北京第一刀) 장철웅이오?"

부, 북경제일도?

'나를 보고 북경제일도라 부른 것인가?'

철웅이 순간 놀라 말을 잇지 못했다.

'북경의 그 어떤 도객이 산동육살을 한칼에 몰살시킬 수 있단 말인가? 그것을 해낸 장철웅이란 자야말로 북경제일도라 불릴 자격이 있지.'

야살은 그렇게 판단했던 것이다.

"북경제일도와는 따로 날을 잡아 승부를 가릴 것이니 오늘은 이만 물러나 주시오."

하북살막은 살수 단체이긴 했으나 살왕이 그러했던 것처럼 비열한 암습 대신 정면 승부를 즐기는 곳이었다. 어쩌면 살수 단체라기보다는 청부를 받고 사람을 해하는 사파라는 느낌이었다.

"하하하! 날을 따로 잡을 것이 무엇인가? 이 장철웅, 오늘 이 자리에서 하북살막을 제압하고 북경을 넘어 하북제일도가 될 것이다!"

그에 당황한 것은 야살이 아니라 오히려 대위사 막청송이었다.

"장 위사, 진정하게. 자네의 실력은 믿지만 상대는 하북살막이야. 여기서 칼부림이 났다가는 우리 위사들 태반이 목숨을 잃을 것이네."

"걱정 마십시오. 이 북경제일도 장철웅이 살수 나부랭이들을 모조리 단칼에 베어버릴 것이니!"

"자, 장 위사……."

철웅의 목소리가 워낙 큰 탓에 야살에게도 그 소리가 들릴 수밖에 없었다. 그가 험악하게 인상을 구겼다.

"권하는 술은 마다하고 굳이 벌주를 마시겠다면야……. 막주 형님, 오늘 끝장을 보겠습니다!"

그가 뒤를 돌아보며 그때까지 조용히 듣고만 있던 막주 혈살을 바라봤다.

그런데,

진즉에 나섰어도 나섰어야 막주가 몸이 완전히 얼어붙기라도 한 듯 꼼짝도 하지 않고 있었다.

"형님, 명을 내려주시오."

막주 혈살이 목소리까지 떨며 그 누구도 듣지 못할 정도로 작은 목소리로 야살에게 말했다.

"저, 저기……."

"저기 뭐가 있는데 그러십니까?"

"모, 못 알아보겠느냐? 마, 막주님이시다!"

"막주요? 형님이 막주인데 무슨 막주가 또 있답니까?"

"이 자식아! 살왕 막주님 말이야!"

"예에?"

야살이 눈을 휘둥그레 뜨며 혈살이 가리키는 방향으로 시선을 향했다. 그러자 사람들 틈에 섞여 얼굴을 돌린 채 왠지 자신들의 시선을 피하려고 애쓰는 것 같은 노인 하나가 보이기 시작했다.

야살 또한 단박에 알아봤다. 수십 년이 지난다 한들 어찌 잊을 수 있겠는가? 하늘처럼 따르던 막주의 얼굴을.

'캑! 마, 막주님이다!'

야살 또한 전설적인 살수이자 자신들이 신처럼 따랐던 살왕 당막천을 발견할 수 있었다.

당막천 역시 자신이 거느렸던 혈살과 야살을 이미 알아본 상태였다. 일개 위사 노릇이나 하고 있는 자신을 그 둘이 못 알아보기를 바랐건만 결국 일이 다 틀렸음을 감지했다.

당막천은 둘 중 그나마 머리가 잘 돌아갔다고 기억되는 야살에게 전음을 날렸다.

"목개야, 주둥이 닥치고 조용히 들어라."

"막주님이 맞습니까?"

"나 두 번 말하는 것 싫어하는 것 알지? 닥치고 들어라."

무작정 닥치고 처들으라는 저 말투, 분명 막주님이었다.

"……"

"지금 당장 이곳에서 꺼져라!"

"……"

"당장 꺼지라는 소리 못 들었냐?"

"……"

"목개, 죽고 싶냐? 당장 대답 안 해?"

당장에라도 자신을 찢어발길 것 같은 살기가 몰려오자 목개가 다리를 후들거리며 고민했다.

'닥치고 들으라고만 했는데 이거 대답을 해야 돼, 말아야 돼?'

그가 고민하며 멀리서 전음을 날리고 있는 당막천을 바라봤다. 그런데 당막천의 두 눈썹이 연방 위아래로 흔들리고 있는 것이 아닌가?

'허거덩! 저건 막주님이 극도로 분노했을 때 나타나는……'

"아, 알겠습니다. 당장 그리하겠습니다."

야살이 다급하게 당막천과 나눈 대화 내용을 혈살에게 전했다.

"아, 알았다. 감히 누구의 명인데……."

그가 자기 뒤편에 늘어서 있던 수하들에게 소리쳤다.

"물러간다!"

갑작스런 명을 이해하지 못한 일급 살수 공상표가 되물었다.

"물러가다니요?"

"이 새끼야, 귓구멍이 처막혔어? 막주가 말하면 닥치고 들어!"

무식한데다 힘만 센 막주가 당장에라도 자신의 대가리를 쪼개 버릴 것 같은 기세를 풍기자 공상표가 엉금엉금 뒤로 물러서며 말했다.

"아, 알겠습니다!"

곧이어 하북살막의 살수들이 썰물처럼 빠져나가기 시작했다.

그 갑작스런 상황에 이제는 다 죽었다고 절망하고 있던 대위사 막청송은 물론 금의위 무관들 또한 어안이 다 벙벙할 정도였다.

부막주 야살이 그들이 있는 방향으로 정중히 포권을 하더니 말했다.

"고명한 분이 계신 줄도 모르고 이거 실례했소이다. 우리 하북살막은 이만 물러가겠소."

허리까지 크게 숙이며 인사를 하더니 그 역시 한왕부에서 사라졌다.

"설마 장 위사의 기세에 눌려 하북살막이 물러난 것인가?"

하북살막이 아무 이유 없이 물러섰을 리가 없었다. 그들 앞에 유일하게 맞섰던 것은 장철웅이다.

일단 그렇게 생각이 되기 시작하니 하북살막의 부막주 야살이 허리까지 숙이며 인사를 한 것도 장철웅처럼 느껴졌고, 고명한 분 또한 장철웅을 가리키는 것처럼만 보였다.

"북경제일도 장철웅이라고 했나?"

위사들을 언제나 깔봤던 금의위 무관들조차 장철웅을 북경제일도라 부르며 새롭게 보기 시작했다.

"야살 형님, 대체 왜 우리가 물러서는 것입니까? 상대는 북경위국도 아니고 보잘것없는 청설위국이었는데요."

야살이나 혈살처럼 원조 살막 출신이 아니라 작은 살수 집단에 있다 하북살막에 영입된 일급 살수 공상표가 물었다.

"상표야, 오늘 우리 다 죽을 뻔했다. 암, 다 죽을 뻔했지."

"예? 우리가 다 죽다니요? 설마 청설위국 위사에게 말입니까? 농도 심하십니다. 우리 하북살막이 어떤 곳인데……."

"상표야, 예전에 말이다, 네가 아직 코흘리개 살수였을 때 말이다, 십만마교의 고수 일백이 하룻밤 사이에 모조리 배때기가 터져 뒈진 일이 있었다."

강호 서쪽의 패자인 십만마교의 고수 일백이라고 하면 하북살막 열 개가 달려들어도 상대가 안 될 힘이었다.

"그거 모르는 사람이 어디 있습니까? 그럼 설마……."

"상표야, 방금 우리가 만난 청설위국에 말이다, 그 대업을 해낸 엄청난 분이 계신다. 그분 비위 거슬렸다가는 우리 정도는 한 끼 식사거리가 안 된다."

잔뜩 겁에 질린 공상표가 말을 더듬거렸다.

"그, 그렇지요. 하, 한 끼가 아니라 반 끼 식사거리도 안 되겠지요."

"상표야, 오늘 운 좋은 줄 알아라. 그분의 한 끼 식사거리로 전락하지 않았으니 말이다. 그분 한창 때는 맘에 안 드는 것들은 모조리 대가리를 잘라 잘근잘근 씹어 드셨다는 전설 같은 얘기까지 내려온단다."

그것은 일종의 비유였고, 적잖이 농이 섞인 것이었으나 공상표는 그 말을 문자 그대로 받아들였다.

"예? 대, 대가리를 씹어 먹어요? 설마 시, 식인(食人)을 한단 말입니까?"

"나는 직접 못 봤지만 여러 형님들이 보셨단다. 그러니 잠자코 따라와라."

공상표 역시 살인을 업으로 삼는 살수라지만 죽음이 두렵지 않은 것은 아니었다. 아니, 살인을 누구보다도 가까운 곳에서 보아왔기에 죽음이 더욱 두려웠다. 그런데 청설위국에 대가리를 씹어 먹는 괴수(?)가 있었다니…….

'설마 그 장철웅이라는 자? 다시 생각해 보니 그자, 인상도 더럽게 생긴 것이 꼭 식인마처럼 생겼었다. 조, 조심해야겠다.'

공상표가 자신의 대가리를 만지며 공포에 떨었다.

'산동과 산서에 있는 형제들에게 급히 이 사실을 알려야겠다. 청설위국에 식인마가 있으니 청설위국과 관련된 청부는 절대 받아들이지 말라고!'

살수 집안에서 태어나 형제와 일가친척 모두 살수업계에 종사하고 있는 공상표는 집결지에 도착하자마자 바로 전서구를 날렸다.

산동과 산서의 살수 단체에서 활동하고 있는 자신의 친형과 친동생에게 청설위국의 식인마에 대한 내용을 자세히 적어서.

"캭!"

전서구를 받자마자 그의 형과 동생은 하남과 안휘, 강소, 섬서, 대륙 전체에 흩어져 있는 친척과 안면이 있는 살수들에게 이 사실을 알렸다.

"헉!"

그 전서구를 받아본 공 씨 집안 살수들은 이 사실을 동료 살수들에게 바로 전했다.

"저, 정말인가? 억만금을 준다 해도 청설위국과 관련된 청부는 받지 않으리라!"

말이 몇 다리를 건너다 보니 장철웅뿐만 아니라 청설위국 전체 위사들이 식인마라는 터무니없는 내용으로 변질되고 말았다.

게다가 청설위국 위사들은 대가리는 물론 사람의 장기마저 매우 즐긴다는 과장까지 뒤섞였다.

'야들야들한 심장', '쫄깃쫄깃한 간', '소금에 찍어 먹으면 맛 나는 위장', '구수한 대장과 똥집', '정력에 좋은 거시기' 등등.

대륙 전체의 살수 단체들 사이에서 북경 청설위국과 장철웅이라는 이름은 순식간에 공포의 대명사로 변하고 말았다.

청설위국의 명성이 북경을 떨쳐 울렸다.

산동육살을 단칼에 베어버린 북경제일도 장철웅이 있는 위국. 하북제일로 불리는 하북살문으로 하여금 스스로 꽁무니를 빼게 만든 위국이라는 소문이 북경 바닥에 파다하게 퍼졌다.

"내 두 눈으로 똑똑히 목격했다네. 하북살막의 막주와 부막주까지 포함된 살수 일백이 북경제일도 장철웅 위사와 청설위국의 기세에 눌려 꼬리를 내린 것을."

다른 사람도 아닌 금의위 무관들의 입에서 그것이 사실이라는 것이 입증되자 관부에까지 청설위국에 대한 소문이 널리 퍼졌다.

청설위국을 향해 자신의 재산을 지켜달라며 북경의 수많은 부호들과 상인들의 의뢰가 빗발쳤다. 또한 한왕부 호위를 맡았다 하여 청설위국을 백안시했던 관리들까지 뒷구멍으로 청설위국 위사 중에 호위무사를 보내줄 수 없겠느냐며 청을 넣기도 했다.

그러나 청설위국은 위사가 겨우 서른을 갓 넘는 소규모 위국이었다. 그중 스물은 한왕부에 가 있으니 나머지 열로는 도저히 밀어닥치는 수요를 감당할 수 없었다.

수요는 많은데 공급이 달리니 청설위국 위사들의 몸값은 갈수록 높아졌고, 제법 산다 하는 사람들 사이에 경쟁까지 붙다 보니 청설위국의 위상은 끝없이 치솟고 있었다.

"아버지, 이 기회에 우리 청설위국도 크게 확장을 해야 해요. 소자에게 그 일을 맡겨주세요."

청설위국 소국주 장우서가 아비인 국주 장원교에게 청했다. 청설위국의 위상이 올라가니 덩달아 장우서에 대한 주변의 대접도 달라졌다.

예전 같으면 삼류 위국의 소국주 따위 뭐가 대단하냐며 무시하던 사람들이 이제는 어떻게든 청설위국 위사들을 고용하려고 자신에게 계속해서 줄을 대고 있었다.

그에 기가 산 장우서는 아비에게 자신이 한번 해볼 테니 위국 확장을 맡겨달라고 청을 넣고 있었다.

"그래? 언제나 말썽만 부리던 네가 이제야 철이 들려나 보구나. 네 뜻이 그렇다면 해봐야지. 알아서 해보거라."

국주라고는 하지만 언제나 국주실 안에서 책만 보는 국주 장원교였다. 후덕하게 생긴 인상에 귀까지 크고 두꺼워 위국 사람들 사이에는 '부처님' 소리를 듣곤 했다. 외모만 그런 것이 아니라 실제로도 정이 많고 인자하기 그지없었다.

"아버님, 그럼 소자가 책임지고 위국 확장을 해보겠습니다."

아비의 허락까지 떨어지자 더욱 의욕에 불탄 장우서가 위국 확장 계획을 머릿속에 그리기 시작했다.

"황태자 전하, 무조건 한왕을 죽이실 요량이겠지요?"

화려한 옷과 장신구로 치장하고 있는 사내가 물었다. 그러자 황금빛 용포를 입고 있는 황태자가 비릿한 미소를 지으며 답했다.

"죽이기 전에 간단히 시험을 해볼 생각이지."

시험, 한왕의 생과 사를 가를 시험을 해볼 요량이었다. 통과하면 살고 그렇지 못하면 죽는다.

"형님, 아니, 전하, 그 녀석은 대단히 위험합니다. 이참에 후환의 싹을 잘라 버려야 합니다."

다그치는 것 같은 목소리의 사내를 향해 황태자가 불쾌감을 표시했다.

"진왕 족하(足下), 그래서 족하는 한왕에게 두 번씩이나 자객을 보냈는가? 북경 바닥을 그리도 떠들썩하게 만들면서? 그런데 어이없게도 백성들은 동생을 시기한 내가 자객을 보냈다고 떠들어대더군."

"그, 그것은⋯⋯."

황태자의 친동생이자 같은 어미에게서 태어난 진왕이 말을 더듬었다.

황태자가 진왕을 노려보며 호통을 쳤다.

"나는 보위를 이을 몸. 죽이고 싶은 자가 있으면 죽이고 살리고 싶은 자가 있으면 살린다. 필요하다면 족하처럼 뒤에서 수작 부리지 않고 밝은 대낮에 피를 보는 사람이야. 자중하라 내 몇 번이나 말했지?'

자연스레 위엄이 몸에 밴 황태자가 호통을 치자 진왕이 크게 겁을 먹고 용서를 빌기 시작했다.

"전하, 송구합니다."

"족하가 내 친형제만 아니었다면 한왕보다 족하에게 먼저 칼을 보냈을 것이야! 앞으로 조심하게!"

"전하, 이번 한 번만 너그러이 용서해 주십시오."

"흥! 족하가 한 일을 내가 몽땅 뒤집어쓰고 비난을 듣다니 어이없는 일이야. 용서는 이번 한 번뿐이야. 당분간 자중하고 살게."

"명심, 또 명심하겠습니다."

'당분간 쥐 죽은 듯 살자. 황태자 전하는 친동생인 나조차 벨 수 있는 단호한 성정을 지닌 분이니. 그나저나 그동안 눈엣가시 같았던 한왕의 명줄이 오늘 반드시 끊겨야 할 것인데. 한왕만 죽으면 무슨 수를 써서라도 반드시 놈의 왕비를 취하고 말리라.'

*   *   *

"전하, 저를 찾으셨습니까?"

세인이 들어오자 그때까지 근심스런 표정을 하고 있던 한왕이 반색을 하며 맞이했다.

"왔는가? 내 자금성에 들어갈 일이 생겼다네. 그래서 진 사부와 동행하고 싶어 불렀지."

말은 간단히 했으나 그 말을 꺼내기까지의 과정은 극히 힘들었다. 표정 또한 대단히 망설이고 있는 것 같았다. 분명 단순한 이유로 자금성에 가는 것은 아니라는 느낌이 들었다.

그러나 세인은 자세히 묻지 않고 흔쾌히 답했다.

"알겠습니다."

그의 승낙에 한왕은 상당히 기쁜 표정을 지었다. 한왕 옆에서 근심 어린 표정을 짓고 있던 왕비도 한왕이 기뻐하자 덩달아 미소를 지었다.

세인이 한왕의 정비를 바라봤다.

'왕비가 대단한 미녀였구나. 저런 미모라면 아마도 북경 전체가 시끄러웠을 정도로.'

미인 많기로 유명한 색향(色鄕) 소주에서 주로 살았던 세인이었다. 원하든 원하지 않았든 소주 미녀들을 볼 기회가 많았던 그였으나 한왕의 왕비처럼 대단한 미녀는 본 적이 없었다.

"진 사부, 그대를 만난 이후 전하께서는 하루도 빼지 않고 그대의 얘기를 해주곤 한답니다."

한왕이 민망한 표정을 지었다.

"하하하! 왕비, 과장이 심하시오. 내가 언제 하루도 안 빠지고 진 사부의 얘기를 했단 말이오?"

"진 사부를 만난 이후부터 전하께서는 웃음도 많아지셨지요. 그리고 무엇보다도 최근 들어서는 잠도 잘 이루시고 악몽도 꾸지 않게 되셨어요."

왕비는 한왕에게 그리 말하더니 다시 세인을 바라봤다.

"전하에게 웃음을 되찾아주고 악몽을 떨치게 해준 진 사부에게 나는 진심으로 감사하고 있답니다. 그리고 오늘 말이에요……."

왕비는 오늘의 일에 대해 무언가를 말하려다 갑자기 감정이 북받쳐 올랐는지 차마 말을 잇지 못했다.

"왕비, 왜 그러시오? 황태자 전하께서는 그저 이 사람이 보고 싶어 부른 것뿐일 게요. 그러니 너무 걱정 마시오."

"하오나……."

"내 반드시 돌아올 것이오. 그러니 부디 눈물을 거두시오."

한왕과 왕비가 저러는 데는 분명 이유가 있을 것이다. 생전 한왕을 찾지 않던 황태자가 갑작스레 한왕에게 자금성에 들어오라 한 것 때문일 것 같았다.

한 아비를 두었으나 어미가 다른 황태자가 한왕을 경계하고 핍박하는 중심인물이라는 것은 어지간한 사람은 다 알고 있었다.

그런 황태자가 한왕과 형제 간의 우애가 있을 리 만무했고,

평생 가야 안부 한마디 물어오는 법 없던 황태자가 갑자기 한왕에게 자금성에 들라 한 것은 결코 좋은 징조일 리 없었다.

'게다가 최근에는 연이어 자객들이 들었지. 황태자가 이제 체면과 세상의 이목 따위는 신경 쓰지 않고 한왕을 죽이려 하는 것인가?'

자칫 오늘 한왕이 죽을 수도 있을지 모른다는 생각이 들었다.

힘겹게 눈물을 거둔 왕비가 세인에게 진심으로 부탁했다.

"전하께서는 그대를 가장 믿고 의지하고 있어요. 무슨 일이 생기든 전하 곁을 지켜주세요. 그렇게만 해준다면 그 은혜는 결코 잊지 않을 것이니."

제아무리 핍박받는 처지라 하나 친왕의 정실인 왕비였다. 왕비가 일개 위사에 불과한 세인에게 눈물로 호소하고 있었다.

"마마, 전하께 큰 힘은 되지 못하겠으나 어떤 일이 있더라도 전하 곁을 떠나지 않을 것은 맹세하겠습니다."

"고마워요. 나 역시 진 사부를 믿어요."

세인은 아름다운 왕비에게 가볍게 허리를 숙인 후 한왕에게 물었다.

"전하, 저 외에 어떤 이들이 동행하게 됩니까?"

한왕이 처량한 표정으로 답했다.

"아무도 동행하려 들지를 않아. 금의위 무관은 물론이고,

청설위국의 막청송 대위사까지도 난색을 표하더군. 그래서 이렇게 개인적으로 진 사부에게 청을 한 것이네."

아직은 북경 사정에 어두운 세인마저 어쩌면 한왕이 오늘 죽을 자리로 가는 것이라는 추측을 할 정도였다. 그러니 금의위 무관은 물론이고, 이곳 사정에 밝은 막청송 대위사라면 당연히 추측할 수 있는 일이었다.

"전하, 차비를 하고 다시 오겠습니다."

"알았네."

세인이 한왕의 처소를 나오자 밖에서 기다리고 있던 대위사 막청송이 바로 그를 붙잡았다.

"진 위사, 가지 말게. 이는 자네가 진정으로 걱정돼 하는 말이야."

막청송은 한왕과 세인이 무슨 얘기를 했을지 대략 짐작하고 있었다.

"내 연줄이 있는 동창 쪽에 알아보니 황태자가 한왕을 죽이려 한다는군. 지금 한왕과 동행하는 것은 죽을 자리를 찾아 들어 가는 걸세."

"그럴 거라고 예상은 했습니다."

"그럼, 가지 않을 거지? 자네가 근자에 한왕과 교분이 있는 것은 내 알고 있네만 자네도 목숨을 아껴야 하네."

세인이 웃었다.

"죽을 자리로 가는 거라면 더더욱 혼자 보내 드릴 수는 없는 노릇이지요."

"고집 피우지 말게. 나 역시 한왕이 이리 죽는 것이 안타깝기 그지없고, 뭐라도 하고 싶은 생각은 굴뚝같아. 하지만 무엇보다도 중한 것이 목숨 아니겠나? 위국에 들어온 지 얼마 되지 않았으나 자네 역시 우리 식구네. 식구가 죽기를 바라는 이는 아무도 없어."

세파에 찌들려 이리저리 눈치나 보고 얄팍하게만 보였던 막 대위사였으나 지금 그의 말에서는 진심이 느껴졌다. 그러나 세인은 결정을 바꾸지 않았다.

그는 곧 당막천에게 가 상황을 설명했다.

"그러하냐? 잘됐다. 이참에 자금성 구경이나 실컷 하자꾸나."

당막천은 별로 걱정하는 눈치가 아니었다. 자금성 안에 군사가 수천이 있든 수만이 있든 빠져나올 절대적인 자신감이 있는 그였다.

그런데 당막천의 비위를 적잖이 거스르는 일이 한 가지 있었다.

"너는 마차 안에서 편히 가고 이 당막천보고는 마부가 돼 말고삐를 잡으라는 것이냐?"

"어쩔 수가 없습니다. 전하가 굳이 나를 곁에 두고 싶다 하시니."

"허! 이 녀석이 보자 보자 하니까 갈수록 심해지는구나.

나, 당막천이야!"

"모를 리가 있겠습니까? 십 년 전에도 나를 보자마자 그리 외치지 않았습니까?"

세인이 십 년 전 두 사람이 처음 만났을 때를 거론하자 당막천이 버럭 화를 냈다.

"그래. 십 년 전에도 이러다 네 녀석에게 호되게 당했지. 지금 내가 말고삐를 잡지 않으면 네가 무력이라도 쓰겠다는 것이냐?"

"그럴 리가 있겠습니까? 사정이 이러하니 좀 봐달라고 청하는 것이지요."

"흥!"

잠시 그 일로 옥신각신하기는 했으나 당막천도 상황을 이해하고 어쩔 수 없이 말고삐를 잡고 마차를 출발시켰다.

마차는 한 대, 그리고 한왕을 제외하면 단 두 사람만이 한왕과 동행하고 있었다. 친왕의 행차라고는 도저히 믿을 수 없을 정도로 초라했다.

그러나 동행하는 두 사람 중 하나가 하늘 아래 으뜸가는 호위무사며 다른 한 사람이 천하제일의 살수라는 것을 고려해 보면 결코 초라한 행렬이 아니었다.

'원만하게 일이 끝나면 더 바랄 것이 없겠으나, 만약 일이 틀어지면 나와 당 형님이 한왕을 구해 탈출할 것이다.'

자금성 안에 얼마의 군사가 있든 세인은 자신이 있었다. 하나, 그보다는 큰 소동 없이 일이 마무리되기만을 바랄 뿐이었다.

"전하, 한왕 드셨습니다."

밖에서 들려온 내관의 말에 황태자가 눈빛을 번뜩였다.

"들라 해라."

방문 밖에서 기다리고 있던 한왕은 그 소리에 남몰래 두 눈을 질끈 감았다.

오늘은 무슨 일을 가지고 트집을 잡고 몰아세울지 걱정부터 앞섰다. 죽어도 들어가기 싫으나 들어가지 않으면 바로 목이 날아갈 것이다.

게다가 궁 근처에 오며 진 사부와 당 노인이라 불리는 자가 한 얘기가 있었다.

"살기를 풀풀 풍기는 자들이 수백이 넘는군요."

황태자가 거하는 궁에 왜 그리 병사들이 대기하고 있겠는가?

결론은 하나였다. 조금이라도 트집 잡힐 것이 있으면 오늘 바로 자신의 목을 날려 버릴 것이 명확했다. 황태자는 능히 그럴 만한 사람이었다.

무슨 일이 있더라도 목숨을 보존해야 한다. 개처럼 짖으라면 짖을 것이고, 발을 핥으라면 기꺼이 핥을 것이다. 장량도 파락호의 가랑이 사이를 기어야 했던 수모를 참고 후일 역사에 이름을 남기지 않았던가?

도저히 떨어지지 않는 발걸음을 겨우 뗀 한왕이 환관들이 연 방문 안으로 들어갔다.

안으로 들어가자마자 한왕은 크게 절을 했다. 그것도 보통 절이 아닌 오체투지를 하며 바닥에 이마를 쿵쿵 찧었다. 환관들도 저리는 절을 하지 않겠다 싶을 정도였다. 비굴하게까지 보였다.

"황태자 전하, 소신을 찾아계시옵니까?"

"우리들만 있는 자리에서는 형님이라 불러도 좋다는데도."

바닥에 머리를 처박고 있는 한왕이 바로 답했다.

"다음 보위를 이으실 전하께 어찌 그리 불경할 수 있겠사옵니까? 그럴 수는 없사옵니다."

황태자가 미소를 지었다.

"그래? 아직까지 나를 형님이라 부르며 말실수를 하는 진왕보다 낫구나."

그 소리에 동석하고 있던 진왕이 미간을 꿈틀거렸다.

"송구하옵니다. 용렬하기 짝이 없는 소신이 어찌 진왕 전하와 비교될 수 있겠사옵니까?"

"하하하! 사실 네가 진왕보다야 백배는 빼어나지. 어릴 때는 심지어 나보다도 네가 다음 보위에 더 어울린다는 소리도 많지 않았느냐?"

한왕의 얼굴이 백지장처럼 허옇게 변했다.

"천부당만부당한 얘기이옵니다. 백 가지, 천 가지를 따져 봐도 소신은 전하의 발뒤꿈치에도 따라가지 못하옵니다."

황태자가 비굴하기 짝이 없는 한왕을 보며 미소를 지었다.

"한왕이 나이를 먹더니 처세술이 많이 늘었구나."

"소신, 진심이옵니다. 믿어주시옵소서."

"그래?"

황태자가 술잔을 들어 한잔 쭉 들이켜더니 말했다.

"요즘 듣자 하니 네가 검술에 푹 빠져 있다 들었다. 혹 검술을 배운다는 명분을 내세워 칼 든 자들과 교분을 나누고, 그를 통해 세라도 모아볼 작정이었더냐? 세를 모아 종국에는 나에게 검을 겨눌 작정이었고?"

가슴이 철렁 내려앉았다.

"절대 그렇지 않사옵니다. 소신이 요즘 배우고 있는 것은 검술이 아니라 소일거리로 배우는 검무이옵니다."

"검무? 내가 듣기로는 검술이라 하던데? 그리고 아주 고명한 스승에게서 배우고 있다지? 재능이 남달랐던 네가 사부, 사부 할 정도라니 말이야."

"아니옵니다. 분명 검무이옵고, 검무를 가르치는 이도 이름조차 없는 무명의 위사이옵니다. 사부, 사부 했던 것도 농처럼 부른 것이 와전이 됐을 것입니다."

"하하하! 그거야 직접 확인해 보면 알게 되겠지. 네가 오기 전에 금의위 연무장을 비워두라 했다. 거기서 직접 확인해 보자꾸나."

황태자는 그러더니 한왕을 노려봤다.

"너는 분명 검무라 했다. 네가 만약 검무를 추지 못한다면 그것은 보위를 이을 나를 속인 것, 그것은 곧 기군죄(欺君罪)를 범한 것이다. 기군죄에 대한 처벌은 아마 죽음뿐이라지? 하하하!'

처음부터 노골적으로 꼬투리를 잡으려 했던 황태자였다.

"자, 나 혼자 판단하면 내가 괜한 억지를 부려 너를 죽였다고 세상이 비난할 것 같아 엄정히 판단을 내려줄 분들을 모셨다. 군부의 도독들도 있고, 내가 특별히 청해온 강호의 고수들도 있다."

황태자가 연무장에 마련된 연회석의 상석에 앉더니 말했다.

"한번 보고 판단들 해주시구려."

황태자가 좌중에 모여 있는 도독들과 승려, 도사 차림의 사내들을 향해 그리 말하더니 한왕을 노려봤다.

"그 검무란 것, 시작해 보거라."

명을 내리자 한왕이 목검도 아닌 몽둥이 하나를 손에 들었다. 자금성에 목검 하나 없을 리 없었다. 그럼에도 불구하고 볼품없이 생긴 몽둥이를 들려준 것은 한왕을 모욕하고 희롱하겠다는 뜻이 명백히 담겨 있었다.

그러나 한왕은 전혀 개의치 않고 공자검의 기수식부터 취했다.

"공자검 제일초, 학이시습지 불역열호!"

한왕이 큰 목소리로 외치자 자리에 앉아 있던 도독들은 물론이고 강호의 고수라는 승려와 도사들 또한 웃음을 참지 못했다. 세상에 그런 초식 명을 가진 검술은 없었다.

"한왕 전하, 요즘 그런 광대놀음을 하고 계셨던 것입니까?"

은빛 갑주를 입고 있던 무장이 한왕을 비웃었다.

"중군 도독, 친왕 전하시오. 그 무슨 망발이란 말이오!"

한왕을 비웃은 도독을 향해 얼굴에서 굳은 의지가 느껴지는 무관이 호통을 쳤다.

"금의위 한 도독께서도 솔직히 그리 생각하지 않으셨소? 황실 제일고수로 불리는 한 도독이라면 더욱 그리 느꼈을 것인데……."

이 자리에 모여 있던 이들 중 유일하게 한왕의 기수식을 보고도 웃지 않았고, 은근히 한왕을 희롱하려는 중군 도독에게 호통 친 것도 이 사람이었다.

불편부당한 인물로 알려졌으며, 강직하기 이를 데 없어 황제의 총애는 물론이고 군부 내 신망 또한 두터운 금의위 도독 한청서였다.

"한 도독, 중군 도독의 말이 심한 면도 없지 않으나 사실 우스운 것은 우스운 것이 아니겠소?"

중군 도독의 편을 든 황태자가 한왕을 노려보며 말했다.

"검무는 아직 시작도 안 한 것 같구나. 계속해라."

한왕이 미소를 지었다.

"사실 제가 생각해도 우스꽝스럽습니다. 하나, 저는 이 검무를 추는 것이 참으로 즐겁답니다."

바보처럼 실실거리며 그리 답했으나 속마음은 전혀 달랐다.

지금 이 자리에 서 있는 것 자체가 너무나 수치스럽고, 저 자리에 앉아 있는 자들이 증오스럽기 짝이 없었다. 당장 혀를 깨물고 자결하고 싶은 생각마저 들었다.

'내가 왜 황실에서 태어나 이런 모진 꼴을 당한단 말이냐? 차라리 범부의 자식으로 태어났으면 더 좋았을 것을……'

그러나 얼굴로는 여전히 웃고 있었다. 더욱더 흥겨운 표정으로.

한왕이 곧바로 엄청나게 수련해 온 공자검을 펼치기 시작했다. 그러자 칭찬이나 감탄은커녕 비웃음만 가득 돌아왔다.

"허허! 저걸로는 닭 한 마리 잡지 못하겠구나. 검법에 강맹함은커녕 어찌 반 푼의 힘조차 느껴지지 않는단 말인가?"

중군 도독에 이어 강호의 고수라는 승려가 말했다.

"화려하고 겉보기에는 좋으나 내실이 전혀 없으니 저처럼 쓸모없는 검술도 없겠군요. 마치 누구처럼 말입니다."

비웃음의 대상이 된 그 '누구'가 한왕이란 것은 이 자리에 모인 사람이라면 모르는 이가 없었다.

도사 차림의 남자가 비웃었다.

"이거야 원, 무당이 푸닥거리를 하는 것도 아니고……."

황태자가 한왕을 핍박하니 황태자를 따르는 이들 또한 대놓고 한왕을 무시했다. 금의위 제기조차 한왕을 가벼이 여겼는데 황태자의 측근이라 할 수 있는 이들은 말할 것도 없었다.

그런데 모두가 비웃었으나 금의위 도독 한청서만은 그 검에서 눈을 떼지 못했다.

'확실히는 모르겠다. 그러나 저 부드러움 속에 대단한 묘리가 숨겨져 있는 것처럼 느껴져.'

그는 군부의 대장군이기 이전에 황실제일고수였다. 지금 이 자리에 앉아 있는 이들 중 무학에 대한 이해가 가장 깊은 사람이었다. 그런 그가 보기에 분명 저 안에 대단한 무언가가 숨겨져 있는 것만 같았다.

그리고 또 한 사람, 황태자 역시 신중한 얼굴로 한왕의 검을 바라보고 있었다.

황태자는 검에도 깊은 조예가 있었다. 한왕이 펼치는 검을 통해 한왕이 어떤 생각을 하며, 어떤 마음을 품고 있는지를 능히 짐작할 수 있을 정도였다. 어설픈 눈가림으로는 결코 그의 눈을 속일 수 없었다. 그래서 일부러 한왕으로 하여금 검무를 추도록 강권했던 것이다.

'흠, 검에 한과 원망, 분노가 뒤범벅돼 있을 줄 예상했는데… 전혀 그렇지가 않구나. 정녕 내가 한왕에 대해 잘못 생각하고 있었던 것인가?'

한왕의 검은 극히 고요하고 평온해 보였다. 또한 그 어떤 욕망이나 야망도 느껴지지 않았다.

'한왕은 진정으로 보위에 뜻이 없는가?'

한왕의 수준으로는 자신의 눈을 결코 속일 수 없었다. 검이 그렇게 보였다면 진정으로 그러한 것이라 여길 수밖에 없었다.

한왕은 검무라 말한 공자검을 시연하면서도 속으로는 식은땀을 줄줄 흘리고 있었다.

'황태자 전하는 무공에 대한 조예가 깊다. 전하라면 진 사부가 말했던 것처럼 내 검을 보고 검에 담긴 의미와 감정을 읽어 내릴 수 있을 것이다. 만약 내가 원망에 가득 찬 검을 전하 앞에서 휘둘렀다면……'

그랬다면 오늘 이 자리에서 살아 돌아가지 못했을 것이다. 공자검을 통해 분노를 억누르고 마음을 평안히 했기에 황태자의 눈을 속일 수도 있겠다는 생각이 들었다.

'진 사부를 만나지 못했다면······.'

상상만으로도 끔찍했다. 우연히 만난 진 사부로 인해 어쩌면 오늘 자신의 목숨을 보존할 수도 있겠다는 느낌이 들기 시작했다.

한왕이 안목이 없는 신하들과 강호인들에게 한참 비웃음을 당하고 있을 때였다.

혹 무슨 일이 벌어지면 당장에라도 몸을 움직여 한왕을 구할 생각이었던 세인이 당막천에게 전음을 날렸다.

"저기 자칭 강호의 고수입네 하며 우쭐대는 승려와 도사에 대해 아는 바가 있습니까?"

"저 땡중과 말코? 땡중은 소림의 혜각이고, 말코는 무당의 청산이란 자다. 소림과 무당이라는 이름을 떼면 고작 이류도 못 되는 것들이지."

"소림과 무당이라고 하셨습니까?"

안목이라곤 찾아볼 수도 없는 자들. 또한 출가한 몸으로 권세에 영합하려는 저자들은 꼴불견이었다. 예전에 자신과 연을 맺었던 소림의 고승과 무당의 진인들과는 천지 차이인 '잡배' 들이었다.

"언제 시간 나면 소림과 무당에 가 공자검을 한번 제대로 보여줘야 할 것 같습니다."

잡배들의 입에 공자검이 제멋대로 오르내리는 것은 무척이나 불쾌한 일이었다.

"너도 사람은 사람인가 보구나. 네 검법이 무시당하니 바로 발끈하고 말이야."

"기분 좋을 리가 있겠습니까."

"하하하! 그럼 약조해라. 네가 소림과 무당을 방문할 때 반드시 나와 함께하겠다고. 같이 분탕질을 쳐보자꾸나."

세인이 웃었다.

"분탕질이라니요. 가서 친선 도모나 하고 오자는 것이지요."

"친선 도모나 분탕질이나 그게 그거지."

두 사람이 소림과 무당에 가 친선 도모를 하는 것에 대해 얘기를 나누고 있을 때였다.

쉴 새 없이 공자검을 펼치고 있던 한왕이 손에 들고 있는 몽둥이를 움직이며 혼신의 힘을 다해 소리쳤다.

"공자검 제삼십육초 성사불설 수사불간 기왕불구(成事不說 遂事不諫 旣往不咎)!"

처음부터 우스꽝스러웠으나 마지막 초식의 이름은 참으로 걸작이었다. 이전보다 몇 배는 커다란 비웃음이 터져 나왔다.

"무슨 검이 공자 왈로 시작해 공자 왈로 끝이 나는가? 더 이상 볼 가치도 없구나."

중군 도독이 비웃었다.

"중군 도독, 대명의 군사들에게는 절대 저런 검을 익히게 해서 안 될 것입니다."

얼굴에 기름기가 좔좔 흐르고 언행이 경박한 것이 산사에 묻혀 불도를 닦는 승려라기보다는 상인 같은 느낌을 주는 소림 승려 혜각이었다.

금의위 한 도독을 제외한 모두가 비웃고 있는 가운데 황태자만은 한왕이 외친 초식의 의미를 되새기고 있었다.

'이미 이루어진 일은 말하지 않으며, 끝난 일은 간하지 않고 지난 일은 탓하지 않는다라……. 자신이 아닌 내가 황태자가 된 것은 이미 끝날 일이니 왈가왈부하지 않을 것이며, 내가 황태자가 된 이상 불만을 갖지도 않고 그 어떤 것도 원망하지 않겠다는 것인가?'

황태자가 미소를 지었다.

한왕이 자신 앞에서 아무리 바보 같은 행동을 해도, 비굴하게 굴어도 그것을 믿지 않았다. 아니, 계속 그리 위장했다면 분명 자신을 속이고 무언가 다른 마음을 품고 있다 여겨 단칼에 목을 칠 요량이었다.

'역시나……. 하찮은 검무에조차 저런 이름을 붙여 자신의 뜻을 전하려 한 한왕의 총기는 여전해. 하나, 그토록 모진 수모를 주고 핍박을 가했음에도 고작 죽음이 두려워 오기와 원망조차 품지 못하는 나약한 인사라면 별 볼일이 없지. 한왕은 옥좌를 위협할 그릇이 아니야!'

그런 생각이 들자 서서히 기분이 좋아지기 시작했다.

"하하하! 잘 보았다. 확실히 네 말대로 검무가 맞구나. 검무라 그런지 참으로 보기가 좋았어."

한왕이 크게 허리를 숙이며 답했다.

"전하께서 보기 좋으셨다니 소신, 기쁘기 한량없사옵니다."

"그런데 내 너에게 청이 한 가지 있구나."

청이라……. 예전 같으면 무조건 명이라 말했을 것이다. 약간씩 희망이 엿보이기 시작했다.

"청이라니요, 당치도 않사옵니다. 명을 내려주시옵소서."

"그래? 그럼 명을 내리지. 그렇게 보기 좋은 검무를 가르쳐 준 네 스승이란 자의 검무를 직접 보고 싶구나. 네 검무도 훌륭했으나 아무래도 스승의 검무가 보다 보기 좋지 않겠느냐?"

그 말에 진왕이 동조했다.

"전하의 말이 백번 옳습니다. 전하의 말씀을 듣고 보니 저 또한 보고 싶어지는군요."

황태자에 이어 진왕까지 한목소리로 그리 말하자 한왕이 생각했다.

'살기 위해 했을 뿐이지, 절대 검무를 추고 싶지 않았다. 나 스스로 하기 싫었던 일을 어찌 남에게, 그것도 진 사부에게 청한단 말인가?'

신분의 고하가 있었으나 한왕은 진 사부를 중히 여기고 있었다. 자신이야 얼마든 굴욕을 당해도 좋으나 진 사부만은 그럴 이유가 없다 여겼다.

순간적으로 꺼려 하는 한왕의 모습을 황태자는 놓치지 않았다.

'일개 위사를 스승으로 삼았다 했고, 처음에 저자가 너에게 검무를 가르쳐 줬다 했었지? 그럼 저자가 네 스승이란 자겠구나. 확실히 너는 저자를 무척이나 아끼고 있구나. 그렇다면 한번 시험해 볼까?'

한왕이 짐짓 난감한 기색으로 망설이고 있을 때 세인이 빙그레 웃으며 바라봤다. 그 웃음은 마치 '검무는 물론이고, 그어떤 것도 상관없으니 마음대로 하십시오'라고 말하고 있는 듯했다.

"한왕, 네 스승이 내 앞에서 검무를 추는 것이 꺼려지기라도 한 것이냐?"

황태자의 얼굴이 딱딱하게 굳어가고 있었다.

한왕이 모질게 마음먹고 말했다.

"검무는 물론이고, 전하께서 소신의 위사가 마음에 든다면 그를 전하께 바치겠나이다."

"네 사람을? 그것도 진심이든 농이었든 스승이라 불렀던 자를?"

"무엇이든 명만 내리소서. 차마 왕비는 바치지 못하겠으나, 제게 중한 것이나 좋은 것이 있다면 무엇이든 전하께 바치겠나이다."

"하하하! 혀에 꿀이라도 발랐느냐? 어찌 그리 듣기 좋은 소리만 하느냐?"

"신하의 것은 모두 군주이신 전하의 것이옵니다. 소신에게 그저 마지막 원이 있다면 전하의 충성스런 일개 신하로 남는 것뿐이옵니다."

황태자는 웃었다. 그리고 생각했다.

어린 시절부터 총명하기 그지없었던 한왕이다. 그러나 제아무리 총명하면 뭐 할까? 기백도 담력도 없이 입만 살아 나불거리는 유약한 학사 나부랭이와 전혀 다를 바가 없는 것을.

자신의 사람조차 지키지 못하고 필요에 따라 누구든 바치겠다고 한다. 이런 한왕에게 사람이 모일 리 없었다.

자신의 것을 빼앗기고도 분노할 줄 모르는 자, 살아도 산 것이 아니었다. 이것이 연기일 수도 있다. 그러나 한 번 무릎 꿇고 뜻을 꺾은 자를 다시 굴복시키는 것은 전혀 어렵지 않았다.

'범의 새끼가 자라 개가 되었구나. 개가 되었어!'

더 이상 볼 것도 없었다. 수년 동안 이어진 한왕에 대한 마지막 시험이 끝났다.

"그래, 내 충성스러운 신하로 남고 싶다라……. 한왕이 내게 충성을 보였으니 나도 응당 답을 해야겠지."

황태자가 한왕을 보며 미소를 짓더니 말했다.

"한왕에게 강소성 소주 땅을 내려 번(藩)으로 삼게 하겠다.

금으로 된 책서와 함께 옥새를 내릴 것이며, 번국의 이름은
한(漢)으로 하겠다. 일만 석의 봉록을 줄 것이며, 한왕을 보좌
하게 할 왕부장사사(王府長史司)와 번국을 호위케 할 왕부호
위지휘사사(王府護衛指揮使司)를 세울 것이다. 나머지 사항은
전례에 따라 처결토록 하라."

갑작스런 명에 모인 사람 모두가 깜짝 놀랐다. 대다수 사람
들이 오늘 이 자리는 한왕을 죽이기 위해 마련된 자리로 여기
고 있었기에 그 놀라움은 더욱 컸다.

"전하, 그것은……."

"진왕은 이 일과 관련해 더 이상 거론하지 마라. 병석에 계
신 아바마마를 대신해 정사 일체를 관장하고 있는 내가 정한
일이다. 다른 사람들 역시 한마디도 하지 말라."

수년 전부터 실질적으로 황제였던 황태자이다. 그는 한 번
뜻을 세우면 절대 꺾는 법이 없었다. 그것이 강인한 군주로
보이게도 했으나 폭군의 기질도 다분히 느껴지도록 만들었
다.

모두가 반대하는 가운데 유독 중군 도독만이 황태자에게
고개를 조아리며 말했다.

"전하의 뜻이 그러하다면 저희 신하들은 마땅히 따라야겠
지요. 그리고 번으로 삼은 곳이 소주 땅이라면 더욱 이의가
없습니다."

굳이 설명하지 않아도 자신의 뜻을 바로 이해하는 중군 도

독을 보며 황태자가 미소를 지었다.

강소성 소주는 물산이 풍부하고 문화가 발전한 강남땅의 요지였다. 핍박받던 한왕에게 내리기에는 과분하게도 보이는 곳이었다. 그러나 실상을 알고 보면 상황은 전혀 달랐다.

소주에는 용부(龍府)가 있었다. 강호인들 사이에서는 천하 사패 중 으뜸으로까지 꼽히는 단체였다. 게다가 그곳은 단순한 강호의 단체가 아니었다.

'천하는 황제가 다스리나 강남은 용부가 지배한다'고 할 정도로 위세가 등등한 곳이었다.

황제의 권력과 법이 강남땅에도 미치고 관리 역시 파견돼 있다. 하지만 강남에서는 다른 곳처럼 황권이 절대적이지 않았다.

용부의 힘도 만만치 않고, 아직까지 용부를 인정해야 할 어쩔 수 없는 이유 몇 가지가 있어서 이제껏 놔둔 것이지, 언젠가는 도려내야 할 눈엣가시 같은 대상이었다.

어차피 용부가 있는 소주를 한왕에게 번으로 내린다 해도 용부의 본거지가 있는 그곳에서 한왕이 세를 모을 수 있을 리 만무했다.

'한왕은 당분간 황실이 용부를 향해 칼을 뽑지 않겠다는 의사를 담아 보내는 일종의 볼모지. 당분간 말이야.'

이제는 한왕을 황위 경쟁자로 보지 않았지만, 그렇다고 그에게 친왕의 대접을 해주려는 것이 결코 아니었다.

총명한 한왕 역시 자신을 소주로 보낸다는 황태자의 명에 담긴 숨은 뜻을 모르는 바 아니었으나 그래도 기뻤다. 이곳 북경을 떠날 수 있고, 황태자의 시야에서 조금이라도 멀어지는 것만으로도 세상을 다 가진 것만 같은 느낌이었다.

한왕이 황태자 앞에서 끝없이 흘러내리는 감격의 눈물을 주체하지 못하며 연신 머리를 조아렸다.

"황태자 전하의 성은을 죽는 날까지 잊지 않겠나이다."

"사내가 그리 쉽게 눈물을 보여서야 쓰겠느냐? 나약하기 그지없구나."

"망극하옵니다."

한왕이 소매로 눈물을 닦으며 생각했다.

'살았다. 어찌 됐든 목숨을 구했으니 후일을 기약할 수 있게 되었다.'

그러며 그는 근처에 서 있던 세인을 바라봤다.

'모두가 진 사부의 덕이야. 그대가 내 목숨을 또 한 번 구했어.'

"자자, 한왕의 스승이라는 이의 검무나 한번 보도록 하지."

황태자의 명이 떨어지자 세인이 연무장에 나와 곧 공자검을 펼치기 시작했다. 한왕이 펼친 것과 다른 것은 없었으나 한왕의 검이 크게 비웃음을 샀던 것과는 달리 그의 공자검은 단박에 모든 이들의 마음을 사로잡았다.

특히 황태자와 금의위 도독 한청서의 마음을.

"공자검의 마지막 초식을 펼치려는데 불현듯 진 사부의 말이 떠올랐소. 머리가 맑게 개이며 그 초식에 담긴 의미가 떠올랐소. 아, 진 사부가 공자검을 가르쳐 주며 했던 말의 의미가 그것이었구나 하면서."

봉지를 받아 소주로 번국을 세우러 떠나는 한왕이 말했다.

"돌이켜 생각해 보면 아마 그 초식이 그때까지도 여전히 나에 대한 의심을 풀지 않고 있던 황태자 전하의 마음을 돌린 것 같아. 진 사부, 그대가 또다시 내 목숨을 구한 거네."

자객의 손에서 자신을 구하더니 이번에는 황태자에게서 자신을 구했다. 사람이라면 어찌 감읍하지 않을 수 있겠는가?

"북경을 떠나게 되는 것은 잘된 일이겠지요. 그러나 소주에서의 생활도 그리 쉽지만은 않을 것입니다."

"알고 있네. 그곳에 천하제일세로까지 불리는 용부가 있다는 사실을. 하나, 나에게는 세상천지에 북경만큼 위험한 땅은 없어. 이곳 북경에서도 견뎌냈는데, 그곳에서 견디지 못할 까닭이 있겠는가? 게다가 나는 친왕이네."

하긴 그럴 것이다. 아무리 유명무실한 번국의 왕이라 할지라도 친왕이었다. 용부가 기세등등하다 해도 용부의 부주부터 말단 무사까지 한왕 앞에서는 고개를 숙이지 않을 수 없을 것이다.

"전하, 용부에 제가 아는 이가 몇 있습니다. 소주에서 적적하시거나 혹, 곤란한 처지에 놓이게 되면 이들에게 이 서찰을 전해주십시오. 그들이 전하께 적잖이 도움이 될 것입니다."

세인은 별거 아닌 이들처럼 얘기했지만 그들은 용부에서 제법 힘깨나 쓰는 핵심부들이었다.

"그런가? 내 목숨을 구해주더니 내게 사람까지 소개시켜 주려 하는가? 이렇게 매번 받기만 하고 주는 것은 없으니 심히 부끄러워. 어찌 보답해야 할지를 모르겠어."

줄 수만 있다면 무엇이든 주고 싶었으나 지금 당장은 딱히 줄 것이 없었다. 그것이 너무나 아쉽고 안타까웠다.

한왕이 세인의 손을 덥석 잡더니 말했다.

"내 진 사부의 공을 결코 잊지 않을 것이네. 앞으로 내가 힘이 된다면 무엇이든 진 사부를 도울 것이야. 언제든 말만 하게. 내 천 리 밖에서라도 달려올 것이니."

그동안 한왕이 얼마나 괴롭고, 외롭게 살아왔으면 이럴까 싶었다. 만난 지 얼마 되지도 않았다. 설령 그의 목숨을 구해 줬다 하나 일개 위사에 불과한 자신에게 이리도 감격해한단 말인가?

"내 이름은 하응(昰應)이라 하지. 주하응! 짧은 인연이었으나 깊은 연을 맺었으니 나는 앞으로 진 사부를 내 의제로 생각하려 하네."

한왕 주하응이 세인보다 한 살이 더 많았다.

"불가한 이야기입니다. 어찌 저 같은 평민이 친왕 전하의 의제가 되겠습니까?"

"내 자네의 과거는 제대로 알지 못하나, 이것만은 확실히 알겠어. 자네는 어디에 있든 대단한 인물이었을 게야. 자네처럼 대단한 인물을 의제로 두면 오히려 내게 득이 될 것 같아 이리 억지를 부리는 것이야. 그러니 제발 거절치 말고 앞으로 나를 의형이라 불러주게."

몇 번이나 거절했으나 끝내는 왕명까지 언급하며 한왕이 권하자 세인은 결국 그것을 받아들일 수밖에 없었다.

"우리 형제는 곧 다시 보게 될 거야. 황태자 전하의 눈치가 보여 북경에서 연을 맺은 사람들을 데려가지 못하나, 내 빠른 시일 내에 소주로 부를 것이야. 그중에는 내 의제인 자네 또한 포함돼 있으니 그리 알게."

세인이 한왕을 향해 고개를 숙였다.

"이것도 부탁 같아 미안하네만, 시간이 되면 내 장인이신 예부상서 연청학 경을 찾아가 말벗이라도 되어드리게. 못난 사위 때문에 그분도 마음고생이 정말 심하실 게야."

"전하의 명을 잊지 않겠습니다."

"허허! 전하가 아니라 형님이라 부르라는데도 그러는군."

"알겠습니다, 형님."

"참으로 듣기 좋군그래."

한왕은 형님 소리에 진정으로 기뻐하더니 말했다.

"내 장인어른께는 자네 얘기를 해두었네. 주변의 눈만 없다면 장인어른을 찾아뵙고 자네를 직접 소개시켜 주었을 것이네만……."

봉지를 받았다고는 하나, 황태자의 감시의 눈은 여전히 한왕을 향하고 있을 터이다. 죽을 위기는 넘겼다 하나, 아직은 자중해야 할 때였다.

"때를 보아 제가 연 대인을 찾아뵈올 테니 걱정하지 마십시오."

"고맙네. 동생이 내 장인어른을 알아두면 득이 되면 됐지, 해가 될 일은 없을 거야."

한왕은 그 후로도 몇 가지를 세인에게 당부하더니 곧 소주로 향하는 마차에 올라탔다.

한시라도 빨리 북경을 떠나고 싶었던 한왕이 마지막으로 작별을 고했다.

"그리 오래 걸리지는 않을 게야, 자네를 소주로 부를 날이. 그러니 기다리고 있게. 우리 꼭 다시 만나세."

다시 만나자는 말을 끝으로 한왕은 자신의 봉지인 소주로 향했다. 그의 눈가에는 이별의 아쉬움으로 인해 진한 눈물이 고여 있었다.

第三章
인연

무영무쌍

한왕이 북경을 떠나자 그동안 그를 호위해 왔던 청설위국 위사들도 자연스레 위국으로 돌아오게 되었다.

한왕부에 있을 때도 소식은 계속 듣고 있었으나 막상 청설위국에 돌아온 위사들은 위국이 크게 변하고 있음을 체감했다.

"곧 위국도 더 큰 곳으로 옮기고 위사들도 충원한다고 하는군. 자네들은 운이 좋아. 들어온 지 얼마 되지도 않았는데 후배를 맞게 됐으니 말이야."

고참 위사 조자한이 세인, 당막천, 그리고 북경제일도(?) 장철웅을 보며 웃었다.

"하하하! 그것이 다 이 북경제일도가 청설위국에 있어 그런 것이 아니겠습니까?"

이제는 완전히 자신을 북경제일도라 믿고 있는 철웅이었다.

"그래그래, 자네의 명성이 큰 힘이 되고 있지. 이거 받게. 소국주님이 자네에게 특별히 내린 상금일세."

조자한이 전낭을 꺼내 철웅에게 건넸다. 철웅이 전낭을 만져 보니 묵직한 것이 참으로 감촉이 좋았다.

"뭐 이런 걸 다……."

철웅이 재빨리 전낭을 품에 넣으며 웃었다.

"그럼 오늘 하루는 푹 쉬게."

간만에 집에 돌아가 마누라 엉덩이 두드려 줄 생각에 흐뭇한 미소를 짓고 있던 조자한이 서둘러 자리를 떴다.

"뜻밖에 용채도 두둑하게 생겼는데 우리 술이나 한잔 마시러 갑시다. 이 북경제일도가 사겠소."

세인과 당막천이 보기에 철웅이 북경제일도 운운하는 것은 우습기 짝이 없었다. 그러나 착각은 자유, 굳이 따지고 들 것도 아니었다.

"술이라고? 술 좋지. 술에는 아예 담 쌓고 사는 벽창호 같은 녀석하고 지내느라 그동안 술 한 방울 입에 못 대고 살았어. 흐흐흐, 북경의 술맛은 어떠려나?"

당막천이 크게 기뻐하며 세인을 바라봤다.

"너는 어찌할 것이냐?"

"저는 생각이 없습니다. 형님이나 철웅이랑 즐기고 오십시오."

"쯧쯧! 사내자식이 술 한잔 즐길 줄도 모르다니. 네 녀석 인생은 참으로 따분하기 그지없어. 철웅이, 가지!"

당막천에 이어 철웅 역시 세인에게 동행할 것을 권했으나 세인은 끝내 거절했다.

"나는 숙소에서 쉴 테니 잘 다녀와."

세인은 등을 돌려 숙소로 향했다.

청설위국 안에는 가정을 이루지 못했거나 주거비를 아끼려는 위사들을 위해 숙소를 제공했다. 숙소라고 해봐야 낡은 건물 하나에 양편으로 길게 이어진 나무 침상에 이불 몇 채 준비해 놓은 것이 전부였지만.

위국에 들어오자마자 한왕부로 파견을 나가 이 숙소에 누워보는 것도 오늘이 처음이었다. 보기에는 불편해 보였으나 막상 몸을 눕혀보니 의외로 편안했다. 몸이 편안해지니 절로 눈이 감겼다.

한참 깊은 잠에 빠져 있는데 누군가가 자신의 몸을 흔드는 느낌을 받았다.

"그대가 진세인 위사요?"

잠결이었으나 자신을 부르는 소리가 들리자 세인이 곧바로 눈을 떴다.

"진 위사가 맞소?"

꾸부정한 어깨에 염소수염을 기른 중년 사내가 재차 물었다.

"그렇습니다만… 누구십니까?"

중년 사내가 기뻐하며 말했다.

"겨우 찾았군그래. 나는 예부상서 연청학 대인 댁 집사로 있는 오방이라는 사람이네. 대인께서 진 위사를 만나고자 하신다네."

예부상서 연청학 대인이라면 자신의 의형인 한왕 주하웅의 장인 되는 사람이었다.

"나를 왜 만나겠다 하시는 겁니까?"

"글쎄… 아랫사람인 내가 그것을 어찌 알겠는가? 특별한 일이 없으면 나와 함께 가세나."

잠을 자고 있던 차니 따로 무슨 일이 있을 리 없었다.

북경 고관대작들의 집이 몰려 있다는 왕부정대가에 있는 예부상서 연청학의 집에 간 세인이 객청으로 안내됐다.

객청에 들어서자 술상을 사이에 두고 눈매가 날카롭고 마른 체형을 한 장년인과 체구가 탄탄하고 은연중에 기를 뿜어내고 있는 중년인이 앉아 있었다.

"대감마님, 청설위국 진세인 위사가 왔습니다."

집사 오방이 고하자 눈매가 날카로운 장년인인 예부상서

연청학이 말했다.

"이쪽으로 모셔라."

오방이 길을 내주자 세인이 술상 근처로 다가가 가볍게 허리를 숙였다.

"청설위국의 위사 진세인이라고 합니다."

연청학이 세인을 위아래로 훑어보더니 말했다.

"눈빛이 좋군그래. 나는 연청학이네. 이리 와서 내 술 한잔 받게."

인사도 건넬 겸 연청학이 술을 권했으나 세인이 단박에 잘라 말했다.

"소생은 술을 마시지 않습니다."

연청학이 팔선도가 그려진 백자 술병을 들고 있던 자신의 손을 민망한 표정으로 바라보며 말했다.

"그런가? 그럼 뜨거운 차라도 내오도록 하겠네."

"소생은 뜨거운 차도 마시지 않습니다."

연청학이 의아하다는 표정을 지었다.

"술을 마시지 않는 인사는 나도 종종 봐왔으나, 그런 인사들일수록 더욱 차에 집착을 하게 마련인데. 자네는 유별나군그래. 일단 이리 와서 앉게."

연청학의 말에 세인이 조심스럽게 술상 앞에 앉았다.

"무엇을 권해야 할지 난감하군. 술상의 안주라고 해봐야 죽순 데친 것과 버섯 종류 몇 개, 그리고 소채 몇 가지밖에는 없는데 말이야. 주방에 일러 새로 술상을 봐오라 해야겠군."

"아닙니다. 소생 또한 기름진 것과 비린 것을 그리 즐기지 않습니다. 상 위에는 제가 좋아하는 것들만 있으니 따로 상을 준비하실 필요가 없을 것 같습니다."

"허허! 술도 안 마신다, 차도 즐기지 않는다, 게다가 식도락도 없다라……. 식도락이야말로 사람이 즐기는 가장 큰 도락중 하나인데 그것을 즐기지 않는 청년이라니, 참으로 인생을재미없게 사는 모양이로구먼."

연청학의 말에 세인이 웃었다.

"즐기지 않는다 했지, 좋아하지 않는다 하지는 않았습니다."

"흠, 그 얘기는 혹 이유가 있어 그것들을 즐기지 않는다 하는 것인가?"

"항상 맑게 깨어 있어야 할 자에게 술은 독약이고, 따뜻한차는 사람의 몸을 안락하게 해 나태하게 만듭니다. 그리고 기름지고 비린 음식들은 최상의 몸 상태를 가지고 있어야 할 육체를 둔하게 합니다. 그래서 자주 먹지 않는 것이지, 저 또한그것들을 모두 좋아합니다."

연청학이 흥미로운 얼굴로 세인에게 말했다.

"자네가 위사라 들었는데, 누군가를 지키고 보호하기 위해일부러 그러한단 말인가? 그렇다면 위사 일이란 것은 듣던 것보다 훨씬 어려운 일인가 보구먼. 한 대인, 금의위의 무관들 또한 그렇소?"

술잔을 나누고 있던 탄탄한 체구의 중년인 금의위 도독 한청서에게 물었다.

"그렇지 못해 부끄러울 따름입니다. 황상과 황태자 전하, 그리고 황족들의 안위를 책임지고 있는 금의위 무관이라면 저렇듯 엄격한 자기 관리가 필요할 것인데… 진 위사의 말에 크게 깨달은 바가 있습니다."

한청서가 휘하들을 떠올리며 눈빛을 번뜩였다. 자신부터 술과 따뜻한 차, 그리고 육류와 어류를 줄일 것이며, 휘하들에게도 엄격한 자기 관리를 하라 명해야겠다고 다짐하고 있었다.

"한왕 전하가 그리도 칭찬을 하신 이유를 조금은 알겠군그래. 내 오늘 이렇게 자네를 부른 것도 한왕 전하와 조금은 관련이 있네."

연청학은 한왕의 장인이기 이전에 몇 년 전까지만 해도 그에게 경학을 가르친 스승이기도 했다.

세인도 몇 번 본 적이 있는 한왕의 왕비는 출가 전부터 북경 바닥을 떠들썩하게 만들 정도로 소문난 미녀였다. 게다가 천하의 학사문인들의 존경을 한 몸에 받고 있는 연청학의 딸이다 보니 고관들은 물론이고, 황실에서까지 혼담을 청해올 정도였다. 특히 황제의 둘째 아들인 진왕은 끈질기게 혼인을 청했던 것으로 유명했다.

'왕비 마마를 뺏긴 것 때문에 진왕이 하웅 형님에게 더 앙심을 품고 있다 했던가?'

제자이기도 했던 한왕의 자질과 총기, 인성을 알고 있던 연청학은 언제 죽을지 모를 위태위태한 한왕에게 첫딸을 출가시키기로 결정을 내렸다.

한왕이 이제껏 간신히 목숨을 부지할 수 있었던 것도 학사들과 문인들의 지지를 한 몸에 받고 있는 그가 최소한의 바람막이가 돼줬기 때문이다.

"자네가 전하와 형제의 연을 맺었다지? 그래서인지는 몰라도 전하께서는 자네가 무척 뛰어난 인재이니 내가 천거하기만 하면 황실과 조정에 크게 쓰일 거라 하더군. 하나, 나는 권세와도 거리가 있으며 더구나 문관이 아니겠는가? 그래서 금의위의 한 대인께 자네를 추천하려 하네. 물론 결정은 전적으로 한 대인이 하겠지만 말일세."

세인이 금의위 도독 한청서를 바라봤다. 정일품 무관으로 하늘을 나는 새도 떨어뜨린다는 권부인 금의위의 총수였다.

'일전에 한왕 전하가 검무를 추던 때 유일하게 비웃지 않았던 사람이지 아마?'

그 당시에 유달리 눈에 띈 한청서 도독에 대해 한왕에게 물은 적이 있었다.

"그는 황태자 전하의 사람이 아닐세. 그러나 황태자 전하는 그를 깊이 신뢰하고 있지. 사리사욕을 탐하지도 않을뿐더러, 그 어떤 외압과 외풍에도 굴하지 않고 오직 황실과 조정을 지키는 자신의 임무만 묵묵히 수행할 사람이기 때문이야."

그 말을 떠올리며 한청서를 바라보고 있을 때였다.

"진 위사의 검무를 나 역시 참으로 인상적으로 보았네."

한청서는 그러더니 말을 이어갔다.

"내가 천거를 하게 되면 무관이 되는 것은 어렵지 않을 것이네. 연 대인과 나는 각별한 사이, 연 대인이 추천을 했으니 이를 거절할 수 없겠지. 하나, 실력없는 이를 높은 자리에 천거할 수도 없는 노릇, 그래서 내 직접 자네를 시험코자 하네."

그런데 계속 연청학과 한청서의 말을 듣고만 있던 세인이 조금은 당황스럽다는 표정으로 말했다.

"대인, 저는 무관이 되고 싶은 생각도, 천거를 받고 싶은 의향도 없습니다. 청설위국의 위사로 사는 것에 크게 만족하고 있습니다."

그 대답에 한청서는 물론 연청학도 의아하다는 표정을 지었다. 무예를 익힌 청년치고 금의위 도독의 천거를 통해 권부 중의 권부인 금의위에 들어가기를 거절할 인물이 있을 것이라고는 미처 예상하지 못했다. 게다가 금의위 무관보다 일개 위사로 사는 것이 더 좋다고까지 말하다니…….

'허허! 야망이 아예 없는 것인가, 아니면 혹 금의위 무관 자리 정도는 눈에도 안 들어온다는 것인가?'

세인의 검무를 직접 봤던 한청서는 검무에 담겨진 묘리를 일부분이나마 느낄 수 있었고, 그로 인해 세인을 한없이 높이 평가할 수밖에 없었다. 이런 인재라면 굳이 연 대인의 추천이 없다 해도 자신이 직접 나서 영입을 하려 마음먹고 있었다.

　시험 운운한 것은 마음 한구석에 아직 남아 있는 무인으로서의 호승심이 발동해 직접 검을 섞어보고 싶어서 그런 것뿐이었다.

　그런데 깨끗이 거절을 당하다니…….

　하지만 묘한 것이, 금의위 도독인 자신이 일개 위사에 불과한 세인에게 면전에서 거절을 당했음에도 화가 나기는커녕 오히려 세인이 더욱 탐이 나기 시작한 것이다.

　어떻게든 출사를 하려고 권신들에게 줄을 대기 바쁜 세상이다. 그런데 금의위 도독인 자신이 직접 천거를 하겠다는데도 거절하는 청년이라면…….

　더욱 마음에 들었다. 반드시 이 청년에게 금의위의 검붉은 비단 전포를 입히겠다고 다시 한 번 굳게 마음을 먹었다.

　'어찌할까?'

　한청서가 잠시 고민하더니 말했다.

　"천거를 거절한 것이 의외이기는 하네. 아쉽지만 자네의 뜻이 정 그러하다면 강요할 수는 없겠지. 하나 이 사람과 검을 한번 섞어보자는 것까지 거절하겠는가?"

　대단한 호의를 담아 금의위 무관으로 천거하겠다는 것을

이미 거절했다. 또다시 거절하기는 그랬다.

'그리고 이 사람과는 한번 겨뤄보고 싶기는 하다.'

권력이나 부귀영화 따위에는 일절 관심이 없었다. 그러나 무에 대한 열망만은 그 누구보다 강렬한 세인이었다.

"대인에게 한 수 가르침을 받겠습니다."

세인이 승낙하자 한청서가 호방하게 웃었다.

"이 사람이 억지를 부린 것은 아닌지 모르겠네."

그는 그렇게 말하더니 이 저택의 주인인 연청학에게 청했다.

"연 대인, 연 대인께 허락을 청하는 것이 순서임을 이 사람이 잠시 잊었습니다. 너그러운 마음으로 이곳 정원을 잠시 빌려 쓰는 것을 허락해 주시겠습니까?"

"하하하! 한 대인의 절기를 구경하는 것만으로도 눈이 크게 호강하는 것이오. 마음대로 하시구려."

한청서는 연청학에게 가볍게 읍을 하며 감사의 뜻을 표했다.

"객청을 나가면 바로 정원이 있네. 그곳에서 우리 잠시 즐겨보도록 하세나."

곧 한청서와 세인이 정원으로 나갔다. 정원이라고는 하지만 정원수도 많지 않아 일견 황량하게까지 느껴지는 곳이었다.

한청서가 자신의 검을 만지며 설명을 시작했다.

"황태조 폐하와 힘을 합쳐 몽고를 몰아냈던 구파일방이 자신들의 비기를 바친 적이 있었네. 그 비기들은 황실 고수들과 무장들의 손에서 속성으로 연마가 가능한 실전 위주의 군부 무예들로 변하기도 했지. 그리고 그 정요를 뽑아내 한 가지 검법도 만들어냈다네. 그것이 바로 황실제일의 무공인 '천자수호검(天子守護劍)'이네."

비무에 앞서 한청서가 자신이 익히고 있는 무공에 대해 밝히자 세인 또한 포권을 했다.

"보잘것없는 일개 위사인 저는 이름도 없는 검법 하나를 겨우 익히고 있을 따름입니다. 대인께서도 일전에도 본 적이 있는 공자검이라는 것이지요."

"공자검이라……."

한청서는 일전에 보아둔 공자검을 떠올렸다.

'직접 검을 맞대본다면 더욱 명확히 알 수 있게 되겠지.'

한청서가 검을 뽑더니 기수식을 취했다. 세인은 곧바로 그 기수식을 알아볼 수 있었다.

'달마삼검의 동자배불(童子拜佛)!'

무림의 태산북두 소림을 대표하는 최강의 검법이자 불가해의 검이라고까지 불리는 달마삼검이었다.

그 기수식을 본 세인은 동자승이 부처에게 절을 한다는 의미인 동자배불을 그대로 따라 했다.

그 모습에 한청서는 의아함을 느꼈다. 일전에 두 번이나 본 공자검의 기수식은 분명 저것이 아니었기 때문이다. 하지만 그것은 그다지 큰 문제가 아니었다.

"그대에게 선수를 양보하겠네."

한청서는 강호인은 아니었으나 강호의 예법만은 누구보다도 잘 알고 있었다. 한 살이라도 더 나이 많은 자가 선수를 양보하는 것이 관례였다.

"대인, 저는 이제껏 한 번도 선수를 잡아본 적이 없습니다."

흠칫!

기껏 선수를 양보하겠다는데 선수 따위는 필요없다고 말하는 것처럼 들리는 세인의 말에 한청서가 순간적으로 가벼운 불쾌감을 느꼈다.

"그런가? 자네가 굳이 그렇다면 내가 먼저 선수를 잡겠네."

선수를 사양치 않겠다고 말을 한 한청서가 곧장 달마삼검의 첫 초식인 서래법음(瑞來法吟)을 펼쳤다. 한청서의 내력은 대단했다. 황실이 권력과 황금으로 천하에서 끌어 모은 온갖 영약을 복용하고 고련에 고련을 거듭한 그의 내력 수준은 드넓은 강호에서도 능히 열 손가락 안에 꼽힐 정도였다.

'대단하구나.'

이제껏 여러 고수를 상대해 온 세인조차 적잖이 놀랐다. 또한 이 사람을 상대함에 있어 자신 역시 최선을 다해야 한다는 판단을 내릴 수밖에 없었다.

최단거리 직선을 관통해 들어오는 한청서의 검에 맞서 세인이 검을 들어 허공에다 크게 원을 그렸다.

그 검은 너무나 느릿느릿하고 한없이 부드러워 태산이라도 가를 것 같은 거력이 실린 한청서의 검을 도저히 상대할 수 없을 것만 같았다.

'내가 잘못 본 것인가?'

자신의 검이 너무나 쉽게 세인의 방어를 뚫어내자 한청서는 순간 그런 생각이 들었다. 그러나 그것이 너무나 이른 판단이었음을 깨닫는 데는 그리 오랜 시간이 걸리지 않았다.

그의 검이 세인의 몸에 막 닿으려는 순간이었다. 검에 실린 거력이 순식간에 증발하듯 사라지고 말았다. 게다가 그 거력은 놀랍게도 고스란히 한청서에게 쏟아졌다.

'이런!'

한청서가 화들짝 놀라 자신을 향해 쏟아진 거력에 맞서 다시 한 번 더 큰 힘을 쏟아냈다. 그러자 간신히 그 거력을 튕겨낼 수 있었다.

한청서가 고개를 한 번 갸웃거리더니 다시 자세를 취했다.

'강(强)으로 상징되는 달마삼검으로 재미를 보지 못했으니 이번에는 유(柔)로써 해보겠다.'

한청서가 이번에는 무당의 비전 절기인 태극십혜의 일초인 건곤일원(乾坤一圓)을 펼쳤다.

그의 검이 계속 회전하더니 추진력까지 얻어 더할 나위 없이 커다란 원을 만들어냈다. 세인이 직전에 만들어냈던 작은 원 수십 개를 합쳐도 상대가 안 될 정도로 거대한 원이었다.

한청서의 큰 원이 산들바람처럼 부드럽게 휘몰아치더니 어느 순간 단박에 세인이 그린 원을 잡아먹었다. 누가 봐도 한청서의 원이 당장에라도 세인을 쓰러뜨릴 것만 같았다.

"무당의 검인가……."

그런데 세인이 그 말을 토해낸 순간 세인의 원을 잡아먹었던 커다란 원이 기이하게도 한청서를 향해 날아가는 것이 아닌가?

분명 자신이 만들어냈던 원이 도리어 자신을 향해 날아오자 깜짝 놀란 한청서가 급하게 몸을 피했다.

원이 이미 한청서를 지나친 그것을 확인한 세인이 검을 자신의 몸 쪽으로 당기자 그 원은 순식간에 증발하듯 사라지고 말았다.

"영문을 알 수 없군. 두 번씩이나 내가 펼친 재주가 되돌아오다니……."

한청서는 고개를 갸웃거리더니 이번에는 화산파의 이십사수매화검법을 펼쳤다. 천하의 검 중 그 변화에 있어서는 독보적인 경지에 달했다는 화산의 절기였다.

강으로도 유로도 이득을 얻지 못했으니 이번에는 변(變)을 중심으로 검을 구사한 것이었다.

그러나 이번에도 역시 그가 펼친 힘은 그대로 다시 자신에게 돌아오고 말았다.

연달아 자신의 절초가 막히자 은근히 호승심이 끓어오르기 시작했다.

"이번에는 쾌(快)다!"

천하의 무수한 쾌검 중 으뜸으로까지 꼽히는 점창파의 분광검법을 펼쳤다. 공기를 가르는 소리가 들린다 싶은 순간 검은 이미 세인의 코앞까지 당도해 있었다. 이번에는 성공했다 싶은 느낌이 들었다. 그러나 또다시 그의 힘이 증발하듯 사라지더니 한청서를 향해 날아왔다.

아미파의 난피풍검법의 절초도, 곤륜파의 태청검법의 신묘한 초식도, 제마멸사의 공능까지 지니고 있다는 공동파의 복마검법도 별 볼일 없이 흔들리며 원을 그리고 있는 세인의 검을 꺾어내지 못했다.

늪, 세상 모든 것을 빨아들이는 늪에 빠진 느낌이었다. 힘을 주면 줄수록 더욱 깊은 곳으로 빠져드는 그런 늪. 더욱이 이 늪은 놀랍게도 빨아들인 모든 것을 자유자재로 토해내기까지 했다.

'진 위사는 그저 내가 보낸 힘을 자연스럽게 받아들여 그저 되돌려만 줬다는 느낌이다.'

한청서의 경지는 대단했다. 지금까지의 비무를 통해 단박에 그 같은 결론을 도출할 수 있었다.

공자검이라는 검법에는 검법 자체에 상대의 힘을 빌려 상대를 치는 이화접목, 사량발천근, 격산타우의 묘리가 숨어 있다는 사실을 깨달을 수 있었다.

'허! 천하에 이런 검법이 다 있었던가? 그저 남의 힘으로 싸울 뿐이니 진 위사는 영원히 지칠 리가 없겠구나. 게다가 상대가 강하면 강할수록 진 위사의 공자검은 그에 비례해 더욱 강해질 것이니……'

처음부터 지금까지 일방적으로 공세를 펼친 것은 분명 자신이었다. 그러나 또한 지치기 시작한 것은 오직 자신뿐이었다. 상대인 진 위사는 땀 한 방울 흘리지 않았고, 숨소리 역시 전혀 거칠어지지 않은 상태였다.

또 한 가지 궁금한 점이 있었다. 처음 기수식이 달랐을 때는 크게 문제 삼지 않았으나 이제는 도저히 간과할 수가 없었다.

지금 펼치고 있는 공자검은 이전에 자신이 보았던 공자검과 단 한 초식도 동일한 것이 없었다. 한두 초식이 달랐다면 독특한 변식 정도로 이해할 수도 있을 것이나 전체가 완전히 다르다는 것은 있을 수가 없는 일이었다.

그것과 관련해서도 한청서는 한 가지 떠오르는 생각이 있어 세인에게 물었다.

"진 위사, 혹 공자검은 일정한 형(形)이나 초식, 특정한 검로(劍路), 정해진 연환으로 이뤄진 검법이 아닌가 보지?"

세인이 웃었다.

"대인이라면 능히 알아보실 줄 알았습니다. 공자검이란 오
직 검의(劍意)로만 이뤄진 검입니다."

"허~! 세상에 그런 검도 다 있었는가? 자고로 수백, 수천
번 반복해 형을 먼저 익히고, 그 형이 완전히 몸에 익으면 그
때서야 초식이 된다 할 수 있네. 그렇게 초식과 초식이 이어
져 검로가 되고, 검로가 하나의 목적을 갖게 돼 연환의 길로
통한 연후에야 검이 가진 뜻을 이루게 되지. 그런데 앞선 모
든 과정이 일절 생략된 채 오로지 검의만으로 검법이 존재할
수 있단 말인가?"

세인이 고개를 끄덕였다.

"강호에 온갖 기사가 많다 들었으나 그런 것이 가능할 것
이라고는 생각해 본 적도 없네. 뜻으로써 검을 다스릴 수 있
다면 그에 포함되는 초식과 검로, 연환이 무궁무진해질 것인
데… 그것은 천 가지, 만 가지 검을 만들어낼 수도, 구사할 수
도 있다는 의미가 아닌가?"

세인이 겸손을 담아 답했다.

"굳이 그럴 필요성을 느끼지 못해 아직 그리해 보지는 않
았습니다."

"대단하이, 대단해!"

한청서는 진심으로 감탄하더니 다시 한 번 검을 곧추세웠
다.

"오늘 크게 견식을 넓혔으나 나도 천생이 무인! 결코 지거나 양보하고 싶은 생각은 없다네. 내 다시 한 번 공격하겠네."

그가 그러더니 그때부터 일 초 일 초에 전력을 담아 정신없이 몰아치기 시작했다.

달마삼검이 가진 강맹함과 태극십혜가 가진 부드러움, 이십사수매화검법의 변화, 분광검법의 쾌가 온통 뒤섞이기 시작했다.

한청서가 이전에는 단순히 여러 검법의 초식과 검로만을 단순히 선보이는데 그쳤다면, 지금부터는 여러 절초들을 한데 잇고 묶어 검이 본래 가진 뜻을 선보이는 진정한 연환 공격이었다.

그는 순식간에 오십여 초를 폭풍같이 쏟아냈고, 곧이어 또다시 일백여 초를 연달아 퍼부었다. 한 뿌리에서 나온 무공이 아닌 각파의 절예들이 온통 뒤섞여 있음에도 그가 구사하는 초식 중 단 한 초식도 중복되는 것이 없었다.

구파일방의 손꼽히는 고수라 해도 이렇듯 정신없이 초식을 구사하다 보면 한두 초식쯤은 겹칠 법도 했으나 전혀 그런 것이 없었다. 더욱이 일 초 일 초에 모두 각각의 의미가 담겨 있어 근자에 보기 드문 강력함을 선보이고 있었다.

'관직에 있어 잘 알려지지 않았을 뿐이지 한 대인의 검은 강호의 절대자들이라는 환우십삼성에 못지않아. 관부에 이처럼 대단한 고수가 있을 줄은 미처 상상하지 못했다. 천하는 참으로 넓고 기인이사는 모래알처럼 많으니 나 역시 결코 자만해서는 안 될 것이다.'

세인은 한청서의 검을 크게 칭찬했다. 그리고 그것이 대단하다는 것을 진정으로 인정했다.

하지만 한청서의 검은 강호의 기존 상식 안에서 강력한 것이었다. 강호의 무리(武理) 자체를 뛰어넘어 그 자체를 전복시킨 공자검을 격파할 수는 없었다.

다시 오십여 초가 정신없이 지나가자 한청서는 놀라움을 넘어 괴이함을 느끼기 시작했다.

달마삼검의 마지막 초식인 불비무변(佛조無變)을 구사해 상대의 퇴로를 완전히 차단해 버리려 할 때였다.

그런데 상대인 세인 또한 한 치의 틀림도 없는 불비무변을 구사해 오는 것이 아닌가? 게다가 분명 세인의 출검이 늦었음에도 오히려 반 푼 정도 더 빨리 자신을 공격해 오기까지 했다.

간신히 그 공격을 피한 한청서가 이번에는 극쾌의 검법인 분광검 중 최고의 빠르기를 자랑하는 분광일섬(分光一閃)의 초식으로 세인을 공격했다.

그러나 이번에도 세인의 분광일섬이 출검은 늦었으나 한 발 앞서 자신의 옷깃을 잘라냈다.

"역시나 그러한가……."

한청서가 신음처럼 그 말을 토해내더니 마지막으로 검을 꽉 움켜쥐었다.

검의로 이뤄진 공자검이라면 분명 자신이 이전에 계속 펼친 천자수호검의 초식을 그대로 구사할 수 있을 것이라 예상하고 있었다. 예상은 하고 있으나 실제로 그것을 확인하게 되자 일순 공자검이 두렵기까지 했다.

'그래도 내게는 최후의 한 수가 남아 있다.'

한청서가 꽉 움켜쥐고 있던 검을 뺐다. 그 검에는 자신의 오십 평생에 걸친 깨달음과 공력이 고스란히 실려 있었다.

구파일방이 가진 비기들의 정요만 간추려 만든 천자수호검은 그 자체로도 강력했다. 그러나 수백 년 동안 갈고닦인 명문의 검법 초식에는 다 나름의 의미가 있고 그 지향하는 바가 있을 것이다.

정요를 뽑았다 하나, 천자수호검은 각 검법과 초식이 가진 의미와 그 지향하는 바를 담지 못한 채 그저 잡다하게 섞여 정순하지 못한 약점이 있었다.

그 단점을 알아챈 한청서는 자신의 심득을 담아 하나의 초식을 만들어냈다. 최근에야 만들어내 아직 초식의 이름조차 짓지 못한 것이었다.

'이것이라면 가능하리라.'

자신감에 넘쳐 그 초식을 구사했다. 확실히 그 초식은 대단했는지 이제껏 여유만만하기만 하던 세인의 얼굴이 순간 굳어지고 말았다.

세인이 검을 하늘을 향해 비스듬하게 뻗어 올렸다. 그리고 강하게 땅을 박차고 올랐다. 그와 동시에 이제껏 수비만 하던 세인이 처음으로 공세에 나서 검을 휘둘렀다.

여전히 부드럽기 그지없어 분명 공자검의 연장선상에서 펼친 검이었으나, 그의 검에서는 승천하는 용의 기상이 얼핏 얼핏 드러나고 있었다.

그것은 바로 강남의 지배자이자 천하사패 중 으뜸이라는 용부의 비기 중 하나였다.

한청서의 평생 심득이 담긴 검과 처음으로 용부의 비기를 펼치기 시작한 세인의 검이 허공에서 그대로 맞부딪쳤다.

챙!

한청서의 검끝과 세인의 검끝이 맞부딪치며 두 자루의 검이 순간 허공에서 정지했다.

휙! 휙!

양쪽에서 밀려오는 거력을 견디다 못한 두 자루의 검이 크게 휘어지는가 싶더니 두 동강 나고 말았다.

전진하거나 나아가지 못하고 막혀 버린 검이 갈 길은 오직 부러지는 것뿐이었다.

반 토막 난 검을 들고 있던 한청서와 세인이 약속이나 한 듯이 뒤로 물러섰다.

한청서가 먼저 크게 웃었다.

"하하하! 이렇게 후련하게 비무를 해본 것은 십 년 만에 처음이네. 자네를 만나 커다란 기쁨을 얻었으니 뭐라 감사해야 할지 모르겠어."

세인 역시 반 토막 난 검을 양손으로 거꾸로 잡고는 읍을 하며 겸손하게 말했다.

"오늘 대인께 큰 가르침을 받았습니다."

"아닐세. 도리어 내가 많은 배움이 있었지."

한청서는 만면에 미소를 띠고 흐뭇한 표정을 짓고 있었다. 분명 자신을 상대로 우세를 잡았고, 가진 실력의 전부를 내보이지 않고도 자신과 호각으로 비무를 끝내도록 절묘하게 조절한 세인을 바라봤다.

'천하를 떨칠 재주를 갖고도 저리 겸손할 수 있다니. 저 나이에 저런 정도로 마음의 수양을 쌓고 있는 젊은 인재는 천하를 다 뒤져 봐도 없을 것이야!'

비무를 하기 전에는 어떻게든 세인을 금의위에 끌어들이고 싶은 마음이 앞섰다. 진정한 무사를 끌어들이는 데는 백 마디 말이나 황금, 권력보다 상승 무학을 직접 보여주는 것만큼 효과적인 것이 없었다.

그런 이유로 비무를 통해 자신이 가지고 있는 상승 무학을 선보여 세인을 감복케 해 스스로 금의위에 들어오고자 하는 열망을 갖게 할 생각이었다.

그런데 막상 검을 섞어보니 진 위사라는 청년은 자신 못지 않은, 아니, 이미 자신을 뛰어넘는 무위를 갖고 있지 않은가?

예상은 완전히 빗나갔고 자신이 비무에서 패한 것일 수도 있으나 무척이나 유쾌했다. 또한 이런 대단한 이를 만나게 돼 크게 기뻤다.

"진 위사, 내 앞으로 종종 그대에게 가르침을 청해도 되겠는가?"

"가르침이라니요, 당치도 않습니다."

"천자수호검상의 깨달음을 바탕으로 그것을 보강하고 있는 중이라네. 진 위사가 금의위 무관 되기를 거절한다면 더 권할 수는 없는 노릇이나 함께 검에 대해 논하고자 하는 이 사람의 마음만은 뿌리치지 않았으면 하네."

금의위 도독이라는 신분을 뛰어넘어 한 사람의 무인으로서 다른 무인에게 청하는 간절함과 성의가 물씬 묻어나고 있었다. 그것을 여실히 느꼈는데 세인이 어찌 거절할 수 있겠는가.

"부족한 재주나마 도움이 된다면 대인의 권유를 받아들이겠습니다."

세인이 승낙하자 한청서가 크게 기뻐했다.

"고맙네, 고마워. 내 자네를 앞으로 무학의 지기로 생각하겠네."

두 사람의 대화가 마무리되자 그때까지 곁에서 지켜보고 있던 연청학이 껄껄 웃으며 다가왔다.

"한 대인이 이처럼 기뻐하는 것은 근래에 보기 드문 것 같소이다."

"그렇게 보였습니까? 겉으로만 그런 것이 아니라 마음으로도 그러합니다."

"신명나게 즐기셨으니 다시 객청에 가 차라도 한잔 나누십시다."

세 사람이 다시 객청에 돌아오자 이미 술상은 치워져 있었다.

"여식에게 일러 뜨거운 차 대신 충분히 식힌 차를 내오라 일렀네. 진 위사, 식힌 차도 마시지 않는가? 그럼 다시 일러 냉수를 가져오라 하고. 헐헐헐!"

"그렇지는 않습니다."

한청서가 말했다.

"진 위사를 만나 오늘 몇 가지를 크게 깨달았습니다. 연 대인, 이 사람도 이제 당분간 술을 멀리해야겠습니다."

"이런, 이런. 그럼 나는 진 위사에게 크게 화를 내야겠구먼 그래."

갑작스런 말에 세인이 영문을 몰라 물었다.

"저에게 화를 내신다니요?"

"껄껄껄! 한 대인이 진 위사를 만나 술을 멀리하게 됐으니 나는 좋은 술친구를 잃게 된 것이네. 그러니 내가 그대에게 화를 내야 하지 않겠는가?"

"말이 그렇게 됩니까?"

한청서도 크게 웃었다.

"내 술친구 하나를 빼앗아갔으니 진 위사가 종종 내 집에 들러 말상대라도 해줘야겠네. 그렇지 않으면 내 진실로 화를 낼 것이야."

연청학 역시 세인이 무척이나 마음에 드는지 평소와 달리 큰 웃음을 연방 터뜨렸다.

"진 위사의 무예가 출중함은 내 알겠네만, 학문은 어떠한 지 모르겠군그래."

세인이 답했다.

"학문은 보잘것없습니다."

"꼭 그렇지만도 않을 듯한데……. 사서 중 하나인 논어에 통달하지 않고서야 어찌 그런 검을 만들 수 있을까?"

그러더니 연청학이 질문을 던졌다.

"눈에 눕고[臥雪], 눈에 서고[立雪], 손님을 맞이하고[迎賓], 친구를 찾는[訪友], 이에 대해 소상히 말할 수 있겠는가?"

단순해 보이기도 하고 전혀 의미가 연결되지 않는 것 같은 물음이었다.

그래서였을까?

"그런 무의미한 질문을 하시는 의도를 모르겠습니다."

무례하게도 들릴 수 있는 언사였다. 연청학이 세인에게 그리 말한 연유를 물었다.

"원안이 문을 닫고 눈 속에 누워 있는 것과 양시가 눈 속에서 있는 것. 난한지회(暖寒之會)와 산음지흥(山陰之興) 같은 것. 그것들은 각각 고요함을 지키는 즐거움이 있고, 도를 찾는 정성이 있으며, 호사(豪奢)에 관한 것이며, 방달(放達)하다 할 수도 있겠지요. 하나, 눈에 얽힌 그런 고사를 세세히 따지는 것은 그저 현학적인 취미일 뿐이며 자신의 학문을 뽐내는 것에 불과합니다. 그런 질문을 던져 대인께서는 대체 무엇을 얻으려 하시는 것입니까?"

그 답에 연청학은 망치로 뒤통수를 얻어맞는 것 같은 충격을 받았다.

이 물음은 최근 치러진 대과에 출제한 책문의 일부로 방대한 독서량과 다방면에 걸친 지식이 없다면 결코 답할 수 없는 문제였다. 실제로 장원으로 급제한 학사조차 제대로 답을 하지 못한 난제 중의 난제였다.

그런 질문에 조금의 주저함도 없이 정답을 말한 것은 물론이고, 그 질문이 하늘의 도와 세상을 다스리는 데 무슨 의미를 가지고 있는지를 반문까지 했다. 게다가 그것이 고작 학문을 뽐내는 자만심에서 나온 것이라며 힐책을 하고 있으니…….

'이런 현학적인 질문으로 천하를 경영할 인재를 뽑아서는 아니 됐던 것이야. 실제 천하를 경영할 수 있는 도를 논할 수

있는 문제를 냈어야 했건만……. 내 오늘 후학에게 크게 배우는구나.'

"연 대인, 이 사람은 학문이 짧아 무슨 얘기인지 모르겠습니다. 이 사람을 깨우쳐 주는 셈치고 설명을 해주시겠습니까?"

한청서의 말에 연청학이 설명을 시작했다.

"와설(臥雪)은 후한서(後漢書)에 비롯된 말이오. 원안이 살던 낙양 땅에 크게 눈이 내려 온통 시끄러웠으나 원안은 방안에서 나오지 않고 담담하게 고요함을 즐겼다는 내용이오. 입설에 대해서는 진 위사가 설명해 주겠는가?"

세인의 설명은 막힘이 없었다.

"입설(入雪)은 북송 사람 양시와 유명이 당대의 유학자 정이천의 집 앞에서 도를 구하려 했으나 정이천이 이를 계속 모른 척했다는 데서 유래합니다. 두 사람은 눈밭에 서서 몇 날 며칠이고 정이천의 가르침을 기다렸다 하지요. 며칠 후, 정이천이 두 사람에게 '그만 돌아가라' 말할 때에는 이미 두 사람 발아래 눈이 한 자나 쌓여 있었다고 합니다. 주자어류(朱子語類)에 나오는 내용이지요."

"영빈(迎賓)에 대해서는 내가 설명하겠소. 당나라 사람 왕원빈이 겨울철에 눈이 많이 내릴 때마다 하인을 시켜 눈을 치우고 주효를 갖추고 정성스레 손님을 맞았다는 얘기라오. 난한지회(暖寒之會)란 고사성어의 유래이기도 하고."

연청학의 설명에 이어 세인이 다음을 받았다.

"방우(訪友)는 진나라 왕자유가 산음(山陰)에 살 때 큰 눈이 내리던 밤 흥에 겨워 친구의 집을 찾았다가 친구 집 앞에서 흥이 식어 친구도 만나지 않고 돌아왔다는 얘기입니다. 대범하고 작은 일에 구애받지 않는 것을 의미하는 방달과 관련된 고사이지요."

막힘이 없이 술술 얘기하는 세인을 보며 연청학이 미소를 지으며 말했다.

"이는 모두 눈에 관한 고사이기는 하나 그것이 한데 묶여 특별한 의미를 갖는 것은 아니라오. 그저 까다롭기만 한 문제로 식견이 아닌 지식의 양으로 능력을 가리려는 의도가 담겨 있는 문제였을 뿐이라오."

연청학이 부끄러운 듯 한탄을 했다.

"대과의 시관이었던 내가 이런 문제를 책문으로 내다니… 주변에서 내 학문을 떠받드니 나 자신도 모르게 자만심에 빠졌던 듯싶어. 진 위사가 오늘 나를 크게 일깨워 주는구려."

연청학이 이제까지와는 다른 눈으로 세인을 바라봤다.

대과의 장원조차 제대로 답하지 못한 문제에 척척 답을 내는 것만으로도 대단하다 할 것이다. 그런데 그마저 뛰어넘어 출제자의 자만심까지 대번에 지적하다니…….

'허! 어떤 고명한 학자가 있어 이렇듯 대단한 청년을 길러 냈을꼬. 게다가 무예까지 출중해 문무를 겸비했으니 그야말

로 한 나라를 짊어질 동량이 아니겠는가? 참으로 탐이 나는구나.'

게다가 겸손할 때는 한없이 겸손하나 쓴소리를 해야 할 때는 조정의 대관인 자신에게조차 거침없이 자신의 뜻을 밝히는 기개까지 있었다.

당금 천하에 이렇듯 출중한 기재를 갖춘 청년이 또 있을까?

연청학이 세인의 두 손을 꼭 잡더니 말했다.

"진 위사, 앞으로 자주 나를 찾아오게. 자네가 왔다는 소리가 들리면 내 만사를 제쳐 두고라도 달려올 것이니."

"대인, 제가 아직 부족한 부분이 많아 순간 무례를 범했습니다. 너그러운 마음으로 용서해 주십시오."

"무례라니, 당치도 않아."

연청학은 이미 세인에게 푹 빠져 있었다. 불현듯 이런 인재가 위국에서 썩고 있다는 사실이 안타깝게 느껴졌다.

"무관이 되는 것에 뜻이 없다 하니 혹 학문에 뜻이 있는 것인가? 물론 초야에 묻혀 학문을 익히고, 자신을 갈고닦는 것도 뜻있은 일이라 할 것이네. 하나 사내대장부라면 마땅히 조정에 출사를 해 천하를 경영하고 세상을 이롭게 하는 뜻을 펼치는 것도 나쁘지는 않아. 자네가 출사를 하겠다면 내 자네의 힘이 되어줌세."

한왕의 스승인 동시에 한때는 황태자의 스승이기도 했던

연청학이다. 그런 그였기에 작은 벼슬이라도 얻기 위해 청탁이 끊이지 않았다. 하나 연청학은 그런 청탁을 언제나 매몰차게 거절해 왔다.

그랬던 그가 세인의 재능과 학식에 얼마나 감명을 받았는지 먼저 천거를 해주겠다며 나서고 있었다.

"저는 출사를 할 만한 그릇이 되지 못합니다. 그저 이대로 안분지족하며 사는 것이 제 길이라 생각하고 있습니다."

'허! 이렇듯 난감할 때가 다 있나?'

천하를 품을 재주를 가지고 있으면서도 무관의 길도 싫다, 문신이 되는 것도 싫다 하며 겨우 위국의 위사로 머물겠다 하니 연청학은 크게 안타까웠다.

그런 마음에 연방 수염을 쓰다듬으며 한숨을 내쉬었다.

"천하의 젊은 인재들은 출사를 마다하고 이렇듯 허명만 가진 늙은이만 조정에 눌러앉아 있으니 이를 어찌하나."

그때, 객청 밖에서 여인의 청아한 목소리가 들려왔다.

"아버님, 가경입니다."

미간을 찌푸리며 안타까워하고 있던 연청학이 그 목소리에 인상을 풀며 미소를 지었다.

"차를 가져온 것이냐?"

"예. 들여도 되겠습니까?"

"그리하거라."

곧 다기가 올려진 상을 들고 있는 여인이 들어와 조심스럽게 상을 내려놓았다.

"가경아, 이분은 금의위 도독이신 한청서 대인이고, 이 청년은 청설위국의 진세인 위사다."

"연가경입니다."

연청학의 둘째 딸 연가경을 보더니 한청서가 껄껄 웃었다.

"과연, 과연! 연 대인댁 두 따님이 북경에 소문이 자자한 이유를 알겠소이다. 대연(大燕)과 소연(小燕) 중 이 따님이 바로 소연이겠구려."

연청학에게는 딸 둘에 아들 하나가 있었다. 막내인 아들은 무당에 공부를 하기 위해 떠나 있는 상태였고, 맏딸 연하경은 한왕에게 출가를 했다. 그리고 그 둘째가 바로 이 연가경이었다.

북경 사람들은 이 미녀 자매를 일컬어 대연(大燕), 소연(小燕) 자매라 불렀다. 역사상 유명한 오나라의 미녀 자매로, 강남을 평정한 소패왕 손책에게 시집간 대교와 오나라의 천재 주유의 아내가 된 소교 자매를 빗대 그리 부르는 것이었다.

"지, 진세인입니다, 소저."

"하하하! 인중지룡이라 해도 전혀 과언이 아닌 진 위사도 경국지색의 미녀를 보니 당황스러운가 봅니다."

"한 대인……."

농을 던지는 한청서를 보며 세인이 말끝을 흐렸다.

연가경이란 여인은 경국지색이란 말로도 부족한 대단한

미녀였다. 그야말로 사람의 혼을 쏙 빼놓을 정도로 압도적인 아름다움을 가지고 있었다. 그녀의 뒤편에서는 후광이 비친다는 느낌마저 들 정도였다.

얼굴에는 고귀함이 흐르고 있어 어지간한 사내는 감히 마음조차 품지 못할 기이한 매력을 가지고 있었다. 몸매 또한 늘씬함과 풍만함이 교차하고 있고, 피부 또한 투명하다 할 정도로 희고 고왔다.

한왕의 정비인 대연 연하경을 처음 봤을 때도 숨 막힐 정도의 아름다움에 순간 몸이 굳을 정도였으나 소연 연가경의 미모는 그를 능가하고도 남음이 있었다.

그런 세인을 보며 연가경의 아비인 연청학이 미소를 지었다.

"자자, 차들 듭시다."

그때까지도 말문을 열지 못하던 세인을 보며 연청학은 물론 한청서 역시 묘한 표정을 지었다.

"형님, 따로 명도 없었는데 우리가 이렇게 무작정 찾아가도 되겠습니까?"

흑의사내가 이게 과연 사람의 면상인가 의심이 들 정도로 흉악하게 생긴 사내에게 물었다. 면상으로 대과를 본다면 십회 연속 장원은 따놓은 당상인 사내가 말했다.

"막주님도 이제 적잖이 나이가 드셨다. 설마하니 예전처럼 맘에 안 든다고 우리 대가리를 씹어 잡수시기야 하겠느냐?"

"형님의 그 엄청난 대가리를 씹어 먹었다가는 크게 탈이
날지도 모르니 형님이야 걱정이 안 되겠지요. 그러나 이 미청
년 목개는 다릅니다."

자칭 미청년(?)은 하북살막의 부막주였던 야살 목개다.

"미청년? 그리고 대가리? 목개, 죽고 싶으냐?"

"허참, 금동 형님, 같이 늙어가는 처지에 너무 그러지 마시
오!"

야살 목개가 하북살막의 막주였던 혈살 금동에게 반항하
듯 소리쳤다. 두 사람이 그렇게 한참이나 입씨름을 벌이며 거
리를 걷자 곧 청설위국이 보이기 시작했다.

"목개야, 청설위국에 가서 차세대 천하제일살수 금동님이
오셨다고 기별이나 넣어라."

그 소리에 목개가 배를 잡고 웃었다.

"푸헤헤헤! 형님이 차세대 천하제일살수라굽쇼?"

"흠흠! 이번에 막주님의 비기를 전수받으면 당연히 그리
될 것이다. 그러니 잔말 말고 기별이나 넣으래도."

"거참, 형님! 왜 그리 생각이 짧으시오? 청설위국은 어디까
지나 위국이란 말입니다. 우리가 아무리 비열한 암습 대신 정
면 승부를 즐기는 낭만파 살수라고는 해도 우리는 어디까지
나 살수요. 훤한 대낮에 위국에다 살수가 왔다 하면 저들이
어찌 생각하겠소?"

"크게 싸움이 나겠지. 듣고 보니 그렇구나. 그럼 어찌 알리지?"

"청설위국에 오가는 사람 하나 붙잡고 조용히 막주님께 우리가 왔다고 전하기만 하면 되지요. 마침 저기 꼬맹이 하나가 청설위국으로 향하는 것 같으니 저 꼬맹이를 시키면 될 것 같소."

목개와 금동의 눈에 아직 스물도 되지 않은 미청년 하나가 보였다.

"그것도 괜찮은 생각 같구나. 목개야, 네가 알아서 해라."

금동이 목개에게 일을 맡기자 목개가 거드름을 피우며 그 미청년을 불러 세웠다.

"어이, 거기 솜털이 뽀송뽀송한 꼬맹아, 여기 고명한 어르신들한테 좀 와보거라."

목개의 부름에 청설위국으로 향하던 꼬맹이가 고개를 돌렸다.

"꼬맹이? 그거 설마 나를 일컫는 말이오?"

"그래그래, 지나가는 꼬맹이가 너 말고 또 어디 있겠느냐? 당장 이리 오너라, 뒈지기 싫으면!"

"뒈지기 싫으면?"

꼬맹이(?)가 어이없다는 표정을 지으며 목개 앞으로 다가왔다. 그러자 목개가 험악한 면상을 꼬맹이 앞으로 불쑥 들이밀었다.

"꼬맹아, 너 청설위국에 가려던 참이지?"

"그렇소, 이 간이 배 밖으로 튀어나온 양반!"

"뭐시라? 간이 배 밖으로 튀어나온 양반? 그, 그거 이 차세대 천하제이살수 목개님한테 한 소리냐?"

금동이 근처에 있어 차마 천하제일이라고는 칭하지 못하고 천하제이를 자처하게 된 목개였다.

"차세대 천하제이살수? 이렇게 허풍이 센 사람은 당 형님 이후 거의 십 년 만이로군."

쓴웃음을 짓는 꼬맹이를 보며 목개가 인상을 쓰기 시작했다. 가뜩이나 험악하게 생긴 그가 인상까지 쓰면 대개의 사람들은 그것만으로도 기가 질렸었다.

하지만 목개의 예상은 철저히 빗나가고 말았다.

"특별히 더 할 말 없으면 나는 이만 가보겠소. 그리고 안색이 별로인 거 보니 중병에라도 걸린 듯싶소. 하루라도 빨리 의원에게 가 진맥이라도 받으시오."

꼬맹이가 곧바로 등을 돌려 다시 가던 길을 가려 했다. 그러자 당황한 목개가 그를 잡아 세웠다. 성질 같아서는 당장에라도 이 꼬맹이를 두 쪽으로 갈라 버리고 싶었으나, 이런 대낮에 막주가 있는 청설위국 앞에서 그랬다가는 큰 문제가 생길 것 같아 간신히 참았다.

"꼬맹아, 병풍 뒤에 누워 향냄새 맡기 싫으면 그리 나와선 안 되지. 청설위국에 당 자, 막 자, 천 자 쓰시는 분이 계실 거다. 그 어르신께 옛 동생들이 찾아왔다 전해라. 뒈지기 싫으면 당장!"

꼬맹이가 약간 놀라는 표정을 지었다. 그 표정을 보고 목개가 이제야 자신의 위협이 통한다고 여겼다.

"전할 것 뭐 있겠소? 나랑 함께 위국에 들어가 당 자, 막 자, 천 자 쓰시는 어른을 보러 갑시다."

"그래? 그거 잘됐구나."

목개와 금동이 청설위국에 거하는 것 같은 꼬맹이와 함께 곧 위국 안으로 들어갔다.

꼬맹이의 안내에 따라 목개와 금동이 안내된 곳은 바로 허름하게 보이는 위사 숙소였다.

그 숙소를 보자마자 금동이 가슴을 치며 말했다.

"꺼이꺼이! 막주님께서 이런 누추한 곳에서 지내실 줄이야. 막주님이 이런 고생을 하시는 것은 다 이 금동의 잘못이다. 이제부터라도 내가 막주님을 극진히 모시겠다."

"다 저희 잘못입니다. 진즉에 막주님을 찾아 모셨어야 하는데…… 다른 형님들이 이 사실을 알면 하북을 책임지고 있는 저희를 갈가리 찢어 죽일 것입니다."

진정으로 하북을 책임지고 있는 것까지는 알 수 없으나, 두 사람은 그렇게 꺼이꺼이 소리치며 숙소 문을 열고 들어갔다.

숙소 침상 위에는 꼭 산적같이 생긴 사내가 어지간한 여자 허리둘레만 한 장딴지를 노인의 배 위에 턱하니 걸쳐 놓고 곤한 잠에 빠져 있었다.

그 광경을 보자마자 금동의 눈에서 불똥이 튀었다.

"저, 저 산적 자식이 감히 하늘 같은 막주님의 옥체에 냄새나는 다리를!"

산적의 만행은 그것으로 그치지 않았다.

"앵앵아, 오라버니 믿… 지?"

산적이 옆에 누워 있는 노인의 가슴을 마구 주무르더니 볼에 마구 입을 맞추는 것이 아닌가? 그러더니 마침내는 손이 스윽 내려가 노인의 바지를 내리려는 만행까지 서슴지 않았다.

금동의 눈이 뒤집혔다.

"저 후레자식이 감히 저따위 짓을 하다니! 으아아아!"

미친 소처럼 콧김을 내뿜으며 돌진한 금동은 아무것도 모르고 자고 있던 산적의 몸을 번쩍 들어 올려 숙소 끝에서 끝으로 내던졌다.

"저 새끼, 오늘 죽인다!"

목개 역시 살기를 폭사시키며 산적을 향해 우다다다 돌진했다. 그 소란으로 인해 잠결에 산적에게 봉변(?)을 당할 뻔했던 노인이 눈을 떴다.

"술 잘 마시고 눈 좀 붙여보려는데 왜 이리 시끄러워?"

노인이 불쾌감을 표시하며 몸을 일으켰다.

그런데 웬 미친놈 둘이 오늘 자신에게 크게 술을 산 철웅이를 향해 돌진하고 있는 것이 아닌가?

노인 당막천이 미친 소처럼 돌진하고 있는 두 미친놈을 향해 연달아 두 번 장을 날렸다.

"꾸엑!"

"꿰!"

미친놈 둘이 당막천이 쏟아낸 장에 맞아 돼지 멱 따는 소리를 지르며 동시에 바닥에 고꾸라졌다. 다른 사람도 아닌 살왕 당막천의 장력을 정통으로 허용했으니 두 미친놈에게 의식이 남아 있을 리 없었다.

당막천이 두 미친놈을 여기까지 데려온 꼬맹이에게 물었다.

"세인아, 저것들, 대체 누구냐?"

꼬맹이는 바로 세인이었다.

"형님 동생들이라고 하더군요."

"내 동생들? 설마⋯⋯."

당막천이 정신을 잃고 퍼져 있는 두 미친놈의 얼굴을 그때서야 확인하더니 미간을 찌푸렸다.

"이것들이 여기까지 찾아왔구나! 망신, 망신, 이런 개망신이 따로 없겠다!"

당막천은 자신이 위사 노릇을 하고 있다는 사실을 옛 수하들에게 알리고 싶지 않았다. 일전에는 어쩔 수 없이 옛 수하인 금동과 목개를 만났으나 다시는 그러고 싶지 않았다. 그런데 금동과 목개가 말도 없이 이곳까지 찾아와 버린 것이다.

앞으로의 일을 생각하니 머리가 지끈지끈 아파오기 시작했다.

"꼬, 꼬맹이?"

변태 산적새끼를 막 응징하려던 찰나에 뒤에서 날아온 날벼락을 맞고 정신을 잃었다 한참 후에야 깨어난 금동이 말했다.

"나는 꼬맹이가 아니라 청설위국 위사 진세인이오."

꼬맹이라 불렀던 이가 세인이든 아니든 금동은 전혀 상관하지 않았다. 그보다 몇 배는 중한 일이 있었다.

"진세인이든 꼬맹이든, 막주님은 어디 계시냐?"

근처에서 불쾌감이 가득한 목소리가 들려왔다.

"너희 막주, 여기 있다."

당막천이 나타나자 금동이 반사적으로 강시처럼 몸을 일으키더니 부동자세를 취했다.

"동아, 여기는 왜 왔느냐?"

당막천이 대단히 불쾌한 표정으로 '동'에게 물었다.

"마, 막주님을 곁에서 모시려고……."

"동아, 내가 언제 너보고 이리 오라 명을 내린 적이 있었느냐?"

동이가 바르르 떨며 답했다.

"아, 아닙니다!"

"명을 내리지도 않았는데 네가 온 거라 이 말이지?"

당막천이 살기를 뿜어내자 동은 사시나무처럼 떨었다.

"주, 죽여주십시오!"

"죽여달라고? 그럼 죽여주마."

당막천이 유달리 커다란 주먹을 움켜쥐었다. 당막천은 전설적인 살수였으나 단 한 번도 검이나 도를 쓴 적이 없었다. 무지막지하게 두들겨 패서 청부 대상을 죽이는 것으로 유명했다. 개 패듯이 패 죽이는 것, 그것이 바로 천하제일살수 당막천의 독문 표식이었다.

'막주님께서 정말로 나를 패 죽이시려나 보다!'

당막천의 주먹을 보며 동이 눈을 질끈 감았다.

그런데 그때였다.

"형님, 그만 하시지요. 십 년이 지났는데도 영감님을 잊지 않고 모시겠다고 찾아온 저들의 충정을 생각해서라도."

세인이 당장에라도 동을 복날 개 패듯 두들겨 패려던 당막천을 말렸다.

"꼬, 꼬맹이! 너는 빠져라! 막주님에게 맞아 죽는 것도 우리 살문의 영광이다! 그, 그러니 너는 빠져라!"

그런데 그 꼬맹이 소리에 불같이 화를 내던 당막천이 갑자기 크게 웃음을 터뜨렸다.

"꼬맹이? 동아, 네가 지금 세인이를 꼬맹이라고 불렀느냐?"

"그, 그렇습니다."

"하하하! 꼬맹이라……. 천하의 진세인이 꼬맹이 소리를 듣다니… 간만에 속이 다 후련하구나."

환우십삼성 중 하나이자 천하제일의 살수로 불렸던 당막천 자신조차도 함부로 대하지 못하는 것이 세인이다.

무식하면 용감하다. 무식한 금동이 세인을 꼬맹이라고 부르자 더할 나위 없이 기분이 좋아졌다. 자신이 하지 못하는 것을 하는 옛 수하를 통해 대리만족을 느끼고 있다고나 할까?

그가 웃으며 동이, 금동의 어깨를 두드렸다. 금동이 바로 반응했다.

"살수우~! 금!동!"

"여전히 목청 좋구나. 그런데 너희들은 나를 어찌 모시겠다고 찾아온 것이냐?"

상황이 급변해 막주의 표정이 밝아지자 그 기회를 놓치지 않고 금동이 소리쳤다.

"저와 목개가 자그맣게 업소를 차려서 막주님의 뒤를 잇고 있었습니다. 막주님께서 돌아오셔서 저희들을 이끌어주십시오."

"업소? 그 하북살막이란 곳 말이냐?"

"그렇습니다."

당막천이 손사래를 쳤다.

"됐다, 됐어. 너희들이 일군 것은 너희들이 잘 알아서 가꿔야지. 그리고 나는 이곳에서 중한 일을 하고 있는 중이다. 그 일이 끝나기 전까지는 이곳에서 위사 노릇을 할 것이고."

중한 일이라고 말하며 세인을 바라봤다.

그런데 그 중한 일이란 것을 단순무식한 금동은 잘못 이해했다.

'그러면 그렇지, 막주님이 어떤 분이신데 아무 이유도 없이 이곳에서 위사 노릇을 하고 있겠어? 막주님께서 엄청난 일을 진행 중이라 위사로 위장을 하고 있음에 틀림없다. 설마 강호일통을 노리고 있는 것은 아닐까?'

한번 강호일통 쪽으로 생각이 쏠리자 급격하게 그 방향으로 기울기 시작했다.

'그래그래, 분명 강호일통을 노리고 있는 것일 게야.'

대체 어찌 그런 결론을 얻었는지 다른 사람들은 전혀 이해할 수 없는 금동이 확신에 찬 어조로 소리쳤다.

"실수 금동! 막주님이 계획하고 있는 강호일통에 한손 거들고 싶습니다!"

당막천이 가볍게 얼굴을 찌푸렸다. 금동의 말은 뜬금없는 것을 넘어 황당하기 그지없는 얘기였다.

"강호일통? 아니야. 그런 것이 아니야."

강하게 부정했다. 그러나 금동은 당막천의 당연한 부정조차 자기 식대로 해석했다.

'강한 부정은 곧 긍정이라고 했다. 역시 내 추측이 맞았던 거야. 막주님은 지금 이곳에서 강호일통을 노리고 있는 거다. 아, 강호일통! 듣기만 해도 가슴이 다 두근거리는구나.'

단순무식한 금동은 당막천이 지금 이곳에서 위사로 위장하고 있는 것은 강호일통을 위한 것이라고 제멋대로 믿어버리고 말았다.

'동이 이 녀석, 무언가 대단히 착각을 하고 있는 것 같은데?'

당막천은 속으로 그리 생각했다. 그런데 금동이 이렇게 제멋대로 믿어버린 이상, 굳이 다르게 설명을 해줄 것도 없다 싶었다.

'이곳에서 위사 생활을 하는 것이 강호일통의 일환이라고 둘러대는 것도 나쁘지는 않겠어. 위사 생활하는 것이 수하들에게 들통날까 봐 고심했는데 그렇게 말하면 내 체면도 서고 말이야.'

십 년 전, 당시 열몇 살 먹은 소년에 불과했던 세인에게 참패를 당해 이제껏 용부에 잡혀 있었고, 재대결을 위해 세인을 뭐 마려운 강아지마냥 졸졸 따라다니고 있다는 얘기를 어찌 옛 수하들에게 하겠는가?

당막천이 금동에게 속삭였다.

"눈치가 많이 빨라졌구나. 네 생각이 가히 틀리지는 않았다. 하나 준비가 될 때까지는 이곳저곳에 떠들고 다닐 일이 아니야. 그러니 입단속하거라."

당막천이 은근슬쩍 확인해 주자 금동은 가슴이 벅차올라 소리쳤다.

"명심, 또 명심하겠습니다."

이제는 한 치의 의심도 없이 믿어버린 금동을 보며 당막천이 그의 어깨를 다시 한 번 두드려 줬다. 그러자 또다시 반응했다.

"살수우~! 금!동!"

곁에서 두 사람의 얘기를 듣고 있던 세인은 웃어야 할지 울어야 할지 모르겠다는 표정이었다.

제멋대로 강호일통 운운하는 무식한 금동은 물론이고, 그 말에 장단을 맞춰주는 당막천까지 무슨 생각을 하고 있는지 알 수가 없었다.

'당 형님은 어찌 나이가 들수록 더 괴팍해지기만 하는 건지……'

가벼운 두통을 느끼며 머리를 절레절레 흔들었다.

"강호일통이요? 이곳에서 위사 생활을 하는 것이 그것과 무슨 상관입니까?"

뒤늦게 깨어난 목개가 약간은 의심스럽다는 표정으로 물었다. 단순무식한 금동과 달리 허풍은 세지만 제법 머리가 돌아가는 목개였다.

"쉿! 입단속해라. 막주님이 특별히 내게만 알려준 일이니."

목개는 이해할 수 없었지만 하늘 같은 막주님이 그리 말했다니 일단은 믿을 수밖에 없었다.

"우리가 막주님을 지근거리에서 보좌하기 위해서는 우리 또한 이 위국에 들어가야 할 것 같다."

"그 얘기는, 우리도 위사 노릇을 하잔 말입니까?"

"그렇지."

"싫습니다. 짭짤한 수입이 보장된 살수 대신, 돈도 안 되고 힘만 드는 위사 일을 왜 한답니까?"

"목개야, 훗날을 생각해 봐라. 막주님이 강호일통을 하게 되고, 우리가 그것을 크게 돕는다면 어찌 되겠느냐? 우리도 크게 한자리 할 수 있을 것 아니냐?"

"일만 잘 풀리면 그렇기야 하겠지요."

"게다가 우리가 극진히 막주님을 모시면 막주님의 비기 중에 몇 수 정도는 전수도 받을 수 있지 않겠느냐?"

평소에는 단순무식하기 그지없었으나 그런 부분에서는 머리가 잘 돌아가는 금동이었다.

막주의 비기라는 소리에 목개 또한 귀가 번쩍 틔었다.

강호일통 얘기는 전혀 믿기지 않았고, 제아무리 막주라 해도 실현 가능성은 희박하다고 여기고 있었다.

그러나 막주의 신비한 비기 문제는 달랐다.

"그것을 위해 여기까지 찾아온 것이긴 하지요."

목개가 곰곰이 생각해 보니 비기 몇 수만 전수받을 수 있다면 한 십 년 위사 노릇을 해도 전혀 억울하지 않을 것 같았다. 그렇게만 되면 막주의 뒤를 이어 천하제일살수가 되는 것도 꿈만은 아니었고.

그런 생각을 하게 되자 이제는 오히려 금동보다 목개가 더 마음이 급해졌다.

"형님, 당장에 청설위국 위사 시험에 응시합시다!"

"그래, 그러자꾸나."

하북제일의 살수 금동과 하북제이살수 목개는 이렇게 청설위국 위사 시험에 응시하게 되었다.

第四章
남첨부

"나는 이번에 대위사가 된 조자한이라고 하네. 자네 두 사람이 당 노인과 인연이 있다 하니 당 노인이 속한 조에 보내도록 하겠네."

하북살막이 한왕부를 습격했을 때, 조자한은 이 두 사람과 짧게 마주친 적이 있었다. 그러나 그때는 밤이었고, 제법 멀리 떨어져 있었던 터라 두 사람을 알아보지 못했다. 설령 그때 얼굴을 봤다 해도 '세상에는 참 닮은 사람이 많다' 정도로 간단히 넘겼을 것이다. 하북살막의 막주와 부막주가 대체 무엇이 아쉬워 청설위국의 평위사로 들어오겠는가?

그래서 지금 자신이 소개하는 신입위사 금동과 목개가 자신들이 그토록 두려워했던 하북살막의 막주와 부막주였을 것이라고는 꿈에도 상상치 못하고 있었다.

당 노인 소리에 하북제일살수에서 신입 위사로 전직한 금동이 발끈하려 했다. 그러자 목개가 바로 전음을 날렸다.

"형님, 참으십시오. 당분간 조용히 지내야 합니다."

그 소리에 금동이 간신히 화를 가라앉혔다.

"젠장! 막주님도 그리하고 계신데 나 역시 참아야겠지."

들어오자마자 크게 사고 칠 수도 있었던 것을 간신히 피한 두 사람은 곧 위국의 한쪽으로 안내됐다.

두 사람을 데려온 대위사 조자한을 보더니 철웅이 말했다.

"자한 형님, 이 두 녀석이 이번에 내 밑으로 배속된 신입 위사 금동과 목개요?"

"그렇다네, 장 조장."

"하하하! 조장 소리가 참 듣기 좋습니다, 형님."

청설위국은 이번에 열 명 정도의 위사를 추가로 뽑으며 조직을 개편했다. 기존에는 국주 아래 두 명의 대위사만 있었던 것을, 고참 위사 조자한을 새로 대위사로 올리며 조장 자리를 신설했다.

세 명의 대위사 아래 다섯 명의 조장을 두어 조장이 각기 열 명 정도의 위사를 관리하게 만든 것이다. 이번에 새로 조장이 된 다섯 중에 한 명이 바로 북경제일도 장철웅이었다.

들어온 지 얼마 안 된 철웅이었으나 북경제일도로 명성이 자자한 그가 조장이 되는 것을 반대한 사람은 위국에 한 사람 도 없었다. 물론 예전부터 사적으로 그를 알고 있던 사람들은 철웅의 실력이 급성장한 것에 의아심을 품고 있기도 했지만.

'내 실력이라면 대위사 자리도 부족하겠지만 당분간은 이 정도로 만족하지, 뭐. 언젠가는 북경위국으로 옮길 몸이기도 하니.'

철웅은 거들먹거리며 신입 위사 금동과 목개의 어깨를 두드렸다. 그러자 순간 금동과 목개가 반사적으로 '살수 누구 누구'를 외칠 뻔했다.

"내가 북경제일도 장철웅이다. 그리고 너희들의 뒤를 봐줄 조장이기도 하지. 내 명만 잘 따르면 너희들도 나처럼 북경 바닥에서 크게 이름을 날리게 될 것이다. 하하하!"

금동과 목개는 인상을 구겼지만 위사로 위장해 막주의 강호일통을 은밀히 돕기로 한 이상 참을 것은 참아야 했다.

"인상 험악한 신입, 특기가 뭐야?"

나름대로는 고참 축에 드는 위사 왕무열이 인상 하나만은 장난이 아닌 금동에게 물었다.

"…박치기를 좀 할 줄 아오."

위사 무리 중에 섞여 있던 당막천은 고개를 끄덕였다. 금동은 타고난 석두였고, 게다가 철두공까지 익혀 그의 머리는 이미 금강불괴의 경지에 올라 있었다. 대가리 하나만 놓고 따지면 금동이야말로 천하제일, 아니, 고금제일인이었다.

"박치기? 그럼 어디 재주 한번 부려봐."

"좋소."

'어디를 가든 약한 모습 보이면 끝까지 고생이다. 초장에 제대로 한번 보여줘야 이곳 생활이 편하다.'

금동이 가볍게 심호흡을 한번 하더니 서 있는 자세 그대로 공중으로 껑충 뛰어올랐다. 그러더니 자신의 머리를 벽돌이 깔린 위국 바닥에 그대로 찧었다.

쿵!

엄청난 소리가 들리더니 바닥에 깔린 벽돌이 모조리 박살 나고, 순간적으로 바닥이 크게 출렁거린다는 느낌이 모두에 게 전달됐다.

"헐!"

금동의 엄청난 박치기를 본 위사들이 어이없다는 탄성을 내질렀다. 대가리가 단단한 자들의 소문은 종종 들었지만 이 처럼 강력한 대가리를 가진 자는 처음 봤기 때문이다.

제대로 자신의 재주를 보여줬다 생각해 의기양양해진 금 동이 험악하게 인상을 쓰며 말했다.

"내가 신입이긴 하지만 실력만은 누구에게도 뒤떨어진다 생각하지 않소. 이참에 서열 한번 정해봅시다."

이곳에 얼마나 오래 있을지는 모르지만 약자로 낙인찍히 면 고생하게 마련이다. 반대로 강자로 일단 인정을 받게 되면 만사가 편해진다.

조장이라는 북경제일도 장철웅은 약간 꺼려졌지만, 다른 위사라면 누구든 밟아줄 자신이 있었다.

"누구든 나와! 이 금동, 오늘 제대로 실력 발휘 한번 해볼 테니."

어느새 말투까지 바뀐 금동이었다. 그러나 엄청난 박치기에 기가 죽은 위사 중 누구도 앞으로 나서려 하지 않았다. 금동은 한껏 기세가 올라 자신과 눈을 마주치려 하지 않는 위사들을 둘러봤다.

그중 가장 마음에 들지 않는 면상을 하고 있는 자를 손가락으로 찍었다.

"거기 꼬맹이, 일로 나와봐라."

금동이 찍은 위사는 일전에 만난 적이 있는 꼬맹이 세인이었다. 그는 혹 막주가 위사들 앞에서 힘자랑을 하는 자신의 행동을 불쾌하게 여기지는 않나 눈치를 봤으나 막주는 전혀 상관하지 않겠다는 얼굴이었다.

'잘됐다. 기생오라비처럼 생긴 꼬맹이가 몸도 부실하게 보이는 것이 제일 만만해 보인다. 아주 제대로, 잔인하게, 혹독하게 잘근잘근 밟아줘 이 금동의 무서움을 보여주겠다!'

기세등등한 금동을 보며 세인이 고개를 한번 갸웃거리더니 그냥 웃고 말았다. 그러더니 천천히 걸어나왔다.

'이 꼬맹이가 겁이 없구나.'

금동은 세인을 그리 판단하며 크게 소리쳤다.

"꼬맹아, 검을 뽑아라!"

연방 꼬맹이, 꼬맹이 소리를 해대는 금동을 보며 세인이 검을 검집째로 들었다.

그 광경을 지켜보던 대위사 조자한은 굳이 두 사람을 말리지 않았다. 물론 기존 위사와 신입 위사가 처음부터 잘 지내면 그보다 좋은 일이 없다. 그러나 위사들은 전부가 칼밥을 먹는 거친 사내들, 드센 신입이 들어오면 이처럼 종종 싸움이 벌어지게 마련이었다.

보이지 않는 곳에서 싸움을 하다 큰 불상사가 생기느니 어떤 일이 벌어지든 재빨리 대처할 수 있도록 이런 공개적인 자리에서 한번 싸우고 마는 것이 나았다.

"못 견디겠으면 형님이라고 소리쳐라. 그럼 무자비한 구타를 중지해 줄 테니."

자신은 하북제일의 살수, 이런 위국의 무명 위사 따위는 눈에도 들어오지 않았다.

당장에라도 한판 붙을 것 같은 금동과 세인을 보며 당막천은 혀를 차고 있었다.

'쯧쯧! 동이 저 녀석, 예전부터 저랬지. 그때도 운이 지지리도 없었어. 하필이면 그 많은 사람 중에 세인이를 골랐을꼬? 이건 호랑이 아가리에 대가리를 들이밀고 지랄 발광을 하는 꼴이니.'

"이야아앗!"

금동이 괴성을 지르며 금강불괴에 이른 자신의 대가리를 들이밀며 공격해 들어왔다. 치명적인 요혈이 있는 머리를 무방비로 들이미는 이런 무공은 강호에는 없는 것이었다.

보통 무사 같으면 당황할 법도 했으나 세인은 얼굴색 하나 변하지 않았다. 극히 평범한 동작으로 금동의 머리를 향해 검집째로 위에서 아래로 내려쳤을 뿐이다.

'흐흐흐! 천하제일 박투술을 자랑하는 막주님의 주먹에도 거의 충격받지 않는 명품 대가리다. 백만 스물두 번을 내려쳐 봐라. 내 대가리에 흠집 하나 나는지.'

금동은 자신만만했다.

'저 기분 나쁘게 잘생긴 면상을 손봐주고, 그다음에는……'

꼬맹이를 어찌 요리할까 머릿속으로 마구 상상하고 있을 때였다.

쾅!

순간 엄청난 충격이 전신에 몰려왔다.

"꾸엑!"

그 충격이 얼마나 대단했는지 자신도 모르게 비명이 터졌다.

'대체 뭐냐!'

무슨 일이 일어났는지 알아채지도 못한 상황에서 또다시 충격이 몰려왔다.

"캑!"

속이 뒤집힐 것만 같았다. 그러나 곧 세 번째 충격이 밀려왔다.

"우웩!"

충격은 쉬지 않고 밀려왔다. 정신을 못 차릴 정도로 밀려드는 충격에 사지 분간이 안 될 지경이었다. 금동은 근성있는 살수였다. 뼈가 부러지고 팔다리 중 하나가 잘린다 해도 신음 한 번 토해내지 않을 자신이 있었다.

그런데 지금 체내의 장부를 온통 뒤흔들고, 뼛속 깊숙이 파고드는 이 충격에는 견딜 재간이 없었다.

"꾸엑, 제발, 캑, 살려, 우웩, 잘못했, 으악, 용서해, 악, 이렇게, 크악, 빕니다……"

그저 가볍게 내려치는 공격조차 견디지 못하고 추하다 싶을 정도로 연방 비명을 질러대는 금동을 보며 위사들은 한심하다는 표정을 지었다.

"목청만 큰 허풍쟁이였구먼? 괜히 겁먹었네."

"하긴, 대가리만 단단하다고 고수라던가?"

"굼뜨기 그지없네. 느리기 짝이 없는데다 힘이 전혀 없는 저런 공격조차 피하지 못하다니."

"쯧쯧! 게다가 근성도 없는 사내로구먼. 몇 대 맞았다고 저런 추태를 보이다니."

"저 실력으로 어찌 위사가 된 거야? 뒷돈이라도 써서 들어

온 건가?'

금동이 대가리만 단단하지 별 볼일 없는 작자로 낙인찍히는 순간이었다.

'헉! 위사들 따위는 간단히 썰어버릴 줄 알았던 금동 형님이……'

목개의 얼굴도 새하얗게 질렸다. 누구보다도 금동의 실력을 잘 알고 있었다. 어지간한 문파의 장문인 정도는 단박에 썰어버릴 실력을 가진 고수가 바로 금동이었다.

그런데 제일 비실비실하게 생기고, 별 볼일 없어 보이던 말단 위사 하나 제압하지 못하고 있다. 게다가 저놈의 위사가 무슨 사술을 부리는 것인지 근성의 사나이 금동 형님이 고통을 참지 못하고 비명을 지르고 있다.

'호, 혹시 이놈의 위국에 저렇게 대단한 고수들이 득시글거리는 것 아니야?'

목개가 자신도 모르게 바르르 몸을 떨었다.

"신참, 물이나 한 그릇 떠와라."

조장 철웅의 말에 목개가 눈썹이 휘날리도록 숙소 밖으로 달려 나가 우물에서 물을 떠왔다.

"여기 있습니다, 조장!"

철웅을 향해 허리를 꾸벅 숙인 목개가 어제 두들겨 맞은 충격에서 아직도 벗어나지 못해 눈동자에 초점이 없는 금동을 바라봤다.

'금동 형님이 저리 폐인이 될 줄이야…… 이곳의 정체를 알 때까지 나 역시 최대한 자세를 낮춰야 한다.'

그러며 숙소에 앉아 있는 사람들을 둘러보았다.

북경제일도로 불리는 장철웅(진즉부터 강한 줄 알고 있었다), 살왕 막주님(애당초 강했다), 그리고 제일 만만해 보였고 자신들을 제외하면 가장 신참이라는 꼬맹이, 아니, 진세인(정말 의외로 강했다)까지.

'막주님을 꼴찌로 밀어내고 북경제일도가 수석, 진세인이 차석이었다 한다. 막주님이 아무리 실력을 감췄어도 꼴찌라는 것은 이해가 되지 않아. 분명 저 두 사람에게 뭔가 있다.'

제법 머리를 굴릴 줄 아는 목개는 그렇게 판단했다.

"조장, 오늘부터 천상루 일 시작되는 거 아니었어?"

세인이 철웅에게 묻자 철웅이 왠지 들뜬 표정으로 답했다.

"그렇지. 흐흐흐! 천상루에서 위국에 일을 맡겼다기에 우리 조가 일을 맡기 위해 내가 얼마나 공을 들였는지 너는 모를 거야."

"홋! 천상루가 그리 대단한 곳이야?"

북경이 고향이기는 하나 북경을 잘 모르는 세인이었다.

"일단 가보면 알게 될 거야."

흐뭇한 상상을 하고 있는 철웅이 침상에서 내려와 멍한 표정으로 천장을 바라보고 있는 금동을 가리켰다.

"저 철두는 며칠 더 쉬어야 하는 거 아니야?"

"아무래도 그래야 할 것 같은데?"

세인도 같은 생각이었다. 누가 봐도 금동은 정상이 아니었다. 그런데 딱 한 사람에게는 그리 보이지 않았다.

"무슨 소리!"

당막천이 금동의 어깨를 살짝 만졌다. 그러자 이제껏 넋 나간 표정으로 앉아 있던 금동이 언제 그랬냐는 듯 벌떡 일어서며 소리쳤다.

"위사~! 금!동!"

그 모습을 보더니 철웅이 중얼거렸다.

"허풍쟁이 자식이 여태 엄살 피웠던 거야? 근성도 없는 자식이 엄살까지 심하네? 저런 자식 데리고 일해야 하다니, 탄탄대로인 이 장철웅의 앞길을 가로막을 기암괴석 같은 새끼!"

금동을 자신의 출세를 막을 기암괴석이라고 투덜댄 철웅이 먼저 숙소를 나갔다.

"훗! 기암괴석이라……."

세인 또한 웃으며 나갔다.

"하하하!"

당막천은 그저 웃고 말았다.

하북제일의 살수에서 하루아침에 일개 기암괴석으로 전락하고 만 금동. 그는 여전히 어제 받은 충격에서 헤어 나오지 못한 상태에서 넋 나간 사람처럼 숙소를 나왔다.

천상루(天上樓).

금나라 태조가 처음 지은 이래 여러 차례 증개축을 하며 황제들의 여름 별장으로 이용했다 한다.

이곳에는 곤명호란 이름의 커다란 인공 호수가 있고, 그 안에 남호도란 이름의 인공 섬이 존재했다.

호수 위에 한가로이 떠 있는 수십 척의 배 위에는 여인들과 부호, 고관대작들이 주악을 울리며 술잔을 주고받고 있었다.

호수를 둘러싸고 웅장한 규모의 가산(假山)이 세 개나 조성돼 있었고, 자연 속에서 자연스럽게 조성한 숲인 원림(園林)이 끝없이 이어져 있었다.

거대한 인공 호수와 웅장한 세 개의 가산, 아름다운 원림이 한데 어우러진 이곳은 하늘 아래 가장 아름다운 별장이라 불러도 손색이 없었다.

게다가 이곳엔 방만 삼천 개가 넘는다 하니 그 규모에는 입이 쩍 벌어질 정도였다.

강남의 건축물이 아기자기한 아름다움을 추구한다면, 강북의 건축물은 그야말로 규모의 아름다움을 통해 사람을 압도하는 맛이 있었다.

"하나의 궁전 같구나."

천상루를 처음 본 세인은 이곳을 그렇게 평했다.

"흠, 저 가산에 기암괴석이 있으면 더 멋들어질 것 같은데."

농처럼 던진 당막천의 말에 '기암괴석' 금동의 얼굴은 곧바로 사색이 되었다.

'막주님이 이 금동을 산 채로 저 가산에 쑤셔 박으려나 보다.'

보통의 경우라면 말도 안 되는 상상이었으나 당막천이 과거에 얼마나 무지막지했는지를 잘 아는 금동은 그럴 가능성도 농후하다 여겼다.

"하하하! 저 녀석, 겁먹은 거 봐라. 농을 한 것이니 너무 긴장하지 말거라."

그 소리에 금동이 안도의 한숨을 내쉬었다. 그러며 십 년 전만 해도 살벌하기 그지없었던 막주님이 상상외로 부드러워졌다고 생각했다.

"인아, 그런데 우리는 대체 무엇을 하면 되는 것이냐?"

당막천의 물음에 세인이 답했다.

"천상루 내 요릿집 순찰을 돌며 문제가 생기면 알아서 처리를 하거나 도움을 청하면 된다 합니다."

"흠, 요릿집에도 문제가 생기나?"

"무언가 문제가 생기니 위사들을 고용하는 것 아니겠습니까?"

"기왕이면 주루나 도박장 쪽 일을 하고 싶었건만……."

천상루는 크게 네 가지 영업을 하고 있었다. 첫째가 기루, 둘째가 요릿집, 셋째가 도박장, 넷째가 객잔이었다.

이중 도박장과 기루 부분이 가장 컸는데, 도박장 쪽은 북경 제일인 북경위국이, 기루 쪽은 북경위국 다음으로 큰 남궁위국이 담당하고 있었다.

북경에 산재해 있는 위국들은 대개 강호의 문파나 세가의 방계, 또는 속가 제자, 최소한 그들과 끈을 가지고 있는 이들이 운영하고 있었다. 북경위국이 하북팽가와 연결돼 있었고, 남궁위국은 이름 그대로 남궁세가의 방계가 운영하고 있는 것처럼 말이다.

이번에 새로 천상루 요릿집들을 담당하게 된 청설위국 장철웅 조는 주간 담당과 야간 담당 두 개로 나눠졌다.

한가하기 그지없는 아침부터 저녁까지는 조장 장철웅과 고참 위사들로 구성된 다섯이 맡았다. 한참 성시를 이루는 저녁부터 밤까지는 세인과 당막천, 금동, 목개로 이뤄진 신입 위사들이 담당했다.

정상적이라면 사람이 많이 들락거리고 그에 따라 일이 생길 가능성도 큰 저녁 시간을 고참 위사들이 맡아야 했다. 그러나 낮에 얼른 일을 마치고 화려하고 사치스럽기 그지없는 천상루의 밤을 즐기고자 했던 장철웅은 그 반대로 조를 나눈 것이었다.

그래도 세인은 별 불만이 없었다.

'근무 시간은 오히려 낮 시간대를 맡은 쪽이 더 길지. 우리야 세 시진 정도 짧고 굵게 일하면 되는 것이니.'

은근슬쩍 밤 근무조의 책임자가 된 세인이 천상루 요릿집들 바라봤다.

천상루 요리부는 동랄서산남첨북함(東辣西酸南甛北艦)이라 해 매운 산동 요리, 신맛이 강한 감숙과 산서 요리, 달짝지근한 호남과 강소 요리, 짠 북경 요리로 구분돼 있었다.

그것은 곧 천하사대요리를 말함이었고, 이곳 천상루에 오면 그것들을 모두 맛볼 수 있었다. 별도로 맵디매운 사천 요리 또한 준비돼 있었다.

"일단 동랄, 서산, 남첨, 북함의 네 개 부 총지배인들에게 인사를 가야 할 것 같습니다."

곧 세인은 네 개 부의 총지배인들에게 인사를 했다. 그러나 천상루의 루주도 아니고, 요릿집 총지배인에 불과한 그들은 상당히 거만했다.

"대위사도 아니고 일개 평위사가 책임자라니⋯⋯. 이거 무시당하는 느낌이군."

북함부(北艦部)의 총지배인인 오필강이 무인이라기보다는 기생오라비 쪽에 가까운 곱상한 인상을 가진 세인을 불만족스럽게 바라봤다.

"필요하시면 언제든 불러주십시오."

"그렇게는 하지. 하나 자네들로 역부족이라 생각되면 나는 주저없이 전에 이곳을 담당했던 모용위국에 도움을 청할 것이네."

그러며 오필강이 불만을 토해냈다.

"총루주께서는 대체 무슨 생각으로 갑자기 우리 쪽 위국을 바꾼 것인지…… 잔실수가 있긴 했지만 모용위국 쪽도 별 무리 없이 잘해왔는데 말이야."

이 북함부는 물론이고 벌써 인사를 하고 온 동랍부, 서산부의 총지배인들 모두 청설위국이 새로 이곳을 담당하게 된 것이 무척 못마땅한 눈치였다.

"알았으니 이제 가보게."

세인이 가볍게 읍을 하고는 북함부를 나왔다. 아무리 아직은 작은 청설위국이라 하나 세 부의 총지배인 모두가 노골적으로 불쾌함을 표할 줄은 몰랐다. 게다가 그들 모두 한목소리로 모용위국을 거론하고 있었다.

'무언가가 있군.'

그렇게 추측은 됐지만 그것이 무엇인지는 알 수 없었다.

"이제 남첨부의 총지배인에게 인사를 하면 끝나는 건가?"

그는 곧바로 가산과 원림 사이에 조성된 네 개의 요리부 중남쪽에 있는 남첨부를 찾아갔다.

"총지배인님 말입니까? 지금 주방에 계십니다."

"그런가? 나는 이번에 요리부를 담당하게 된 청설위국의 위사 진세인이라 하네. 인사를 드리러 왔는데 잠시 모셔오겠는가?"

"아, 새로 바뀐 위사님들이시군요. 알겠습니다. 잠시만 기다려 주십시오."

점소이가 빠른 걸음으로 주방 쪽으로 향하더니 곧 하얀 면포 두건을 쓰고 동일한 면포로 만든 앞치마를 두르고 있는 숙수 차림의 중년 사내가 세인을 향해 걸어왔다.

"우리 쪽 담당이 바뀐다는 얘기는 들었소. 나는 남첨부 총지배인인 곽부양이오."

"청설위국 위사 진세인입니다. 그런데 곽 대인, 혹시 양주 분이십니까?"

곽부양이 조금은 놀란 표정으로 되물었다.

"어찌 아시었소?"

"양주 사람 특유의 억양이 조금 남아 있어 그리 추측했습니다."

"아, 그렇소? 진 위사도 양주 분이시오?"

"그렇지는 않습니다. 강소에서 꽤 오래 살았던 터라 양주에도 몇 번 갈 기회가 있었습니다."

"그렇소? 동향이라면 특별히 신경을 좀 써달라 청을 넣어볼까 했는데 아쉽소. 일단 앉으시오. 아평아, 여기 양주초반(楊洲炒飯:양주 볶음밥. 우리나라에서 먹는 보통 볶음밥) 다섯 개만 내오너라."

"예, 총지배인님."

점소이 아펑이 재빨리 달려가자 곽부양이 당막천과 금동, 목개에게도 앉기를 청했다.

"이곳의 재료와 숙수들은 모두 천상루의 것이오. 내 총지배인이라 하나 사사로이 그것들을 쓸 수는 없어 값비싼 재료를 쓰는 요리는 대접하지 못하오. 하지만 초반이라면 양껏 내올 수 있으니 한번 들어들 보시오."

"시장기를 느끼던 차에 정말 잘됐습니다."

세인이 감사의 뜻을 표하자 사람 좋게 생긴 곽부양이 껄껄 웃었다.

"하하하! 별말씀을 다 하시오."

두 사람이 잠시 가볍게 담소를 나누고 있는 사이 아펑이 양주초반 다섯 개를 내왔다.

노릇노릇하게 잘 익힌 밥에 하얀 닭고기, 흰 살을 드러낸 통통한 새우, 버섯, 죽순, 해삼, 계란 등이 가지각색의 색을 뽐내며 잘 섞여 있었다.

"색도 색이지만 향기가 정말 대단합니다. 향기만으로도 군침이 다 돌 정도입니다."

"하하하! 초반에는 단화초반(蛋花炒飯:달걀 볶음밥), 저육초반(猪肉炒飯:돼지고기 볶음밥), 청두초반(靑豆炒飯:완두콩 볶음밥), 포어초반(鮑魚炒飯:전복 볶음밥), 삼선초반(三仙炒飯), 십경초반(什景炒飯:열 가지 재료를 쓴 볶음밥) 등 그 수를 헤아릴 수 없지만 나는 갖가지 재료를 조화롭게 사용한 양주초반이 최고라고 믿소."

"그렇습니까?"

세인이 숟가락을 들어 양주초반을 입에 넣었다. 그런데 입에 넣었다 싶은 순간 그 맛을 느낄 새도 없이 초반이 사르르 녹아내리며 목구멍을 넘어갔다.

다시 한 숟가락을 들자 고소한 향이 입 안 가득 퍼졌고, 또 한 숟가락을 들자 각양각색의 맛이 뒤섞여 천상의 맛을 선사했다.

그 뒤로는 어찌 먹었는지 기억도 나지 않을 정도로 순식간에 한 그릇을 뚝딱 비웠다.

"하! 내 태어나 이렇듯 맛있는 초반은 처음이로구나. 이런 맛을 이제껏 몰랐다니 나 당막천, 인생 헛살았구나, 헛살았어."

당막천이 연방 감탄사를 내뱉으며 양주초반의 맛을 칭찬했다.

"여기 한 세 그릇만 더 부탁합니다."

어제 받은 충격에서 미처 헤어 나오지 못한 '기암괴석' 금동이 양주초반 한 그릇에 완전 부활해 세 그릇을 더 청했다.

"형님, 겨우 세 그릇으로 되겠소? 나는 다섯 그릇 더요. 아니, 아예 한 열 그릇 갖다 주십시오."

목개는 한 술 더 떠 그렇게 청했다.

"하하하! 맛있게들 먹어주시니 정말 감사하오이다. 아평아, 원껏 드실 수 있도록 가져다 드리거라."

점소이 아평이 곧바로 주방에 달려가 양주초반을 추가로 시켰다.

추가로 나온 양주초반마저 순식간에 비운 금동과 목개가 호들갑을 떨었다.

"엄청납니다, 엄청나요! 젠장, 이런 곳이 있는 줄 알았으면 진즉에 찾아왔을 것인데."

세인 또한 양주초반의 맛에 크게 감동해 곽부양에게 물었다.

"이곳 초반이 이리도 맛있는 것은 무슨 특별한 방법이나 재료를 써서 그러한 것입니까?"

"그렇지는 않소. 알맞은 쌀을 골라 신선한 재료들을 정성껏 다듬고, 알맞은 불에 익히고, 소금과 간장을 정확히 쓰는 것뿐이오."

볶았을 때 밥알이 한 알 한 알 떨어질 수 있도록 끈기없는 쌀을 쓰고, 밥을 고슬고슬하게 짓는다. 화력이 강한 불에 큰 볶음 냄비를 달구어 연기가 날 때까지 익히고, 주로 소금으로 간을 하되 냄비 가장자리에 간장을 둘러 향미를 살리는 보통의 방식이었다.

"적당한 쌀을 아는 데 삼 년, 밥을 고슬고슬하게 짓는 데 삼 년이 걸렸소. 또 적당한 불의 세기를 찾는 데 오 년을 보냈고, 최적의 간을 보기 위해 십 년을 노력해 왔으나 아직도 만족스럽지는 않소."

특별한 것은 없었다. 맛있는 밥을 짓고, 적당한 불을 찾고, 간을 하는 데 사용되는 소금과 간장의 양을 찾아왔을 뿐이었다. 그런데 고작 그것만으로도 사람을 감동시키는 초반을 만들어낸 것이다.

'하긴, 이십일 년 동안의 노력과 정성이 담겨져 있으니 맛이 없으려야 없을 수가 없겠지. 그런데 참으로 이상하구나.'

"비록 초반 하나를 맛본 것에 불과하나 요리의 근본이라는 쌀과 불, 소금을 이토록 능숙하게 구사한다면 다른 요리는 맛볼 것도 없이 대단할 것입니다. 그런데 어찌 이리도 남첨부가 한산한 것입니까?"

영업이 잘 안 된다는 얘기는 어찌 생각하면 무례할 수도 있는 질문이었다.

"글쎄올시다……. 남첨부를 맡고 있는 내 실력이 아직 멀었나 보지요."

그 소리에 금동과 목개가 동시에 발끈했다.

"아닙니다! 살아생전 이처럼 맛있는 요리는 처음이었습니다. 우리가 당장 북경 거리로 나가 천상루 남첨부의 요리가 천하제일이라고 고래고래 소리치고 오겠습니다. 목개야, 준비됐느냐?"

"이 목개, 항상 준비돼 있소. 갑시다, 형님!"

크게 흥분해 당장에 뛰쳐나갈 것 같은 두 사람을 보며 당막천이 소리쳤다.

"이놈들!"

당막천의 고함에 금동과 목개가 순간 움찔했다. 두 사람은 막주가 자신들을 말리려는 것인 줄 알고 목을 움츠렸다.

당막천이 말했다.

"고작 북경으로 되겠느냐? 하북 전체에 모조리 소문내고 오너라."

막주 역시 자신들과 뜻을 같이하자 기세가 산 두 사람이 가슴을 쾅쾅 치며 말했다.

"강북 전체에 소문내고 오겠습니다. 가자, 목개!"

"저는 곧장 강남으로 달려가겠습니다. 형님은 강북을 맡고 제가 강남을 맡도록 하지요."

곽부양의 양주초반에 어찌나 감동했는지 두 사람이 호들갑을 떨고 있을 때 세인이 그들을 말렸다.

"가긴 어딜 가려고 그러나? 우리는 요리부의 일을 처리해야 할 위사인 것을. 수선 떨지 말고 그냥 있어."

그 소리에 두 사람, 특히 금동이 순간 몸이 얼어붙었다. 세인의 손맛을 제대로 본 금동이었다.

"곽 대인, 앞으로도 자주 들르겠습니다."

"하하하! 언제든 들러주시오. 초반은 계속 무료로 드릴 것이니."

세인이 정색을 했다.

"그럴 수는 없습니다. 이처럼 맛있는 음식을 돈도 내지 않고 먹다니요. 다음부터는 꼭 제값을 치르고 먹겠습니다."

"허허! 그럴 것 없어요. 이 정도는 내 능력으로도 충분히 대접할 수 있으니."

"그럴 수는 없지. 이처럼 맛있는 음식을 공짜로 먹겠다는 것은 불한당들이나 할 짓이지. 암, 그렇고말고."

당막천까지 그렇게 거들었다.

"곽 대인, 저희는 항상 이 인근을 순찰하고 있으니 필요한 일이 있으면 언제든 불러주십시오."

"알겠소. 앞으로 잘 부탁드리겠소."

세인은 다른 이들과 함께 곧 남첨부를 나왔다.

"간만에 잘 먹었다. 거참, 초반 따위가 그리 맛있을 줄이야. 위사가 되지 않았으면 이런 음식을 맛보지도 못했을 터, 처음으로 위사 노릇 하기 잘했다는 생각이 드는구나."

당막천은 진심으로 만족하고 있었다.

*　　　*　　　*

세인 일행이 남첨부에서 요리를 맛보고 나오고 있던 시각, 다른 세 요리부의 총지배인들은 한 청년을 만나고 있었다.

"오 대인, 위 대인, 왕 대인, 이것 받으십시오. 저희 모용위국의 성의입니다."

비단 화의를 입고 있는 청년이 북함부 총지배인 오필강과 동랄부, 서산부의 총지배인에게 고액 전표가 든 봉투를 건넸다.

"모용 소국주도 참. 뭐 이런 것을 다……."

세 총지배인은 그러며 봉투를 품에 집어넣었다.

"저희 모용위국이 잠시 천상루 일에서 물러났으나 그 기간이 그리 오래일 거라고는 생각하지 않습니다. 그러니 저희 쪽 업자들 좀 잘 부탁드립니다."

천상루의 요리부에서 하루에 사용하는 쌀과 밀가루, 채소, 육류, 어류, 그리고 여러 물품들은 상상을 초월할 정도로 엄청났다. 요리부에 물건을 댈 수만 있다면 엄청난 이문이 생길 것은 당연했고, 한때 그것을 두고 여러 업자들이 경쟁을 했었다.

그 경쟁에서 승리한 것은 북경에서 다섯 손가락 안에 드는 모용위국과 손을 잡은 업자들이었다.

그 업자들을 거느리고 있는 모용위국에서 따로 자리를 마련해 요리부의 세 총지배인들에게 정기적인 뇌물을 건네고 있었다.

"험험, 그동안 맺은 연이 있는데 어찌 그리하겠소? 걱정 말고 한시라도 빨리 다시 우리 요리부를 담당해 주시오. 그 청설위국이란 곳, 영 미덥지가 않아요."

"그렇지요? 요새 명성을 조금 얻고 있기는 하지만 본디 이름도 없는 보잘것없는 위국이었습니다. 모용세가에서 뒷배를 보아주는 저희 모용위국만 하겠습니까?"

"그렇지요. 그러니 다시 복귀해 우리 쪽을 담당해 주시구려."

오필강의 말에 청년이 눈빛을 번뜩였다.

"그 부분은 걱정 마십시오. 이미 다 조치를 해두었으니. 조만간 남첨부에서 조그만 소란이 있을 것이니 너무 놀라지는 마십시오."

*   *   *

청년이 장담한 그 이튿날이었다.

귀혼검(鬼魂劍) 요립. 그는 요동 일대에서 손가락 안에 드는 고수였다. 동시에 요동제일의 살인귀이기도 했다.

흉포하고 잔인한 성정 탓에 여러 차례 정파 고수들을 살해하기도 했다. 그러나 그의 주 활동 무대도 장성 밖이었고, 무공 또한 대단해 정파 무림맹에서도 그를 이제껏 잡아들이지 못하고 끙끙 앓고 있었다.

정파 무림맹에서 진즉에 척살령을 내린 그가 오늘 보란 듯이 천상루, 그것도 요리부의 남첨부에 나타난 것이다.

'적당히 트집을 잡고 소란을 피워 위사 나부랭이 몇 끌어들이면 된다 했던가?

요립은 최근 모용위국의 소국주라는 자가 거액의 은자를 건네며 했던 청을 떠올렸다.

'그리고 위사 놈들은 모조리 죽여 버려도 된다 했지. 아니, 이왕이면 죽여줬으면 좋겠다고 했던가? 간만에 피를 보겠군.'

은자도 은자였지만 피를 볼 수 있다는 생각에 더욱 흥분한 귀혼검 요립이었다.

와당탕!

요립이 자신 앞에 있는 탁자를 뒤집어엎더니 소리쳤다.

"이런 빌어먹을 곳 같으니라고! 음식에 돌덩이가 섞여 있다니! 퉤!"

그가 입에서 피 묻은 돌을 남첨부 바닥에 뱉더니 검을 뽑았다.

"이 음식 만든 숙수 놈, 당장 나오라고 해! 당장에 그 작자의 손목을 잘라 버릴 것이니!"

요립의 살벌한 기세에 점소이 아평이 사색이 되었다.

'이번에는 요리에서 돌이 나온 건가? 요전에는 남경충(南京蟲:바퀴벌레)이 나왔고, 전번에는 새끼 쥐 대가리가 요리에 섞여 나오더니. 우리 남첨부는 정말 재수가 없구나.'

아평이 남첨부 총지배인이자 수석 숙수를 겸하고 있는 곽부양을 찾아 주방으로 달려갔다.

"총지배인님, 큰일 났습니다. 음식에서 돌이 나왔다며 살벌하기 그지없는 자가 소란을 피우고 있습니다."

"정말이냐? 음식에서 돌이 나왔다는 것이?"

"남경염수압(南京鹽水鴨:깃털만 뽑은 통오리를 쪄내 생강과 식초를 버무린 장에 찍어 먹음)에서 나왔답니다. 남경염수압을 만든 숙수의 손목을 잘라 버리겠다고 고래고래 소리를 치고 있습니다."

곽부양 뒤편에 서 있던 젊은 숙수의 얼굴이 사색으로 변했다. 그 젊은 숙수가 남경염수압을 만든 숙수였다.

"걱정 마라. 이 아비가 나가 일을 잘 처리해 볼 테니."

곽부양이 잔뜩 겁먹은 젊은 숙수이자 자신의 친아들인 곽일을 진정시켰다.

"총지배인님, 지금 소란을 피우고 있는 자는 아무래도 강호인 같습니다."

아평의 말에 곽부양이 고개를 끄덕이며 명했다.

"아평, 혹 모르니 진 위사에게 이 사실을 전해라."

가볍게 소란을 피우는 손님이라면 사과를 하거나 남첨부에서 실수가 있었다면 보상을 하면 되는 일이었다. 그러나 검까지 빼 들고 소란을 피우는 강호인이라면 아무래도 진 위사 일행이 필요할지도 모른다고 판단했다.

"속히 전하겠습니다."

아평이 잽싸게 달려나가자 곽부양은 입술을 질끈 깨물더니 주방을 나와 일부러 소동을 피우고 있는 요릅에게로 향했다.

'아무래도 무언가가 있다. 숙수도 사람이니 한두 번 실수를 해 음식에 이물질이 섞여 나갈 수는 있다. 하나 음식에서 남경충이 나오고, 심지어 새끼 쥐의 대가리까지 나오다니. 처음 남경충 소동을 겪은 후 나는 물론이고 우리 숙수들이 얼마나 위생 관리에 심혈을 기울였던가? 그런데 계속 이런 일이 벌어지다니……'

제아무리 훌륭한 음식 솜씨를 가지고 있다 해도 음식에서 자꾸 그런 이물질이 나오니 평판이 크게 떨어지고, 당연히 손님은 확 줄어들었다. 그래서 다른 세 부와는 달리 남첨부만 유일하게 적자를 보고 있었다.

'짐작 가는 곳이 있기는 하다만……'

식재료와 필요 물품들을 동일한 업자에게서 도저히 이해할 수 없는 비싼 가격에 대량으로 받는 다른 세 부와 달리, 남첨부만 자신이 직접 선정한 양심적인 업자와 싼 값에 계약을 맺고 있었다.

'예전부터 모용위국이 자신들 쪽 업자들의 물건을 받으라며 온갖 협박과 회유를 번갈아 했었지. 그 협박이 줄어들던 때와 우리 남첨부 음식에서 이물질이 나오기 시작한 때가 일치하는 것이 과연 우연일까?'

강한 의심을 품고 있는 곽부양이 주방에서 나왔을 때, 남첨부 내부는 온통 난장판이었다. 그나마 몇 있던 손님들은 서둘러 몸을 피한 지 오래였고, 서슬 퍼런 기세를 풍기는 사내만이 검을 빼 들고 탁자와 의자, 집기들을 모조리 때려 부수고 있었다.

"네가 돌멩이가 들어간 요리를 만든 개 같은 숙수 놈이냐?"

검을 든 요립이 당장에라도 곽부양을 벨 것 같은 표정으로 물었다.

"그렇지는 않습니다. 하나 음식에서 진정 돌이 나왔다면 주방을 책임지고 있는 내가 마땅히 사죄를 해야 할 것 같아 온 것입니다."

"진정 돌이 나왔다면? 그 말은 음식에서 돌이 나왔다는 내 말을 믿지 못하겠다는 투로구나."

쉬익!

요립이 다짜고짜 검을 휘둘렀다.

"윽!"

그 검에 팔을 베인 곽부양이 신음성을 내지르며 바닥에 쓰러졌다. 고통이 극심한 상태에서 곽부양이 말했다.

"손님께서 돌이 나왔다고 주장하시니 사죄를 드리러 나온 것입니다."

'우리 주방의 위생 관리는 철저해 돌이 나올 리 없다. 괜한 억지 피우지 말라'고 외치고 싶었으나 실수로라도 돌이 섞일 수도 있는 일이니 곽부양은 그 말은 차마 하지 못하고 꾹 참았다.

"사죄? 그거 좋지. 보통 사죄란 것은 말이다, 합당한 책임을 져야 진심이 되는 법이다. 요리에 돌이 나오도록 만든 손모가지 하나면 사죄를 받아들이겠다. 음식을 만든 숙수의 손모가지를 바칠 테냐, 주방을 책임지고 있다는 네 손모가지를 바칠 테냐?"

요립의 검이 곽부양의 목에 닿아 있었고, 날카로운 검날에 그의 피부가 베여 핏물이 주르륵 흘러내리고 있었다.

'흐흐흐! 손목을 자르지 않으면 목을 잘라주마!'

검이 서서히 곽부양의 피부를 파고들기 시작했다. 조금씩 조금씩 안으로 들어가는 검은 조금만 지나면 목의 경동맥을 잘라 버릴 것만 같았다.

상황이 이렇게 된 것, 어쩔 수가 없었다. 손목도 중하다지만 그보다 몇 배는 목숨이 중하지 않겠는가?

곽부양이 눈을 질끈 감고 막 '내 손목을 자를 테니 그만둬라' 라고 외치려 할 때였다.

'쐭' 하는 강렬한 파공성이 들리더니 곽부양의 목을 파고들던 검의 검면에 작은 구멍이 뚫렸다. 그와 동시에 손아귀에 엄청난 충격이 몰려와 요립은 손에서 검을 놓치고 말았다.

손목이 부러지지는 않았으나 아직도 손이 찌릿찌릿한 것이 잠깐 동안은 아무것도 손에 쥘 수가 없을 것 같았다.

'소림의 탄지신통인가? 아니면 무당의 격공지?'

허공을 격하고 날아와 검면에 구멍을 낸 것은 물론이고, 거의 손목뼈를 부러뜨릴 정도의 충격을 줄 수 있는 재주는 거의 없었다. 재주가 있다 해도 그것을 익혀 구사할 수 있는 사람은 세상 천지에 아예 없다 해도 과언이 아니었다.

그런데 아무리 봐도 조금 전에 자신의 손에서 검을 떨어뜨리게 만든 재주는 탄지신통이나 격공지 같았다.

"무림맹에서 이 귀혼검 요립을 잡으러 나왔는가? 그러나나 요립, 순순히 잡혀갈 생각은 없다! 최소한 너희 놈들 수십은 함께 저승길에 동행할 것이다!"

악에 받쳐 소리쳤으나 아무런 응답이 없었다. 다시 한 번 소리쳤다.

"내가 귀혼검 요립이다! 무림맹의 어떤 개자식인지 당장 얼굴을 보여라!"

그 고함 소리에 누군가가 얼굴을 보이기는 했다.

"귀혼검 요립이라… 들어본 것도 같고 아닌 것도 같고. 형님, 혹 귀혼검 요립에 대해 들어본 일이 있습니까?"

"네가 모르는데 나라고 알겠느냐? 귀혼검 요립인지 요강인지 하는 잡배를 내 알 게 무엇이냐?"

"저치는 자신의 별호와 이름이 대단한 것처럼 말했는데 별거 없는 작자로군요."

"저 정도 삼류잡배는 굳이 우리가 손을 쓸 것도 없다. 동아!"

그러자 당막천 곁에 굳은 표정으로 서 있던 금동이 일보 앞
으로 나서며 답했다.

"위사아~! 금!동!"

"동아, 네가 알아서 처리해라."

"알겠습니다!"

금동이 금강불괴에 이른 자신의 대가리를 만지며 막 움직
이려 할 때였다.

"금동 형님!"

"왜 그러냐, 목개야?"

"형님, 저도 사실 꽤 괜찮지 않습니까?"

목개의 실력도 대단함을 금동도 익히 알고 있었다.

"그래서?"

"형님, 아직 몸도 성치 않으신데 오늘은 쉬시지요. 이 목개
가 귀혼검 요강을 처리하겠습니다."

금동이 눈썹을 꿈틀거렸다.

"지금 그 말은 내 밥상에 공으로 숟가락 한번 얹어보겠다
는 것이냐?"

'윽! 형님이 화났구나. 하지만 어떻게든 막주님 눈에 들어
야 제대로 한 수 전수받을 수 있을 터. 기회를 잡아야 해. 형
님, 동생 사이지만 양보할 수 없는 것도 있지.'

목개가 그리 생각하며 말했다.

"형님, 그러지 말고 저 요강 놈은 내게 양보해 주시오. 시

간 나면 요강에 못지않은 적당한 놈 하나 잡아다 형님께 바칠
것이니."

"시끄럽다, 이놈!"

금동과 목개가 맘에 드는 기녀 하나를 두고 실랑이를 벌이
는 파락호들처럼 옥신각신하고 있는 소리를 들은 귀혼검 요
립이 크게 분노했다.

"이 자식들아! 뭐가 어쩌고 어째? 나 귀혼검 요립이다! 요
립이란 말이다!"

그러나 그 소리에는 전혀 개의치 않고 두 사람은 계속 말싸
움을 했다.

"저 요강, 내가 갖겠다는 데요?"

"젠장! 요강은 내 거다. 요강에 침 바를 생각일랑은 마라."

"자라나는 새싹에게 요강 좀 양보하시라니까요."

그 소리에 더 이상 참지 못하고 귀혼검 요립이 두 사람을
향해 몸을 날렸다.

"그럼, 먼저 조지는 놈이 요강을 갖는 걸로 합시다!"

목개의 말에 금동도 동의했다.

"그거 좋다. 더 확실하게 조지는 놈이 요강을 처리한 것으
로 하자."

"좋소."

"개소리 작작해라!"

두 사람이 옥신각신하는 소리를 더 이상 참지 못한 요립이

달려오기 시작했다. 그런 그를 발견한 두 사람은 누가 먼저랄 것도 없이 동시에 몸을 날렸다.

선공은 금강불괴의 대가리를 가진 금동이었다. 금동이 다짜고짜 자신의 대가리를 들이밀며 요립을 공격했다.

요립은 요동제일의 살인귀로 불릴 정도의 고수였으나 이처럼 대가리를 들이밀며 공격하는 무공은 난생처음 보는 것이었다.

'이게 대체 뭔가?'

그가 잠시 당황해 멈칫했다. 그러자 그 틈을 노려 금동의 대가리가 그의 면상과 정면으로 부딪쳤다.

천하제일의 철두인 금동의 대가리였다. 제대로 부딪치기만 하면 세인과 당막천마저 큰 충격을 받을 정도로 대단한 대가리였다. 그처럼 강력한 대가리인데 요립 따위가 견딜 수 있을 리 없었다.

"억!"

요립이 비명을 지르며 바닥에 고꾸라졌다. 그러자 무지막지한 구타가 시작됐다.

정말 엄청난 구타였다. 한 대라도 더 때리는 사람이 승리하기로 한 것처럼 금동과 목개는 잠시도 쉬지 않고 요립을 구타했다.

요립은 태어나서 처음으로 이렇게 엄청나게 두들겨 맞았다.

'이, 이놈들아! 차라리 시원하게 내 모가지를 잘라 버려라! 이렇게 때리지 말고 말이다!'

아직까지 덜 맞은 요립이 악에 받쳐 속으로 소리쳤다.

"형님, 아직 열 대밖에 못 때렸소? 난 벌써 스물한 대요!"

"젠장! 내 박치기는 대당 두 대로 쳐야 한다. 그러니 난 스무 대다."

"그래도 아직 내가 한 대 앞섰소!"

자신이 뒤지고 있다는 생각에 엄청난 힘이 솟구친 금동이 크게 박치기를 했다.

"이 요강 새끼! 너 오늘 죽었어!"

요립이 속으로 비명을 질렀다.

'이 미친 새끼들! 그, 그만 때려라!'

이제 요립은 완전히 기가 질려 버렸다.

손을 모아 살려달라고 빌려 하니 암습을 노렸다고 더 심하게 때렸고, 정신을 잃은 척 눈을 감으니 덜 아프니 잠이라도 퍼 자는 것이냐며 죽어라고 때렸다. 그래서 눈을 부릅떴더니 어디서 형님들 꼬나보냐며 무지막지하게 때렸다. 하도 맞다 보니 서러워 눈물을 흘리니 사내새끼가 줏대없이 질질 짜는 것이냐며 또 때렸다.

손 모아 빌지도, 정신을 잃지도, 눈물을 흘릴 수도 없었다. 그저 이 무자비한 구타가 끝나기만을 빌고 또 빌었다. 그러나 불행히도 구타는 계속 이어졌다.

'…때려죽이려나 보다.'

요립이 완전히 자포자기하고 있을 때였다.

"그만!"

그 목소리는 한줄기 청량한 구원의 빛이었다. 그래서 이제 구타가 끝나나 보다 했는데 이 무식한 작자들은 들은 척 만 척하며 계속해서 때렸다.

'부처님, 태상노군님, 옥황상제님, 이 구타에서 벗어날 수만 있다면 뭐든 하겠습니다. 속옷 바람으로 아미파에 난입하라면 하고, 소림사에 가서 달마는 개새끼라고 소리치라면 치겠습니다. 하북팽가에 가서 남궁세가가 오대세가 중 으뜸이라고 하루 종일 외치기라도 하겠습니다. 제발 이 구타만 끝내주십시오.'

요립의 이처럼 간절한 바람이 하늘에 통했을까?

마침내 구타가 끝이 났다.

그가 가쁜 숨을 몰아쉬며 비몽사몽하고 있을 때 막 구타를 끝낸 목개가 무언가 생각났다는 표정으로 세인과 당막천에게 말했다.

"저 귀혼검이라는 놈 말입니다. 정파 고수 여럿 죽였다고 해서 지금 수배 떨어진 놈일 겁니다. 아마 무림맹에서 저거 잡겠다고 꽤 힘 좀 쓰고 있을 걸요?"

"그래?"

세인이 그리 말하더니 곰곰이 생각했다. 무림맹에서 수배까지 내린 놈이 조용히 지내도 모자랄 판에 북경 한복판에서 소동을 피우다니, 아무래도 뭔가 이치에 맞지 않았다. 무언가가 있을 것도 같았다.

세인이 부드러운 목소리로 물었다.

"너 말이야, 누가 보냈니?"

그 물음에 요립은 곧바로 불고, 또 불고, 남김없이 불었다. 알고 있는 사실을 부는 것은 물론이고 있는 사실, 없는 사실까지 없으면 만들어서라도 모조리 불었다. 그러다 보니 마지막에는 이렇게 끝났다.

"무림맹 개새끼들, 십만마교 후레자식들, 용부 병신들을 모조리 쓸어버리고 모용위국과 모용세가가 천하에 우뚝 서겠답니다!"

물론 말도 안 되는 얘기로 구타만 피할 수 있다면 무슨 소리든 할 수 있는 요립이 아무렇게나 지껄인 것이다.

세인은 요립의 말 중 들은 것은 듣고 버릴 것은 버릴 수 있을 정도로 현명했다. 하나 모용위국에서 수작을 부리고 있다는 것과 이왕이면 자신들을 죽여달라는 청을 넣었다는 소리만은 거짓이 아니라는 것도 알았다.

'그래? 그렇단 말이지……'

상대가 먼저 건드렸으니 한번 따끔한 맛을 보여주는 것도 나쁘지 않다 싶었다. 물론 자신이 직접 하는 것이 아니라 남의 손을 빌려서 말이다.

"그래? 그럼 네가 한 마지막 얘기 말이다. 모용위국과 모용세가 천하사패 중 세 곳을 싸잡아 욕한 얘기 말이야. 도원이라는 도박장과 무림맹 북경 지부에 가서도 그대로 할 수 있겠니?"

도원이라는 도박장은 세인이 알기에 십만마교가 북경에 은밀하게 만들어놓은 지부 같은 곳이었다.

"물론입니다!"

"그래, 좋아. 혹시나 해서 말인데, 너 딴생각 품고 딴 길로 새면 말이다, 방금 너 때린 애들보다 더 무지막지한 애들로 한 일백 정도 보낼 생각이야. 그래도 도주할래?"

"저, 절대 그런 일 없습니다!"

차라리 무림맹 북경 지부에 자수해 목이 잘려 죽고 말지 여기서 맞아죽을 수는 없었다.

"요강이라고 했던가? 그럼, 어서 가거라. 누가 보냈다고는 하지 말고."

"아, 알겠습니다!"

세인이 만신창이가 돼 전혀 움직일 수 없을 것 같던 요립의 몸을 몇 번 매만졌다. 그러자 신기하게도 요립은 다시 일어서 움직일 수가 있었다. 물론 고통만은 이전보다 배는 증가했지만.

"요강아, 그럼 기회 되면 나중에 또 보자."

요립이 그 소리에 안도의 한숨을 내쉬며 속으로 생각했다.

'내 이름은 요강이 아니라 요립이란 말입니다.'

*　　　*　　　*

십만마교 북경 비밀 지부 도원.

"이런 개 같은 모용세가 놈들이 그런 수작을 꾸미고 있었다고? 당장 본산에 전서구 날려!"

귀혼검 요립의 고변을 들은 십만마교 북경 지부는 곧바로 청해성 십만대산으로 급보를 보냈다. 사실이든 아니든 일단 정보가 들어오면 전부 알리는 것이 그들의 관례였다.

*　　　*　　　*

정파 무림맹 북경 지부.

얼마나 얻어터졌는지 얼굴은 퉁퉁 불어 원래의 얼굴을 알아볼 길이 없고, 옷은 곳곳이 찢어져 딱 거지꼴을 하고 찾아온 요립을 보더니 무림맹 무사가 버럭 화를 냈다.

"귀혼검 요립? 그 살인귀가 미치지 않고서야 왜 이곳을 찾아와? 자기가 무림의 전대 거마네, 전설적인 살인마네 하며 조사해 달라고 자수해 오는 놈들이 한둘이 아니야. 심지어 저기 저 노숙자 녀석은 자기가 누구라는 줄 알아? 자기가 천 년 전에 죽은 십만마교의 종사 천마란다. 어이 자칭 천마, 꼴도 보기 싫으니까 대가리 박아!"

무사의 고함에 무림맹 북경 지부에서 공으로 하룻밤을 보내려던 노숙자, 자칭 천마(?)가 고개를 푹 숙였다.

자신이 요립이라고 몇 번이나 밝혀도 전혀 믿지 않는 무사를 보며 요립은 분통을 터뜨렸다.

"나, 나는 말이요, 진짜 귀혼검 요립이오."

"여기는 말이다, 잘 곳 없고 먹을 곳 없어서 무림맹 수배자라고 자처하며 공밥 먹으려는 녀석들 재워주고 먹여주는 곳이 아니다."

"내가 진짜 요립이오. 그러니 부디 나를 잡아가시오. 안 잡아가면 나는 그 악귀들에게 맞아죽는단 말이오."

금동과 목개를 떠올리며 요립은 치를 떨었다. 이대로 돌아갔다가는 그 악귀 같은 자식들 일백 이상이 자신의 뒤를 쫓을 터였다. 원래 같으면 조용한 곳에 숨을 생각도 했겠지만, 구타의 공포가 뼛속까지 아로새겨진 요립의 머리로는 이제 그런 것은 상상조차 할 수 없었다.

요립은 계속해서 자기를 잡아가라며 매달렸으나 얼굴도 알아보지 못할 정도로 쥐어터진 그를 오갈 데 없는 노숙자로 판단한 무림맹 무사에게 끝내 거절당하고 말았다.

북경 지부에서 쫓겨난 요립은 땅바닥에 주저앉아 공포에 떨었다.

"어찌해야 하지? 이 사실을 알면 그 악귀 같은 자식들이 나를 가만두지 않을 텐데…….”

요립이 땅이 꺼져라 한숨을 푹푹 내쉬었다.

                  *   *   *

북경 모용위국.

“뭐라고? 요립이 청설위국 위사들한테 박살이 났다고?”

모용위국 소국주 모용천산이 놀라서 소리쳤다.

이전부터 자신들이 거느리고 있는 업자들에게서 납품을
받지 않는 남첨부를 곤혹스럽게 만들기 위해 수작을 부려왔
던 그다.

이번에 남첨부를 곤경에 처하게 만드는 동시에 자신들을
대신해서 요리부를 담당하게 된 청설위국까지 망신을 주기
위해 큰돈을 들여 귀혼검 요립을 보냈다.

요립이라면 최소한 청설위국의 위사들에게 공개적으로 개
망신을 줄 것이고, 잘되면 위사들 전부를 도륙 낼 것이라 기
대하고 있었다. 그렇게 되면 청설위국은 어쩔 수 없이 천상루
일에서 손을 뗄 것이고, 모용위국이 다시 천상루 일을 맡을
수 있다는 계산이었다.

“요립이 그리 당할 줄이야……. 청설위국이 그리 강했나?”

의외라는 생각이 들긴 했지만 그렇다고 포기할 모용천산
이 아니었다. 두 번째 수가 준비돼 있었다.

본디 위국이 가장 두려워하는 곳이 어디던가?

바로 북경의 위국 전체를 관리하는 관부인 금의위였다.

그는 금의위 백호로 있는 사촌 형 모용연산을 찾아갔다.

*　　　*　　　*

한청서가 몇 번이나 초대했음에도 그동안 그의 저택을 찾지 않았던 세인이 오늘은 무슨 바람이 불었는지 그의 저택을 찾아와 있었다.

"북경에서 천상루를 모르는 사람이 있겠나? 나 역시 알고 있지. 또 천상루 안 네 요리부가 북경제일의 맛을 자랑하는 것도."

금의위 도독 한청서가 세인에게 말했다.

"하나 요리부 중 남첨부는 맛은 어떨지 몰라도 평판이 좋질 않지. 듣자 하니 음식에 여러 이물질이 섞여 나온다든가 그랬을 거야."

세인이 한청서에게 상황을 설명했다.

"대인, 이물질이 나왔던 것은 그간 사정이 있어 그런 것입니다. 하나 남첨부의 음식 맛만은 최고입니다. 특히 양주초반은 말이지요."

"진 위사, 기름진 것과 비린 것은 꺼리지 않는다 하지 않았는가? 초반이라면 기름에 밥을 볶은 것인데."

"그랬지요. 그래서 처음에는 먹는 시늉만 할까 했는데 한 입

먹다 보니 도저히 멈출 수가 없었습니다. 아니, 너무나 맛이 있어 그것을 먹고 있다는 자각조차 하지 못했을 정도니까요."

"허! 그 정도란 말인가? 나 역시 최근에는 비린 것과 기름진 것을 피하고 있네만, 자네가 그리도 극찬을 하니 한번 가보지 않을 수 없겠구먼그래. 내 시간을 내서 가보도록 하지."

"감사드립니다, 대인."

"자네와 나 사이에 감사하고 말 것이 뭐 있겠는가마는 어찌 됐든 내가 자네 청을 하나 들어줬으니 자네도 내 청 하나만 들어주게."

"청이라 하시면……."

"최근 황태자 전하로부터 명을 하나 받았네. 시간과 돈, 인원이 얼마가 들든 상관없으니 대명 금군들이 익히기 좋은 무예서를 편찬해 보라고 말이야."

"무예서 말입니까?"

"그렇네. 기존의 병법서들은 병략과 전술 쪽에만 치중한 경우가 많네. 게다가 기존의 무예서들에 적힌 내용들은 낡은 것이 많아 현재는 잘 맞지 않는 점이 많지. 그 점을 전하께서 간파하시고 내게 실용적인 무예서를 만들라며 명을 내리셨네. 자네가 나를 좀 도와주겠는가?"

세인이 잠시 고민했다. 무예서를 편찬하는 일이 쉬울 리가 없다. 많은 노력이 필요할 것이고, 오랜 시일이 걸릴 것이다. 하지만 그것을 완성해 금군들이 익히기 시작하면 외적으로부터 백성들을 지키는 데 큰 도움이 될 것이다.

"부족하나마 도움이 된다면 노력해 보겠습니다."

"하하하! 고맙네. 정말 고마워. 자네가 나서준다니 천군만마를 얻은 느낌이야. 나는 대략 스물네 권 정도로 생각하고 있네. 그리고 말이야……."

한청서가 자신이 현재 계획하고 있는 무예서의 총 규모와 내용, 방식 등을 상세히 설명했다. 그것을 다 듣고 난 세인이 물었다.

"실용적인 무예서라면 섬세한 그림에 자세한 해설을 다는 것이 좋지 않겠습니까? 백 마디 말보다 한 장의 그림이 더 효과적인 경우도 많을 테니 말입니다."

"그렇겠군. 내가 어찌 그런 부분은 생각지 못했을까? 그럼 화원 또한 필요하겠군. 예부에 일러 화원들을 지원받아야겠어."

한청서는 필요한 것들을 곰곰이 따지더니 세인에게 말했다.

"무예서를 편찬하자면 금의위 서고와 무고를 자유로이 출입해야 할 걸세. 또 강호의 문파나 세가 고수들을 북경으로 소환해 도움을 얻어도 좋겠지. 만약 그들이 거부한다면 즉시 나에게 얘기해 주게. 전하에게 고해 협조하라는 황명을 내릴 것이니."

제아무리 대명의 권부 중의 권부인 금의위의 명이라 해도 자존심 강한 강호인들이 순순히 그 명을 따를지는 의문이었다. 그러나 황명이라면 완전히 달랐다. 황명을 거역함은 곧 역적이 되는 것이기에.

'한 대인은 신중한 사람이다. 그가 청한다 해서 황태자가 함부로 황명을 내릴 리 없다. 그런데 한 대인은 자신에게 말만 하면 바로 황명이 내릴 것처럼 말하고 있다. 황태자가 이 일에 대단한 관심을 갖고 있나 보구나.'

"어찌 됐든 자네가 조정의 일을 하게 됐으니 작은 관직이라도 내려야 할 듯싶은데……. 금의위 서고 검서관이라는 별정직을 하나 내릴까 하네만, 자네 생각은 어떠한가?"

세인이 난감한 표정을 지었다. 한 대인이 자신을 금의위로 끌어들이고자 하는 것은 진즉에 알고 있었다. 하지만 자신은 관직이든 금의위든 별 관심이 없었다.

"관직에 뜻이 없는 자네 생각은 나도 잘 아네. 물론 나야 아쉽기는 하지만 자네 뜻이 정 그렇다는데 어쩌겠는가? 하나 검서관이라는 자리는 한시 직이라 일이 끝나면 자동으로 없어지는 자리일세. 별도의 녹봉도 없고 따로 등청이나 퇴청을 할 필요도 없네. 검서관 자리는 그저 자네가 시간 날 때마다 금의위 서고와 무고를 편히 출입할 수 있도록 하는 일종의 출입증 같은 것이지. 그러니 부담 갖지 말고 받아들이게."

이렇게까지 완곡하게 청하는데 금의위 도독인 한 대인의 체면을 보아서라도 거절할 수가 없었다.

"…알겠습니다."

"하하하! 고맙네. 검서관의 적당한 품계를 정하고 작으나마 경비 등도 책정해 빠른 시일 내에 자네에게 기별을 주겠네."

한청서가 흐뭇한 표정으로 세인을 바라봤다.

'이렇게라도 관부에 한발 걸치게 했으니 참으로 다행이군 그래. 진 위사, 자네 같은 인재가 출사를 해야 조정이 더욱 굳건해지고 만백성이 편안해진다는 것이 내 생각이네. 앞으로 우리 잘해보세나.'

"헐헐! 한 대인이 자네에게 관직을 준다고 했다고? 한 대인이 자네를 정말 좋게 본 듯싶으이."

예부상서 연청학이 세인을 보며 연신 웃었다.

"껄껄껄! 그리고 내게도 남첨부에 한번 들러달라 청을 넣으러 왔고?"

"그렇습니다, 대인."

"내 자네 생각은 알겠네. 제아무리 음식 솜씨가 뛰어난 곳이라 해도 거지가 드나들면 거지에게 어울리는 곳이 될 뿐이고, 음식이 형편없어도 고관대작들이 찾으면 그 격에 맞는 곳이 되게 마련이니…… 하나 제아무리 자네 부탁이라 해도 삼인성호(三人成虎)할 수는 없네."

삼인성호는 세 명이 시장에 호랑이가 나타났다 하면 곧이 믿게 된다는 말이다. 거짓말이라도 여러 사람이 똑같이 하게 되면 믿게 된다는 뜻으로 한비자에 나오는 내용이다.

즉, 남첨부의 음식 맛이 형편없는데도 금의위 한청서 도독이나 예부상서인 자신이 그곳에 가 음식 맛이 좋다 해 거짓

명성을 만드는 데 일조할 수는 없다는 의미였다.

"남첨부는 간장막야(干將莫耶)입니다."

간장막야는 명검을 일컫기도 하지만 명검도 사람의 손길이 닿아야 빛이 난다는 뜻도 가지고 있었다.

"남첨부가 명검이라…… 그렇다면 내 직접 명검인지를 확인해 봐야겠지. 그런데 말이야, 자네, 남첨부에 크게 신세를 진 것이 있는가? 나도 그렇고 한 대인까지 찾아가 이런 청을 넣는 것을 보면 말이야."

"세상에서 가장 맛있는 양주초반을 맛보는 신세를 졌습니다. 신세는 갚아야겠지요."

"하하하! 그러한가? 큰 신세를 졌군그래."

그러며 연청학이 세인을 바라봤다.

'참으로 어진 마음을 가진 청년이로세. 요릿집 하나를 돕겠다고 나와 한 대인에게 청을 넣으러 온 것을 보면 말이야. 어려운 처지에 있는 이를 대가없이 돕는 것이야말로 맹자께서 말하신 측은지심이 아니겠는가? 참으로 마음에 드는 청년이야.'

잠시 흐뭇한 표정으로 세인을 바라보던 연청학이 말했다.

"자네 청을 들어준 한 대인도 자네에게 한 가지 청을 했는데, 나 역시 자네에게 한 가지 청을 하고 싶네."

"청이라니요?"

"내 딸아이 가경이 말일세, 어려서 어미를 잃은데다 나는 국사에 바빠 많이 신경 써주지를 못했네. 언니인 하경이가 있을 때는 서로 의지하며 간혹 바깥출입도 하고 그랬는데 하경이가 출가를 한 이후에는 그나마도 하지 못했네. 너무 집에만 갇혀 있는 것 같아 보는 내 마음이 좋지 않았지. 그런데 마침 자네가 남첨부의 요리가 대단하다 하니 그곳에 가 요리도 먹게 해주고, 천상루 안에서 뱃놀이도 즐기고 오게 해주지 않겠나?"

"그게 무슨 말씀이신지요?"

"자네는 위사가 아닌가? 가경이가 하루 바깥출입을 할 수 있도록 자네에게 호위를 맡기려 하는 것이네. 내 청을 들어주겠는가?"

"그거라면 어렵지는 않습니다."

위사의 임무 중에 사람을 호위하는 것도 당연히 포함돼 있었다.

"고맙네."

세인은 자신이 본 중 가장 대단한 미녀인 소연 연가경을 떠올렸다.

'후~! 그런 미녀가 밖에 얼굴을 보이면 상당히 시끄럽겠군그래.'

第五章
금의위 검서관

무영무쌍

"위사님들 오셨습니까? 차가운 차 한잔 내오겠습니다."

귀혼검 요립을 쫓아낸 후 남첨부 사람들은 청설위국 위사들을 극진히 대접했다. 철웅이 담당하는 주간에는 어떤지 모르겠으나 야간조인 세인 등이 남첨부를 들를 때는 확실히 그랬다.

세인을 발견한 곽부양이 환하게 웃었다. 세인을 보기만 하면 자신이 만든 요리를 먹고 가라고 언제나 붙잡곤 하는 그였다.

"진 위사 왔소? 마침 잘됐소. 향전백합고(香煎百合糕)를 만들어봤는데 한번 맛보시오."

향전백합고는 백합에 설탕이나 꿀을 버무려 속을 만들어 밀가루 반죽에 넣고 바구니에 담아 익힌 후 달군 솥에 앞과 뒤를 지져 황금색을 내는 간식의 일종이었다.

"총지배인님, 오늘의 특선 요리는 무엇이오?"

벌써부터 군침을 흘리고 있는 금동과 목개가 동시에 물었다. 두 사람은 요즘 남첨부에서 식사를 하는 것을 유일한 낙으로 삼고 있었다.

"오조면(奧灶面)이네. 붉은 장국으로 익힌 면과 오리 고기면 두 가지를 준비하고 있지."

"당 형님, 오늘의 요리는 오조면이라고 합니다."

금동이 꾸벅 허리를 숙이며 남들 앞에서는 당 형님이라 부르는 당막천에게 고했다.

"오조면이라… 총지배인, 일단 오조면 열 그릇만 부탁하네."

당막천, 금동, 목개 셋이 먹을 것이었으나 당막천은 처음부터 오조면 열 그릇을 주문했다. 원래부터 대식가들인데다 남첨부의 요리에 흠뻑 빠져 있는 세 사람이었다.

"저기 창가 쪽 자리가 좋은 것 같습니다. 이 목개가 모시겠습니다."

목개가 재빨리 달려가 당막천이 앉을 의자를 소매로 반질반질하게 닦았고, 당막천과 금동도 곧 그쪽으로 향했다.

세 사람이 식사를 하기 위해 잠시 떨어지자 세인은 곽부양이 내온 향전백합고를 입에 넣으며 물었다.

"손님은 많이 늘었습니까?"

"별반 차이는 없소. 하나 음식에 정성을 다하고 계속 노력한다면 언젠가는 손님이 늘지 않겠소?"

곽부양은 희망에 가득 차 있었다. 요립의 경우를 보건대 음식에서 이물질이 나온 것은 주방의 실수가 아니라 모용위국이 사람을 시켜 수작을 부린 것을 확인했기 때문이다.

음식 솜씨에는 자신이 있었으니 참고 기다리기만 한다면 금세 손님이 늘어날 것으로 확신하고 있었다.

"아마 그렇겠지요. 곽 대인이야 언제나 음식을 만드는 데 최선을 다하시겠지만, 오늘 좀 더 마음을 쏟는다면 남첨부가 바글바글해질 날이 조금은 더 앞당겨질 것입니다."

"오늘은 더 신경을 써보라니요? 그것이 무슨 의미요?"

알 수 없는 말을 던진 세인을 보며 곽부양이 의아한 표정을 지었다.

"그럴 일이 좀 있습니다."

세인은 묘한 미소를 지으며 입에 척척 달라붙는 향전백합고를 입에 집어넣었다. 그러며 시선은 손님들이 드나드는 남첨부 문 쪽으로 향해 있었다.

'한 대인께서 오늘쯤 들른다 했는데……'

그는 금의위 도독인 한청서를 기다리고 있었다.

"아이쿠!"

세인이 잠시 문 쪽을 응시하고 있을 때, 근처에서 그런 소리가 들려왔다.

"이 점소이 놈이 감히 무슨 짓을 한 거냐?"

노한 그 목소리에 이어 연방 뺨을 후려갈기는 소리가 났다.

찰싹! 찰싹! 찰싹!

그 소리까지 듣고 나니 세인도 무슨 일인가 싶어 고개를 돌리지 않을 수 없었다.

"나리, 송구합니다. 제발 용서해 주십시오."

자신도 잘 아는 아평이 뺨을 맞아 볼이 벌겋게 붓고, 입가로 피를 흘리면서도 연방 용서를 빌고 있었다.

"이놈이 오늘 새로 맞춰 입은 비단 전포에 냄새 나는 국물을 쏟고도 그런 소리가 나오느냐?"

"용서해 주십시오. 다시는 이런 일이 없도록 하겠습니다."

음식을 나르던 아평이 탁자에 앉아 있던 손님 중 둘에게 오조면 국물을 쏟은 것 같았다.

'이상하네……'

몸이 날래고 민첩하기 그지없는 아평이었다. 게다가 어릴 때부터 점소이 일을 해온 아평은 눈도 밝고 조심성도 많아 한 번도 이런 실수를 한 적이 없었다. 심지어 국물이 담긴 그릇 열 개를 올린 쟁반을 머리에 이고 두 손으로 여러 음식이 담긴 쟁반을 들고도 국물 한 방울 흘리지 않고 남첨부 내부를 자유자재로 오가는 신기를 보여주기도 했었다.

다른 점소이라면 몰라도 음식을 나르던 아평이 그것을 손님 옷에 흘리는 실수를 했다고는 믿기 힘들었다.

"나리, 나리께서 갑자기 쑥 내민 다리를 미처 피하지 못해 그런 것이니 한 번만 용서해 주십시오."

"뭐라? 그럼 내가 일부러 네 다리를 걸기라도 했단 것이냐? 이 점소이 놈이 억지를 부리는구나."

찰싹! 찰싹! 찰싹!

손님이 아평의 멱살을 움켜쥔 채 또다시 그의 뺨을 때렸다.

"손님, 그만 하시지요. 저희 점소이가 실수를 한 것 같으니 저희가 책임지고 더러워진 옷값은 변상하겠습니다. 그리고 오늘 손님들께서 드신 음식 값은 받지 않도록 하겠습니다."

곽부양이 어느새 허리를 굽실굽실하며 사과를 하고 있었다.

"변상? 그래, 변상 좋지. 기한은 내일 등청할 때까지다."

"아, 알겠습니다."

하룻밤 사이에 비단옷을 짓는 것이 꽤 까다로운 일이기는 했으나 애를 쓰면 불가능한 일도 아니다 싶었다.

"그럼 내일 진시 전까지 손님 댁으로 옷을 보내도록 하겠습니다. 손님 댁과 성함을 가르쳐 주시면 감사하겠습니다."

"그거야 어렵지 않지. 그런데 내가 이 말을 했던가? 나나 저 친구 옷은 소주 능라로 만든 것이라네."

"예에?"

곽부양은 깜짝 놀랐다. 소주 능라라니… 한 필에 은자 열 냥을 호가하는 것은 물론이고 북경 땅에서는 은자가 있어도 구하기가 극히 어렵다는 소주 능라로 지은 옷이란 말인가?

"그, 그게 사실입니까?"

쾅!

"당당한 금의위의 백호가 그럼 거짓을 말하고 있다는 말인가?"

그런데 그때였다.

"욱!"

금의위 백호라 밝힌 사내와 동석하고 있던 사내 하나가 돌연 입에서 피를 토하며 탁자에 머리를 처박았다. 그는 눈이 뒤집힌 채 심한 경련을 일으키기 시작했다.

"이 제기! 이 제기!"

동석한 사내들이 이 제기의 몸을 흔들며 소리쳤다. 그러나 이 제기는 곧 의식을 잃고 말았다. 죽었는지 살았는지 알 수가 없는 지경이었다.

사내들 중 하나가 쓰러진 제기가 마시고 있던 찻잔에 은침을 집어넣더니 소리쳤다.

"독이다! 누군가 찻잔에 독을 탔다!"

검게 변색된 은침을 확인한 백호가 크게 소리쳤다.

"누가 감히 우리 금의위를 노린 것이냐?"

그는 자신의 옷에 오조면 국물을 쏟은 점소이 아평의 멱살을 잡았다.

"너냐? 네가 일부러 국물을 쏟는 척하며 독을 탄 것이냐? 누구의 사주를 받고 독을 탄 것이냐?"

백호는 다짜고짜 아평을 암살자로 몰아붙였다.

"잠시만 기다리시오, 백호 양반. 대체 아평을 그리 몰아붙이는 이유가 무엇이오?"

보다 못한 세인이 나섰다.

"너는 뭐 하는 작자인데 감히 금의위 백호가 하는 일에 참견을 하는 것이냐?"

"나는 청설위국의 위사요. 이곳 남첨부를 담당하고 있소."

"일개 위사 따위가 어딜 감히 나서는 것이냐? 점소이를 감싸는 것을 보니 너도 혹 이 점소이와 한패인 것이냐?"

"억지가 심하시오. 차근차근 순서를 따지자 하는 사람을 어찌 한패 운운하는 것이오?"

"듣기 싫다! 일단 저자부터 제압해라!"

백호의 명을 따라 동석하고 있던 금의위 제기 다섯이 일제히 검을 뽑았다.

'제아무리 무소불위의 권력을 자랑하는 금의위라 해도 억지가 너무 심한 것 아닌가?'

크게 불쾌함을 느낀 세인이 금의위 백호를 노려봤다.

"네가 감히 금의위의 행사에 저항하겠다는 것이냐? 너희 위국, 오늘부로 문 닫게 해줄까?"

북경의 모든 위국을 관리하는 관부가 바로 금의위였다. 마음만 먹으면 북경제일의 위국이라는 북경위국도 간단히 문 닫게 만들 수 있었다. 위국 위사들에게 천하제일고수보다 두려운 것이 바로 금의위였다.

그 소리에 세인이 순간 주춤하자 백호가 의기양양한 미소를 지으며 소리쳤다.

"저자를 체포해 금의위로 압송해라!"

금의위 제기 다섯이 세인을 체포하기 위해 포승을 꺼내 들자 세인 역시 품에서 붓을 하나 꺼내 들었다.

"고작 붓으로 우리에게 맞서려는 것이냐?"

백호가 크게 비웃을 찰나였다. 붓이 허공에 크게 휘둘러졌다.

붓이 허공에 측(側:기운 점) 하나를 찍으니 한 사람, 가볍게 늑(勒:가로 그음)을 펼쳤다 노(弩:내려 그음)를 긋고는 적(趯:갈고리)으로 마무리 짓자 또 한 사람이 쓰러졌다.

붓은 또다시 움직였다.

위로 향하도록 왼쪽으로 책(策:치침)을 긋고 길게 왼쪽으로 삐치도록 약(掠)을 행하자 세 번째 제기가 나뒹굴었다. 오른쪽에서 짧게 삐친 획인 탁(啄)을 긋자 네 번째 제기가 쓰러졌고, 붓을 역입(逆入)해 파임을 만드는 책(磔)을 행하자 마지막 제기가 바닥에 고꾸라졌다.

그렇게 완성된 글자는 바로 '영(永)' 자였다. 세인은 모든 필법의 기본이 녹아 있는 영자팔법(永字八法)을 무공으로 변환해 금의위 제기 다섯을 단숨에 제압한 것이었다.

그 광경을 본 백호의 얼굴이 허옇게 질렸다. 철로 만든 판관필도 아니고 평범한 붓을 휘둘러 제법 무예를 익힌 금의위 제기 다섯을 순식간에 쓰러뜨리다니…….

'손에 든 물건에 검기를 실을 수 있는 고수다!'

평범한 붓을 강철 판관필처럼 사용할 수 있다 함은 상대가 곧 손에 들 수 있는 어떤 물건이든 병기로 사용할 수 있는 경지에 도달한 고수라는 의미였다.

'청설위국에는 북경제일도 장철웅만 있는 것이 아니었구나. 이자 또한 강한 자다! 나는 저자의 상대가 아니야!'

잔뜩 겁먹은 표정으로 바라보고 있는 백호를 향해 세인이 미소를 지었다.

"선인이 말씀하시길, 붓은 칼보다 강하다 하지 않았소?"

그러며 세인이 백호에게 다가갔다.

"일개 위사 놈이 감히 금의위 백호인 나를 해하려 하는 것이냐? 네가 이러고도 네놈은 물론이고 청설위국이 온전할 듯싶으냐?"

"일개 위사에 불과한 내가 어찌 대금의위의 백호 나리께 위해를 가하겠소? 그저 일을 차근차근 풀어나가자는 것뿐이오. 일단 나리 휘하인 제기의 생사부터 확인해야 하는 것 아니겠소? 그다음에는 정말 독에 당해 죽었는지를 가리고, 만약 그렇다면 누가 독을 썼는지를 알아내는 것이 순서일 것이오. 무턱대고 점소이를 범인으로 몰아 일을 끝내려 할 것이 아니라 말이오."

세인이 차분히 이치와 순서를 따지자 남첨부에서 초반을 먹고 있던 한 사람이 그에 동조했다.

"맞는 말이오."

청의 경장에 청의 단삼을 덧입고, 상투를 틀어 학사들이 즐겨 쓰는 사방평정건(四方平頂巾)까지 머리에 쓰고 있는 호리호리한 청년이었다. 미소만 지어도 여인들이 추풍낙엽처럼 쓰러진다는 소리를 듣는 세인조차 전혀 상대가 안 될 정도로 대단한 미청년이었다.

무슨 이유인지 저 미청년이 왠지 낯이 익다는 느낌을 가지고 세인이 그를 바라보고 있을 때였다.

"이 사람이 의술을 공부한 적이 있소. 일단 저 금의위 제기를 진맥해 봐도 되겠소?"

"그래 주신다면 고맙겠소."

세인이 승낙하자 금의위 백호가 고래고래 소리쳤다.

"너희들 다 한패 아니야? 사전에 입을 맞추고 일을 진행시키고 있는 거지?"

백호의 억지에 세인은 기가 막혔으나 굳이 대꾸하지 않고 미청년을 눈을 까뒤집은 채 탁자에 머리를 박고 있는 제기에게로 데려갔다.

미청년은 능숙한 손놀림으로 그 제기의 손목을 잡더니 한참 동안 맥을 짚어보았다. 그러더니 곧바로 침을 꺼내 몇 군데 혈에 찔러 넣고는 입을 열었다.

"가벼운 칼로 대나무를 긁듯이 매끄럽지 못한 소리가 났습니다. 이는 삽맥(澁脈)이 분명하지요. 하지만 삽맥의 중간에 맥상이 가라앉으면서도 딴딴한 느낌을 주더군요. 마치 손가락으로 돌을 튕기는 듯한 느낌이었습니다. 이는 생명이 위급할 때 나타나는 칠괴맥 중 하나인 탄석맥(彈石脈)이었습니다."

"그 말의 의미는?"

"위중한 상태이기는 하나 제기가 아직 살아 있다는 의미지요. 제가 급한 대로 침을 놓아 응급처치를 하기는 했으나 한 시라도 빨리 의원에게 보여 제대로 치료를 받게 해야 할 것입니다."

그 소리에 세인이 고개를 돌려 아직까지도 창가에서 오조면을 먹고 있는 당막천 등에게 소리쳤다.

"아직도 다 안 드셨습니까? 형님, 손이 필요하니 금동 위사나 목개 위사 둘 중 하나를 보내주시지요."

금의위가 난리를 치든 말든 당막천 등은 신경도 쓰지 않았다. 세인이 근처에 있는 이상 금의위 몇 명, 아니, 수백 명이 몰려온다 해도 아무 일도 생기지 않을 것을 확신하기 때문이었다. 그런 데 신경 쓰느니 천하일미인 남첨부 오조면을 즐기는 데 전력투구(?)하는 편이 백배는 나았다.

"흠흠, 알았다. 오조면도 다 먹었으니 우리도 슬슬 움직이마."

당막천은 탁자에 수북하게 쌓인 오조면 그릇을 보더니 무척 만족한 얼굴로 세인 쪽으로 다가왔다.

"금의위 제기가 다 죽어간다고?"

"그렇습니다. 그러니 이 사람을 잠시라도 빨리 의원에게 보여야 할 것 같습니다."

"알았다. 목개야, 얼른 이 물건을 가까운 의원에 데려다 줘라."

목개가 바로 달려와 그 제기를 등에 걸쳐 업었다.

"의원에 보내기 전에 한 가지 보여 드릴 것이 있습니다."

미청년이 그러더니 제기의 눈동자를 가리켰다.

"잘 보시면 검은 눈동자에 구릿빛 고리 모양이 형성돼 있음을 알 수 있지요. 이는 체내의 독기를 제거하는 간에 문제가 있음을 뜻합니다. 즉, 독에 중독된 것이 확실하다는 말이지요."

그 소리에 금의위 백호가 소리쳤다.

"우리가 이미 중독을 확인했다 하지 않았느냐? 옳을 일을 행하는 우리를 위사 따위가 핍박하다니, 네놈은 내일 뜨는 해를 보지 못할 것이다!"

혼자서는 감히 세인에게 덤빌 엄두도 내지 못하는 백호가 입만 살아 계속 나불거렸다. 그런 백호를 보며 미간을 찌푸린 세인이 미청년에게 물었다.

"혹시 독의 종류도 알 수 있습니까?"

"천하에 독의 종류가 무수히 많다지만 중독된 자에게서 삽맥과 탄석맥이 잡히고, 눈동자에 구릿빛 고리가 형성되는 독은 한 가지밖에 없지요."

"그것이 무엇입니까?"

"…칠화초(七花草)입니다."

그 답에 세인이 깜짝 놀랐다. 칠화초라면 세인 또한 아는 독이었다.

일곱 가지 꽃과 풀을 모두 합해 일컫는 칠화초는 각각의 꽃과 풀은 전혀 독성이 없으나 일곱 가지가 합쳐지면 극독이 되는 기이한 독이었다.

'칠화초… 점소이 아평이 그리 희귀한 독을 구할 수 있을 리 만무하다. 확실히 아평은 아니다.'

"칠화초의 무서운 점 중 하나가 은침으로는 결코 발견할 수가 없다는 점이지요. 그런데 제기가 쓰러지자마자 금의위의 다른 제기가 은침이 검게 변했다며 누군가 독을 썼다고 외쳤습니다. 이상하지 않습니까?"

그 소리에 세인이 백호를 노려봤다. 백호는 그러자 얼굴이 퍼렇게 질리며 소리쳤다.

"지, 지금 나를 의심하고 있는 것이냐?"

미청년 또한 백호를 바라보며 말을 이어갔다.

"칠화초는 희귀한 독입니다. 북경 성내에 있는 모든 의원을 다 돌아다녀 봐도 구할 수가 없을 것입니다. 하나, 그 독을 북경에서 구할 수 있는 곳이 딱 한 곳 있지요."

"그곳은 바로 금의위겠지!"

세인이 그 말과 동시에 백호의 옷소매를 잡더니 그 안으로 손을 집어넣었다. 소매 안으로 들어갔다 나온 세인의 손에는 자기로 된 작은 약병 하나가 들려 있었다.

"이래도 죄를 부인하겠소?"

"억울하다! 모함이다! 분명 네가 소매 안으로 손을 집어넣을 때 수작을 부린 것이다! 나는 아무 죄가 없다!"

이토록 물증까지 확실한데 백호는 부인하고 있었다. 같은 금의위의 제기에게 독을 썼으니 그 죄는 참형으로 다스려져야 했다.

"금동 위사, 이자를 가까운 포청에 넘기고 오게. 아니, 금의위로······."

생각해 보니 이자를 어디에 넘겨야 할지 난감해 세인이 잠시 고민하고 있을 때였다.

"흐흐흐! 설사 내가 죄를 지었다 치자. 북경의 포청에서 금의위 백호인 나를 처벌할 수 있을 듯싶으냐? 내가 끝까지 사실을 부인한다면 금의위에서도 나를 중한 벌로 다스릴 수는 없을 것이다. 게다가 말이다, 내 뒷배를 보아주시는 분이 어떤 분인지는 알고 있느냐?"

사악한 미소를 짓고 있는 백호를 보며 세인이 말했다.

"네 뒤를 보아주는 이가 설사 삼공(三公)이라 해도 동료를 독살하려 하고, 그 죄를 애꿎은 이에게 전가하려 한 짓에 대한 합당한 처벌을 받을 것이다."

"크하하하! 삼공? 내 뒤를 보아주시는 분은 삼공보다 존귀하신 분이다. 그분이 힘을 써주면 내가 속한 금의위의 도독 대인조차 나를 방면할 수밖에 없을 것이다."

백호는 자신만만했으며, 자신이 절대 처벌받지 않을 것이라 확신하고 있었다.

그런데 그때였다.

"네가 대체 무얼 믿고 그리 방자하게 구는지 모르겠구나!"

남첨부의 문이 활짝 열리며 체구가 단단한 중년 사내가 안으로 들어왔다. 그를 보더니 백호의 얼굴이 사색이 됐다.

"도, 도독 대인, 대인께서 어찌 이곳에……."

중년 사내는 바로 금의위 도독 한청서였다.

"진무사는 무엇 하는가? 당장 저놈을 금의위 형옥에 하옥시키지 않고!"

그러자 한청서를 따라온 사내가 곧바로 군례를 취하며 답했다.

"그리하겠습니다!"

진무사가 몇 명의 금의위 무관들과 함께 그 백호를 포승에 묶어 바로 체포했다.

"대인! 대인! 이것은 전부 모함입니다! 소관은 죄가 없습니다!"

백호는 연방 자신이 무죄라 항변했지만 한청서는 그 말을 귓등으로도 듣지 않았다.

"대인, 제 가문을 봐서라도 소관의 말을 들어주십시오!"

"조용히 하라, 모용 백호! 그대는 이런 짓을 하고도 자네 가문인 모용세가에 부끄럽지도 않은가?"

"대인, 제 아버님을 보아서라도……."

"진무사는 무엇 하는가? 저자를 당장 이곳에서 끌어내라!"

진무사가 모용연산 백호를 곧바로 남첨부 밖으로 끌어냈다.

"내 심히 부끄럽군그래. 금의위의 수장이 돼 수하 하나 제대로 건사하지 못하고 말이야. 자칫 애꿎은 이곳 사람에게 해를 입힐 뻔했어. 이번에 자네에게 또 신세를 졌군그래."

진즉에 남첨부에 도착해 안에서 오가는 대화를 문밖에서 듣고 있던 한청서였다.

"대인, 이번 일에 결정적인 역할을 한 것은 바로 이 서생……."

세인이 가리킨 자리에는 아무도 없었다. 직전까지 그 자리에 있던 미청년은 어느새 종적을 감춘 후였다.

백호에게 신경을 집중하고 있었고, 게다가 미청년의 동태에는 딱히 신경을 쓸 이유도 없었기에 세인이 순간적으로 미청년의 행방을 놓치고 만 것이었다.

"당 형님, 혹시 그 서생이 어디로 사라졌는지 보셨습니까?"

당막천이 답했다.

"그 계집아이 말이냐?"

"계집아이라니요?"

"허허! 요 근래 나태하게 보내더니 네 감이 무뎌진 게로구나. 그 서생은 여아였다. 남장 여인이었던 게지. 그리고 그 여아는 벌써 사라진 지 오래다. 경신술 하나는 제법 쓸 만해 보이더구나. 그 아이 재주로 보건대 지금쯤은 벌써 몇 리 밖에 있을 게야."

다른 사람도 아닌 당막천의 말이다. 그가 그렇다면 틀림없이 그럴 것이다.

그런데 그 서생이 남장 여인이라는 말에 세인의 뇌리에 벼락같이 스치는 얼굴 하나가 있었다.

'그래그래, 왠지 낯이 익다 했어. 남장 여인이라면 모든 것이 설명이 되는군.'

철들고부터 호위무사 생활을 했다. 호위무사의 중요한 자질 중 하나가 한 번 본 사람의 얼굴을 쉬이 잊어서는 안 된다는 것이었다.

"벌써 가버리다니, 이번 일에 공이 있는 것 같아 상찬(칭찬)이라도 해주려 했는데."

한청서가 조금 아쉬워하더니 세인에게 말했다.

"묘한 상황에서 내가 나타나기는 했으나 약속대로 이곳 음식을 맛보러 왔네. 아끼는 수하 몇 명도 함께 왔으니 자네가 입에 침이 마르도록 칭찬한 이곳 남첨부의 음식을 한번 제대로 즐겨보겠네."

"정말 대단한 맛이로구나. 어찌 이런 곳을 몰랐을까?"

평소 칭찬에 인색한 편인 한청서가 남첨부의 음식 맛을 연신 칭찬했다.

"자네가 청하기에 절반쯤은 마지못해 이곳에 왔네. 그런데 이곳에 직접 와보니 자네가 이런 곳을 혼자만 알고 있었다면 크게 서운하다 했을 게야. 하하하!"

"대인, 소관도 진 위사에게 크게 감사해야 할 듯싶습니다. 이런 대단한 맛을 맛보게 해주었으니 말입니다."

눈매가 날카롭고 얼굴 전체에서 귀티가 흐르는 젊은 무관이었다.

"남진무사, 그대도 그렇게 느꼈는가? 기회가 되면 자네 부친 되는 사마 대인께도 이곳을 소개해 주게나. 식도락을 즐기는 분이시니 크게 기꺼워하실 게야."

"그리하면 못난 자식인 제가 간만에 아버님께 상찬을 들을지도 모르겠습니다."

남진무사로 불린 젊은 무관은 현재 병부상서로 있는 사마연의 차자인 사마운이었다. 소림에서 무공을 익힌 후, 무과에서 장원으로 급제해 금의위에 배속된 후에도 고속으로 출세하고 있는 인재였다.

그를 아는 이들은 모두가 한목소리로 십 년 안에 금의위 도독으로 승차를 할 것이라고 말하곤 했다. 실제로 현 금의위 도독인 한청서의 총애 또한 각별했다.

"대인, 저희 남첨부의 음식이 입에는 맞으십니까?"

현 조정의 실력자 중 하나인 금의위 도독이 남첨부를 찾자 잔뜩 긴장한 곽부양이 조심스럽게 물었다.

"이를 말인가? 내 앞으로도 이곳을 단골로 삼는 것은 물론, 다른 대인들에게도 적극 추천함세."

그 소리에 곽부양이 크게 기뻐하며 허리를 숙였다.

"대인, 감사드립니다."

"저나 오늘 자리를 함께한 천호들 또한 부지런히 입소문을 내야 하겠습니다. 이전에는 간혹 천상루를 찾을 기회가 있어도 동락부나 서산부, 북함부만 찾곤 했지요. 하나 남첨부는 음식 맛이 뛰어난 것은 물론이고 가격도 다른 세 부에 비해 훨씬 저렴하니 휘하 무관들에게 권해도 괜찮을 것 같습니다."

"그래, 좋은 생각이야."

한참이나 남첨부 음식 맛을 칭찬하던 한청서가 동석하고 있던 세인을 보며 말했다.

"오늘 이렇게 들른 것은 남첨부 음식을 맛보기 위해서이기도 하지만 다른 용무도 있네."

"다른 용무라 하시면……."

세인이 약간은 의아한 얼굴로 한청서를 바라보고 있을 때였다. 한청서가 갑자기 고개를 돌렸다. 스치기만 해도 베일 것 같은 예기가 순간적으로 자신의 몸을 난도질하는 느낌을 받았기 때문이다. 그 예기를 뿜어내고 있는 것은 바로 당막천이었다.

'이런 대단한 고수가 있었던가.'

관부에 투신하고 있어 강호에 잘 알려져 있지 않아 그렇지 강호의 절대자들인 환우십삼성에 버금가는 그였다. 당막천이 평상시에 제아무리 기를 잘 갈무리하고 있다 해도 그의 눈까지 속일 수는 없었다.

"인아, 저치가 금의위의 수장이라는 한청서라는 자냐?"

당막천의 무례한 말투에 금의위 도독 한청서를 수행하고 온 남진무사 사마운과 천호들이 바로 발끈했다.

"저치? 자? 감히 도독 대인을…… 노인장, 이분은 금의위 도독 대인이시오. 무례한 말투는 삼가시오."

"허, 무례한 말투를 삼가라……. 클클클! 금의위 도독이 무어 그리 대단하다고 그리 말하는지 모르겠구나."

상대의 배경이나 출신보다는 오직 능력을 보는 당막천이었다. 무공만 놓고 따지만 분명 자신보다 윗줄인 세인을 크게 존중하고, 세인이 자신보다 훨씬 어리지만 스스럼없이 호형호제하는 것이다.

그랬기에 상대가 금의위 도독 아니라 황상이라 해도 자신보다 실력이 아랫줄이면 대단하게 여기지 않았다. 게다가 그는 환우십삼성 중 당당히 한자리를 차지하고 있는 살왕이었다.

"노인장, 지금이라도 무례에 대해 사과한다면 크게 문제 삼지 않겠소."

상관이기 이전에 한 사람의 무인으로서 한청서를 존경해 온 사마운은 적잖이 화가 난 상태였다.

"클클클! 사과라는 것은 말이다, 약자가 강자에게 하는 것이니라. 보아하니 내가 강자고 너희들 쪽이 약자인 것 같은데 어찌 강자인 내가 약자인 너희들에게 사과를 하겠느냐?"

"뭐라고?"

자신들을 약자라 단정 짓는 강한 도발에 사마운과 젊은 금의위 천호들이 발끈해 자리에서 일어섰다. 한청서가 아끼는 정예 무관들인만큼 그들의 실력도 상당했고, 그 이상으로 그에 대한 자부심이 강했다.

다른 부분도 아니고 자신들의 능력을 의심받았고, 자존심을 상하게 만드는 소리를 들었으니 도저히 참을 수가 없었다.

"허! 검이라도 뽑을 기세로구나."

"우리가 검을 뽑게 되면 노인장은 크게 후회하게 될 것이오!"

"클클클! 후회라……. 너희들이 검을 뽑는다 해서 후회할 것 같지는 않구나."

"이……."

무관들이 크게 격분해 검집에 손을 얹었다. 그대로 두면 당장에라도 큰 소란이 일어날 것만 같았다.

그때, 그들을 향해 커다란 호통이 터졌다.

"금의위의 당당한 무관들이 이곳에서 칼부림이라도 하려는 것인가? 자네들의 검은 백성들의 삶의 터전을 난장판으로 만들라고 있는 것이 아니라, 나라와 백성들을 위협하는 자들을 향해 휘두르라고 있는 것이야! 그러니 당장 자리에 앉게!"

상관 중의 상관인 한청서의 호통에 무관들이 순간 주춤했다. 제아무리 화가 나더라도 상관의 명은 극히 엄한 것. 무관들이 아랫입술을 깨물며 간신히 분을 참아내려 할 때였다.

"흐흐흐! 일개 황구가 태산을 호령하는 대호 앞에서 힘 좀 쓴다고 힘자랑하는 것도 아니고. 쯧쯧!"

어떻게든 당막천에게 잘 보이고자 하는 금동이 입을 나불거렸다.

"금의위든 뭐든 약하면 찌그러져라. 어디 감히 천상천하 유아독존하시는 우리 큰형님 앞에서 발광을 하려고 그래?"

전직 살수 출신에다 평상시에도 예의라고는 찾아보기 힘든 금동이었다. 금동의 말에 막 화를 억누르려던 무관들이 폭발했다.

"우리 금의위는 모욕을 참지 않는다! 우리를 일개 황구에 비유할 정도라면 그대들은 마땅히 실력을 보여야 할 것이다!"

그와 동시에 가장 먼저 사마운이 나섰다.

"권력에 기대 그대들을 핍박했다는 소리는 듣고 싶지 않소! 이 사마운, 그대들에게 정식으로 비무를 요청하겠소!"

금의위 젊은 무관들을 실질적으로 이끌고 있는 사마운이

나서자 다른 천호들도 동시에 소리쳤다.

"우리 또한 비무를 청하겠소!"

어찌 보면 권부 중의 권부인 금의위 소속의 무관들이 일개 위국의 위사들에게 비무를 청하는 것이 이상하게 보일 수도 있었다. 그러나 크게 자존심이 상한 금의위 무관들은 그런 것을 따지지 않았다.

상황이 기이하게 흘러 비무를 피할 수 없게 변하자 난감해진 것은 세인이었다.

'금동과 목개는 당 형님의 수하들, 내가 이래라저래라 하기도 그렇다. 그렇다고 내가 당 형님에게 사과를 하라 강요할 수도 없는 노릇이고.'

하지만 자신 쪽을 말릴 수 없다면 상대를 말리면 될 일이었다. 세인의 눈이 자연스럽게 한청서에게 향했다.

그런데 한청서의 얼굴이 딱딱하게 굳어 있었다. 제아무리 호방한 성품을 가진 한청서라 해도 자신이 평생 몸담아온 금의위와 자신이 아끼는 무관들이 모욕을 당하자 심사가 그리 편치는 않은 것 같았다.

'이런, 이런. 한 대인도 이제는 굳이 말릴 생각이 없어 보이는구나.'

"비무 좋지. 그런데 아무것도 걸지 않고 헛심만 쓰느니 뭐라도 하나 걸고 해야 더 흥이 나지 않겠어?"

독에 중독된 금의위 제기를 업고 나가려던 목개가 발걸음을 멈추고 말했다.

"좋다! 무엇이든 말해라!"

"비무에서 지는 쪽이 이기는 쪽을 형님으로 모시면 어떨까? 흐흐흐! 잘하면 금의위 무관들한테 형님 소리 듣고 살겠네."

"터무니없는 자신감이오!"

소림에서 무공을 익히고 금의위에 온 이후 한청서에게 직접 무공을 사사받아 자신의 실력에 절대적으로 자신감을 가지고 있는 사마운이었다.

"대인, 저희가 청설위국 위사들과 비무를 가져도 좋겠습니까?"

사마운이 상관인 한청서에게 정중히 청하자 한청서는 고개를 끄덕였다.

비무를 승낙한 한청서에게는 한 가지 다른 생각이 있었다.

조금 불쾌해진 것도 사실이었으나 당막천과 금동, 목개에게 대단한 흥미를 가지고 있었다. 그들의 실력이 과연 어느 정도인지를 확인하고 싶은 욕구가 생겼다.

'눈으로 직접 보는 것만큼 명쾌한 것도 없겠지. 진 위사와 같이 있는 자들이라면 범상한 자들이 아닐 터. 저들의 실력이 쓸 만하다면 내 어떻게든 저들 또한 우리 금의위로 끌어들일 것이야.'

다른 어떤 것에도 욕심이 없는 그였으나, 인재에 대한 욕심만은 누구보다도 강했다. 게다가 남진무사 사마운은 강호의 청년고수 중에서도 상대를 찾기 힘들 정도로 대단한 실력의 소유자라는 사실을 너무나 잘 알고 있었다.

'설사 저들이 남진무사에게 패하더라도 실력만 좋다면 반드시 등용하리라.'

한청서는 휘하 무관들이 패할 것이라고는 상상조차 하지 못하고 있었다.

그런 한청서를 보며 당막천은 의미심장한 미소를 지었다. 세인과 한청서의 긴밀한 관계를 모를 리 없는 당막천이다. 그런 그가 어찌 보면 일부러 시비를 거는 것 같은 모습에는 나름의 이유가 있었다.

그가 살수였기에 본능적으로 금의위를 싫어하는 것이 아니다. 하늘을 나는 새도 떨어뜨린다는 권부인 금의위가 거들먹거리며 다니는 꼴이 눈꼴사나워서도 아니다.

'이 당막천, 젊은 시절에는 금의위의 저 비단 전포를 입고 싶었지.'

찢어지게 가난한 마을 출신이었던 당막천은 죽어라 무공을 익혔고, 천운이 닿아 좋은 스승에게 가르침을 받을 수 있었다. 젊은 당막천의 무공은 그야말로 출중했다. 보잘것없는 그의 마을에서는 가히 개천에서 용이 나왔다 할 정도였다.

"막천이는 분명 크게 출세할 거야."

"막천이 정도라면 금의위 무관이 돼 마을을 크게 일으킬 것이 확실해."

"막천이가 금의위 무관만 된다면 막천이 부모는 물론이고 우리 마을의 큰 자랑이 아니겠는가."

이렇게 말이다.

마을 사람들의 기대를 한 몸에 받던 그 역시 자신 정도면 금의위 무관이 되리라는 것을 전혀 의심하지 않았다.

자신만만하게 무과를 보러 북경에 올라온 젊은 시절의 당막천. 그러나 그는 무과에 응시조차 하지 못했다.

찢어지게 가난할 뿐만 아니라 마을에 글을 알거나 세상 돌아가는 사정을 잘 아는 이도 없었다. 그에게 무공을 가르쳐 준 스승조차 글을 몰랐으니……

무과가 문과에 비해 비교적 간단하다고는 하나 응시 자격부터가 현시(縣試)와 주시(州試), 부시(府試)에 모두 합격한 자이거나 정이품 이상 무관이 추천한 자, 또는 태학을 모두 이수한 자에 한했다.

"현시나 주시? 그게 뭐지? 씹어 먹는 건가?"

당시에는 이딴 소리나 해대던 당막천이었다. 결국 그는 무과 시험장 근처에도 가지 못하고 쫓겨나야 했다.

사실 응시 자격이 있다손 치더라도 일자무식이었던 그가 병법과 책략, 천문, 지리를 물어 문재(文才)를 따지는 일차 관문을 통과할 리도 만무했지만.

응시조차 하지 못하고 낙방해야 했던 당막천은 차마 고향

마을로 발길을 돌리지 못했다. 자신이 금의위 무관이 돼 금의
환향할 날만을 기다리는 부모와 마을 사람들에게 무과 응시
조차 하지 못했다는 말은 차마 할 수 없었다.

"으아아아아아~!"

북경에서 오도 가도 못하는 신세가 된 당막천이 하늘을 향
해 크게 절규했다. 그리고 그는 삐뚤어지기 시작했다.

문재(文才)는 전무(全無)했으나 무재(武才)는 세상을 온통
짓밟고도 남을 정도였던 그는 칼로 가장 손쉽게 돈을 벌 수
있는 살수의 길로 접어들었다.

결국 관부 대신 살수계에서 크게 출세, 아니, 그쪽을 완전
제패해 살왕이자 환우십삼성 중의 하나로까지 일컬어지게 됐
으니.

한 분야에서 중원을 제패해 성공(?)했다면 성공했다 할 수 있
는 당막천의 눈길에는 그러나 여전히 부러움이 남아 있었다.

'지금이라도 저 비단 전포를 입고 고향 마을에 돌아갈 수
만 있다면……'

무과에 응시조차 하지 못한 이후, 근 오십 년 가까이 고향
땅을 밟은 적이 없었다. 자신을 알던 이들은 거의 이 세상 사
람이 아니겠으나 당당한 금의위 무관이 아니라 비천한 살수
의 몸으로는 차마 고향 땅을 밟을 수가 없었다.

부모의 임종—그러리라 추측만 하고 있다—조차 지키지 못하

고, 정혼녀 앵앵이가 다른 놈—마음 같아서는 진즉에 찢어 죽였
다—에게 시집간 것도, 이제껏 고향—정말 돌아가고 싶었다—에
돌아가지 못하는 것도, 자신이 살수—살수가 싫지는 않지만 결
코 번듯한 직업은 아니다—가 된 것도 다 저 망할 놈의 금의위
탓이었다. 그러니 금의위를 보면 화가 날 수밖에 없었다.

"모든 게 다 금의위 때문이다!"

당막천이 금의위들을 향해 살기를 일으켰다. 그 살기에 금
동과 목개의 정신이 번쩍 들었다.

'마, 막주님이 대노했다. 저것들은 오늘 다 죽었다!'

급변하는 당막천의 눈치를 살피던 두 사람 생각에 막주가
직접 손을 쓰면 눈앞의 금의위들은 내년 이맘때쯤 제사상을
받게 될 것은 명약관화했다.

자신들이라고 금의위를 좋아할 리 만무했다. 그러나 금의
위 고관 여럿을 죽이면 그 후폭풍이 엄청나리라는 것쯤은 능
히 예상할 수 있었다.

악에 받친 수만 명의 금의위들이 천하의 살수들 씨를 말리
겠다고 나설 것이고, 그것은 곧 살수업계의 종말이었다.

'막주님이 저것들 다 죽이기 전에 우리가 적당히 주물러
주고 끝내야 한다.'

서로 눈빛을 교환해 '살수업계 수호'의 기치를 읽은 금동
과 목개가 재빨리 나섰다. 한가롭게 비무나 하고 있을 겨를이
없었다.

"이야아아앗!"

금동과 목개가 괴성을 지르며 사마운 등 금의위 무관들을 향해 돌진했다.

순서대로 비무를 하리라 예상했던 사마운은 상대가 갑작스레 달려들자 약간은 당황했다. 그러나 이미 겨뤄보기로 한 이상 상대가 저리 나온다고 굳이 피할 생각도 없었다.

쉬익! 쉬익! 쉬익!

사마운을 필두로 금의위 젊은 무관들이 일사불란하게 검을 뽑았다. 또한 수천, 수만 번 고련한 대로 정해진 초식과 검로에 따라 검을 휘두르기 시작했다.

한청서가 아끼는 금의위 무관들답게 그들은 확실히 강했다. 그들의 초식 하나하나에는 수백 년 동안 갈고닦은 명가의 기풍과 강력함이 고스란히 묻어 있었다. 천하사패 중 하나인 무림맹이 자랑하는 후기지수들이라 해도 이들만은 못할 것 같았다.

그러나 상대가 너무나 나빴다.

다짜고짜 치명적인 요혈이 있는 머리로 공격해 오고, 몸통 밀치기에 엉덩이 들이밀기는 기본이고, 강호인들이 수치로 여기는 철판교나 나려타곤 같은 초식도 서슴지 않았다.

듣도 보도 못한 괴이한 암기를 날리고, 가슴을 두드리며 괴성을 지르고, 바닥을 데굴데굴 구르고, 물구나무를 서 그 상태로 팽이처럼 팽그르르 돌았다.

겉보기에는 졸렬하기 짝이 없는 수로 보였고, 천하 무학의 이치와는 완전히 상반되는 것이었다.

그러나 강했다.

틀에 박힌 질서와 틀을 뛰어넘어 가장 효과적인 무질서의 싸움.

이 초식에는 이리 대처하고, 저 초식에는 이리 맞서면 된다. 초식의 연환은 이리 연결하면 강력하고, 만약 상대가 이렇게 나온다면 이런 방식으로 맞서면 상대를 제압할 수 있다.

기계적으로 암기하고 기계적으로 수련해 온 금의위들은 이처럼 괴이하고 자유분방한 무공에는 효과적으로 대처할 수가 없었다.

"어, 어……."

금의위 무관들이 극히 난감해하더니 금세 손발이 어지러워지기 시작했다.

탁!

그런데 그 광경을 유심히 지켜보고 있던 한청서가 자신도 모르게 감탄해 크게 무릎을 쳤다.

"저거다! 우리 금의위에 부족했던 부분이 저런 자유분방함이었다!"

겉보기에는 졸렬하기 그지없는 금동과 목개의 무공이 실제로는 얼마나 효율적이며 강력한지를 그는 한눈에 알아봤다. 자신이라 해도 처음 저런 무공을 맞닥뜨리게 되면 크게 당황할 정도였다.

"으윽! 으윽!"

순식간에 다른 금의위 무관들은 바닥을 뒹굴었고, 그나마 그중 가장 강한 사마운만이 필사적으로 저항하고 있을 따름이었다. 그러나 그런 사마운의 얼굴도 허옇게 질려 있었다.

가까스로 버티고는 있으나 이런 무공에 대해 어찌 대처해야 하는지를 몰랐다. 이대로라면 그 또한 제압당하는 것은 시간문제인 상황이었다.

사마운의 얼굴이 참혹하게 일그러졌다. 자존심이 크게 상하는 일이기는 하나 저 무뢰한들을 형님이라 부르는 것쯤은 작은 일이다. 그러나 스스로 믿어 의심치 않았던 자신의 강함이 신기루 같은 것이었다는 사실은 도저히 인정할 수 없었다.

그래서 필사적으로 저항하고 또 저항했다.

그러자 괴이한 무공으로 금의위 무관들을 압도하고 있던 금동과 목개도 조금은 당황했다.

'이 녀석 봐라?'

사실 다른 무관들은 몰라도 사마운의 무공은 금동과 목개의 실력과 비교해 크게 손색이 없었다. 그런 사마운이 이를 악물고 검을 휘두르자 두 사람이라 할지라도 그를 쉽사리 제압할 수가 없었다.

금세 끝날 것 같던 싸움이 조금씩 길어질 기미를 보였다. 그런데 그때, 남첨부 근처에서 조용히 숨어 있던 한 사내가 불쑥 안으로 난입했다.

사내는 곧장 사마운을 향해 급습을 시도했다. 사마운 역시 뒤쪽에서 갑작스레 나타난 공격을 감지했다. 그러나 정면에서 금동과 목개를 상대하기에도 버거웠던 그는 그 공격을 제대로 피할 수가 없었다.

퍽!

천지가 요동하는 소리가 들려왔다.

등 쪽의 요혈을 노리고 들어온 그 공격을 몸을 비틀어 피하고자 했으나 제대로 피하지 못한 사마운.

"……."

누구도 상상치 못한 엄청난 공격에 적중당한 사마운은 그대로 실신하고 말았다.

그 지저분한 공격을 목격한 한청서는 더 이상 보고 있지 못하고 고개를 돌리고 말았다. 세인과 당막천 역시 순간 할 말을 잃었다.

그리고 잠시 후,

"크하하하하하!"

직전까지만 해도 살기를 풀풀 풍기던 당막천이 광소를 터뜨렸다.

"차라리 처음 공격을 그대로 허용했으면 그나마 나았을 것을……."

안타까운 것인지 우스운 것인지 모를 어조로 세인 또한 그리 말했다.

"의원을 부르게!"

치명적인 요혈(?)을 찔려 실신한 사마운을 본 한청서가 곧장 의원을 찾았다.

"예, 예, 대인."

남첨부 곽부양과 점소이 아평이 서둘러 천상루 안에 거하는 의원을 찾으러 떠났다.

"저 자식, 죽었을지도 모른다."

금동이 그답지 않게 걱정스런 얼굴로 말했다.

"오체분시를 당해 죽으면 죽었지, 저런 공격은 절대 당하고 싶지 않소."

목개 또한 이제는 치명적인 공격에 당해 실신해 있는 사마운을 보며 동정 어린 시선을 보냈다.

이미 금동과 목개에게 제압당해 바닥에 쓰러져 있던 다른 금의위 무관들은 차라리 자신들이 일찍 패한 것을 다행으로 여기고 있었다.

'사마 진무사, 정말 아프겠습니다.'

'저 중상에서 회복하려면 적어도 일 년은 요양을 해야……'

'죽은 화타나 편작이 다시 살아온다 해도 저 고통만은 어찌할 수 없을 거야.'

'사마 진무사는 오늘 충격으로 인해 재기 불능이 될지도 모른다.'

'폐인이 될지도……'

사마 진무사가 당한 공격을 자신들이 당했다 생각하면 소름이 다 끼칠 정도였다.

같은 편이든 상대든 모두가 사마운에게 측은지심을 느끼게 만든 이유가 있었다.

성인 남자의 팔뚝보다 훨씬 더 굵은 몽둥이 하나가 사마운의 엉덩이 사이에 깊숙이 꽂혀 있었기 때문이다.

"놀라워. 사람의 작디작은 그곳에 저리 굵은 것이 들어갈 수 있다니……."

당막천이 정말 놀랐다는 표정으로 엉덩이 사이에 몽둥이가 꽂혀 쓰러져 있는 사마운을 바라보던 사이, 금동이 그 치명적인 공격을 성공(?)시킨 장본인을 노려봤다.

얼굴에는 때가 덕지덕지 묻어 있고, 걸레보다 못한 누더기를 입고 있는 반 폐인이었다.

어디선가 본 듯한 얼굴인 반 폐인을 잠시 바라보던 금동이 고개를 갸웃거리며 물었다.

"너 혹시 그 요강인가 하는 녀석이냐?"

그 질문에 반 폐인이 넙죽 절을 하며 애원했다.

"형님들, 부디 이 요립을 거두어주십시오!"

"요강이었구나. 그런데 진 형님이 명하길, 네 녀석보고 무림맹에 자수하라고 했을 텐데? 네 녀석이 호랑이 간이라도 날름했느냐? 감히 하늘 같은 진 형님의 명을 거역하고 여기 다시 나타나다니."

금동은 그러며 계속해서 뒤편에 서 있는 세인의 눈치를 살폈다. 일전에 천하제일이라 자부하던 자신의 대가리를 손쉽게 무력화시킨 세인을 그는 크게 두려워하고 있었다.

센 놈이 무조건 형님이라는 단순한 사고를 가진 금동은 자신보다 나이가 어린 세인을 어느새 형님이라고 칭하고 있었다.

"형님들, 제 얘기를 들어주십시오."

요립은 무림맹에서 자신이 귀혼검 요립이라는 사실을 믿어주지 않았다는 얘기부터 시작했다. 그 이후 어찌해야 하나를 놓고 고민하며 계속 세인 일행 주위를 맴돌았다고 한다.

"형님들이 무서우니 도주한다는 생각은 꿈에도 하지 않았습니다. 그렇다고 무림맹에서 제 자수를 받아주지도 않으니 어찌하겠습니까? 이렇게 다시 돌아와 형님들의 처분을 기다릴 수밖에요."

"듣고 보니 그것도 그렇네. 그럼 이를 어쩐다?"

금동이 이 요강 녀석을 어찌하느냐란 표정으로 세인과 당막천을 바라봤다. 당막천은 그런 피라미 문제에 관여하기 싫다는 표정이 역력했고, 세인은 잠시 고민하더니 말했다.

"일단은 우리가 데리고 있기로 하지."

요립은 분명 살인귀다. 그러나 그가 살인을 저지른 지역은 분명 장성 밖에 위치한 요동 땅. 장성 밖은 명의 땅의 아니니 요립의 죄는 관부에서 물을 성질의 것이 아니다. 그래서 무림맹 고수들을 죽인 요립은 무림맹에서 처리해야 한다고 여겨 무림맹으로 보냈던 것이다. 그런데 무림맹이 그의 자수를 받아주지 않았다 하니 당장은 어찌할 방도가 없었다.

'때가 되면 다시 무림맹에 넘기던가 하면 되겠지.'

세인은 그리 생각하고 있었으나 요립은 그 말을 자신을 받아들인다는 의미로 오해하고 크게 기뻐했다.

"이 요립, 분골쇄신 형님들을 모시겠습니다. 형님들, 절 받으십시오."

이전에도 약자에게는 강하고 강자에게는 약했던 요립이다.

"그건 그렇고. 너 말이다, 일단 좀 맞자."

"예?"

인간 하나를 완전히 개조할 정도의 구타가 전문인 금동과 목개였다. 그로 인해 요립 역시 사람이 완전히 달라져 있었다. 그 구타를 잘 아는 요립이었기에 다시 자신을 때린다는 말에 간이 배 밖으로 튀어나올 정도로 놀랐다.

"혀, 형님들, 제, 제가, 무, 무슨 자, 잘못을 저, 저질렀다고……."

"그걸 몰라서 물어? 우리가 한참 싸우고 있는데 네 녀석이 감히 말도 없이 끼어들어?"

"헉! 그것은 제가 형님들을 도와드리기 위해……."

"우리는 말이다, 남이 우리 밥상에 숟가락 얹는 것을 세상에서 제일 싫어해. 우리가 날름 해먹으려는 찰나에 네 녀석이

훼방을 놓았으니 응당 대가를 치러야지."

'인간개조구타전문' 금동과 목개가 그 말을 끝으로 다시
한 번 요립의 인간 개조에 나섰다.

남첨부 한쪽에서는 툭탁거리는 소리가 진동하는 사이, 한
청서가 웃어야 할지 울어야 할지 모를 표정으로 세인에게 말
했다.

"상황이 참 묘하게 흘렀군그래. 원래는 남첨부 요리도 맛
보고 진 위사에게 금의위 검서관 패와 함께 검서관 자리가 정
오품 천호에 준하는 대우를 받는다 알려주러 온 자리였는데
말일세."

세인은 살았는지 죽었는지 모를 사마운을 한번 바라보더
니 정중히 사과를 했다.

"의도한 바는 아니었으나, 대인 휘하의 무관을 다치게 한
점 사과드립니다."

"자네가 사과할 일은 아니지. 휘하 무관들이 상하기는 했
으나 설마 큰 문제야 있겠는가? 사마 진무사는, 흠흠, 좀 더
지켜봐야겠으나… 도리어 우리 무관들에게 큰 교훈을 줬으니
내가 감사를 해야 할지도 모르이."

"그리 생각해 주신다니 감사할 따름입니다."

한청서와 세인이 오늘의 일을 잘 마무리하기 위해 말을 나
누고 있을 때였다.

"그, 금의위 검서관? 그것도 정오품 천호에 준하는 관직?

인이 이놈! 네가 나도 모르게 관직을 받는단 말이냐?"

당막천이 상당히 격분해 세인에게 전음을 날렸다.

"그것이 말입니다……."

세인이 그간의 사정을 잘 설명했으나 당막천의 귀에는 그 내용이 잘 들어오지 않았다.

금의위를 시기 질투하고, 금의위만 보면 배알이 꼴리면서도 마음속 깊숙한 곳에서는 금의위를 여전히 동경했다. 강호의 환우십상성 중 하나라는 존경을 받고 있음에도 말단인 제기 자리라도 한번 꿰차고 싶어하는 당막천이었다.

"배신이다! 이놈, 당장 검을 뽑아라! 오늘 이 자리에서 네가 죽든 내가 죽든 결판을 내자!"

"형님……."

세인이 당막천을 알게 된 십 년 동안 당막천이 이리 격분한 적은 없었다. 당막천이 항상 자신과 언젠가는 다시 승부를 내겠다고 입버릇처럼 말해오기는 했으나 지금처럼 진심이 느껴진 적은 없었다.

'당 형님이 왜 이리 분노한 것인가? 내가 금의위 검서관을 하든 말든 신경도 안 쓸 성품이었는데…….'

세인은 당막천이 격분한 이유를 당최 알 수 없었다. 십 년 동안 여러 일을 겪으며 친형제 이상으로 가까워진 사이였으나 천하의 살왕 당막천이 금의위 관복 입기를 평생소원으로 갖고 있는 것을 알 리 없었다.

"형님이 싫으시다면 금의위 검서관 자리를 거절하겠습니다. 그러면 되겠습니까?"

하겠다 하고 갑자기 말을 바꾸는 것은 그랬으나 한청서와의 인연보다 당막천과의 인연이 수십 배는 중했다.

세인이 막 거절의 의사를 밝히려던 때다.

"당 위사, 당 노야, 어찌 불러야 할지 모르겠소. 이 사람이 무슨 복을 타고났는지 모르겠으나 진 위사에 이어 당 노야와 다른 위사들 같은 걸출한 인재들을 연이어 만나게 됐소. 그래서 말인데, 당 노야와 다른 위사들이 혹 금의위에 투신할 생각은 없소? 생각만 있다면 이 사람이 추천해 중요한 자리를 맡겨볼까 하는데……."

그 소리에 격분해 있던 당막천의 귀가 번쩍 틔었다.

강호일통? 하고 싶은 놈이 하라 그래. 그 귀찮은 짓거리를 뭐 하러 하나? 천하제일인? 줘도 안 해! 그거 하면 온통 자기 죽인다고 날뛸 놈들 천지일 텐데. 고금제일거부? 맘만 먹으면 부자란 부자들은 모조리 죽이고 될 수 있어!

그러나 금의위 관리는 달랐다. 젊은 시절부터 그리 되고 싶었으나 불가능했던 몇 안 되는 것 중 하나였다.

"하나 나는 학문이 달려서……."

이제는 글도 읽고 제법 견문도 넓어졌다 하나 여전히 현시조차 통과할 문재가 없는 그였다.

"하하하! 그것은 걱정 마시오. 고관들의 추천에 의해 과거를 보지 않고도 관직을 얻을 수 있는 음서라는 제도도 있고, 자랑은 아니나 이 사람 정도 되면 인재를 등용하는 데 큰 문제는 없으니."

"저, 정말이오? 그럼 한 도독의 천거만 받으면 내가 금의위 제기가 될 수 있는 것이오?"

"제기요? 하하하! 어찌 당 노야 같은 분을 고작 제기 자리에 모시겠소이까?"

"그럼 백호?"

백호 자리만 되도 감지덕지였다. 그런데 한청서가 고개를 가로저었다.

"설마……."

"진 위사가 형님으로 모시는데 마땅히 진 위사 못지않은 자리에 모셔야지요."

"헉! 그, 그럼 금의위 천호 대우라도 해주겠단 말이오?"

살왕의 이름을 두려워하는 이들이라면 고작 금의위 제기 자리나 탐하고 관직에 목매는 이 경박한 모습에 혀를 찼을 것이다. 그러나 세상이 어찌 보든 당막천에게는 금의위 관복이 평생의 소원이었다.

"나는 물론이고 황태자 전하 또한 능력만 있다면 신분의 고하를 따지지 않고 파격적으로 등용하겠다는 방침을 세우고 있소."

당막천은 기절할 것만 같았다. 평생 소원하던 바가 이리 간단히 이뤄질 줄이야. 한때 관리를 협박하거나 돈으로 관직을 사려던 치졸한 생각마저 했던 기억이 스쳐 지나갔다.

'그래그래, 그때 잘 참았어. 참고 기다리면 이런 날도 오는 것을. 그런 짓을 했다면 평생 자존심에 상처를 입었을 게야. 금의위 소속 당막천이라…… 상상만으로도 세상을 다 가진 것만 같구나. 헐헐헐!'

금의위의 검붉은 비단 전포를 입고 고향에 돌아갈 생각을 하니 벌써부터 가슴이 터질 것만 같았다.

"형님, 조금 전에는 배신 운운하며 저더러 관직을 거절하라 하지 않았습니까? 그런데 형님께서는……."

세인의 전음이었다.

"하하하! 인이 네가 나이가 들더니 요즘 헛것을 듣나 보구나. 나는 그런 말 한 기억이 없다. 인아, 우리 앞으로 잘해보자꾸나. 하하하!"

그런 말 한 적 없다고 딱 잡아떼는 당막천이었다.

*   *   *

금의위 형옥.

"흠흠, 그동안 편의를 봐준 점 내 잊지 않지."

"모용 백호님, 그동안 고생하셨습니다."

금의위 옥을 지키는 제기들이 도독의 명으로 하옥됐음에

도 그 다음날 바로 풀려나는 놀라운 재주(?)를 선보인 모용연산에게 허리를 숙였다.

모용연산은 어떻게든 자신에게 잘 보여 줄을 잡아보려는 제기들의 어깨를 두드려 주며 곧 금의위를 나섰다. 그가 향한 곳은 금의위와 경쟁 관계에 있는 또 다른 권부인 동창이었다.

그는 곧 동창의 제독태감인 장필을 찾아가 크게 절을 했다.

"양부님, 이번에 소자를 보살펴 주신 은혜, 절대 잊지 않겠습니다."

모용연산에게 양부라 불린 제독태감 장필은 얇은 입술을 씰룩거리며 말했다.

"연산아, 이번에는 나나 중군 도독, 진왕 전하께서 황태자 전하에게 힘을 써서 일이 잘 풀린 것이니라. 하나, 우리라 해도 금의위 한 도독과 크게 불편해지는 것은 원치 않아. 한 도독에 대한 황태자 전하의 신임을 과소평가해서는 안 될 것이야."

"명심, 또 명심하겠습니다."

모용연산은 그리 대답하며 속으로 이를 갈았다.

'한 도독도 한 도독이려니와 청설위국의 그 위사 놈! 절대 가만두지 않겠다!'

第六章
검성 남궁유수

무영무쌍

동창을 나온 모용연산은 곧장 북경 모용위국으로 향했다.

"형님, 얼마나 고생이 많으셨습니까? 소제가 불민하여 형님을 더 일찍 옥에서 빼내지 못했습니다. 용서하십시오."

모용위국의 소국주이자 모용연산의 동생인 모용천산이 나와 그를 맞이했다.

"아니야. 천산이 네가 백방으로 손을 쓴 것은 내가 가장 잘 안다."

"송구합니다, 형님."

"그보다는 그 진세인이란 위사 놈과 청설위국을 잡을 계책은 마련해 두었느냐?"

모용천산이 눈빛을 번뜩였다.

"여러 가지를 생각하고 있습니다."

"생각만 하지 말고 확실한 계책을 내야 한단 말이야."

처음에는 청설위국을 가볍게 생각했었다. 귀혼검 요립을 시켜 청설위국에 크게 망신을 주면 간단히 끝날 것으로 생각했다. 그러나 작은 소란 정도로는 씨도 먹히지 않았다.

그래서 다음에는 금의위의 권세를 빌려 청설위국을 찍어 누르려 했다. 그러나 금의위 도독 한청서가 청설위국을 비호하는 것 같으니 그 방법도 불가능했다.

"대략 두세 가지 방도를 세워놓고 있습니다."

모용천산이 사촌 형 모용연산의 귀에 계책을 속삭이기 시작했다.

북경 남궁위국.

남궁위국은 안휘성 합비에 자리한 천하제일세가 남궁세가의 방계인 남궁수가 국주로 있는 곳이었다. 남궁세가가 뒤를 봐주고, 전대 위국주들의 수완 또한 대단해 근래에는 대대로 북경제일이었던 북경위국과도 세를 견줄 수 있을 정도로 급성장해 있었다.

그런데 남궁위국의 전성기를 연 선대 국주가 죽고 그 아들인 젊은 남궁수가 국주가 되자 내부에서는 은근히 불안감이 팽배해 있었다.

신임 국주 남궁수는 가진 능력에 비해 욕심이 많고 허세가 심하며 사리분별에도 어두웠다. 더욱이 관부와의 관계도 매끄럽지 못했다. 이처럼 국주의 재목이 아니었음에도 그가 새 국주가 된 것은 오직 하나, 본가라 할 수 있는 합비 남궁세가 소가주가 그를 밀었기 때문이다.

"사실 청설위국이란 곳은 남궁위국 입장에서도 눈엣가시 같은 곳이 아니겠나?"

남궁위국을 찾은 모용천산의 말에 남궁수가 절로 고개를 끄덕였다. 요즘 급격히 명성을 쌓고 있는 청설위국을 보고 있노라면 남궁위국 입장에서도 위기감을 느낄 정도였다. 더구나 금의위 도독 한청서가 은근히 청설위국을 비호한다 하니 그 위기감은 한층 더해졌다.

"그래서 핵심이 무엇이야?"

유유상종이라고, 모용천산과 남궁수는 진즉부터 친분이 두터웠다. 한때는 함께 여염집 처자 여럿의 신세도 망쳐 놓은 패악도 같이 저지르곤 했다. 망나니짓도 하면 할수록 우의(?)가 돈독해지는 것인지 그들은 이제 서로 마음을 터놓고 할 말 못할 말 가리지 않았다.

"수, 남궁위국에서 목숨 하나만 내놓게."

"목숨을?"

"그럼 우리 쪽에서는 두 목숨을 내놓지."

"자세히 얘기해 보게."

모용천산이 남궁수에게 자신의 계획을 설명했다. 그 얘기를 다 들은 남궁수가 약간은 주저했다. 아무래도 자신의 위국에서 한 목숨을 내놓아야 한다는 점이 끝내 마음에 걸렸다.

"대를 위해 소를 희생시키는 일은 비일비재했네. 이번에 자네가 나를 도와준다면 나와 우리 모용위국은 자네 대에서 남궁위국이 북경위국을 제칠 수 있도록 전심전력 다하겠네."

북경위국을 제치는 데 돕겠다고 하는 소리에 남궁수는 그때까지 한 조각 남아 있던 거리낌이 순식간에 날아가는 느낌을 받았다.

"그럼, 그렇게 하지."

남궁수와 모용천산이 손을 맞잡았다.

"남궁세가의 어르신께서 곧 북경을 방문하신다지?"

모용천산의 말에 남궁수가 돌연 어깨를 쭉 펴며 자신만만하게 말했다.

"자네, 그 어르신의 방문 시기까지 맞춰서 이런 계책을 낸 것인가?"

"기왕이면 이용할 수 있는 것은 다 이용해 봐야지. 청설위국 하나 요절내는 데 그 어르신까지 나설 것 있겠는가? 북경 남궁위국에 있어주는 것만으로도 크게 힘이 될 것인데."

"하긴 그렇지. 그분이 어떤 분이신데. 하하하!"

그분을 떠올리는 것만으로도 크게 힘을 얻는지 남궁수가 크게 웃었다.

혈곡 하북 지부.

"살수에게 위사를 죽여달라? 별 청부를 다 받겠군."

살수에게는 일종의 묵계가 있었다. 청부 대상을 죽이면 가급적 위사들의 피는 보지 않는다는.

"하겠소? 한다면 은자 오백 냥짜리 전표는 그대들 것이오."

살막의 돌연한 해체 이후 어부지리로 천하제일의 살수 단체로 떠오른 혈곡의 하북 지부장 허광이 잠시 고민했다.

'묵계가 있기는 하나 무조건 지켜야 하는 것도 아니지 않은가?'

더군다나 살막의 후예를 자처하던 하북살막이 최근 활동이 뜸해진 상태. 돈도 돈이지만 이 기회를 노려 자신이 크게 성과를 올린다면 혈곡 총단의 요직으로 승진할 수도 있었다.

"하나 북경제일도 장철웅이라면 오백 냥 정도로는 어림도 없소. 그의 명성 값만도 능히 수천 냥은 될 것이니."

"하하하! 장철웅을 고작 오백 냥에 청부하겠소? 내가 원하는 것은 청설위국의 평위사인 진세인, 금동, 목개, 그리고 당노야로 불리는 늙은 위사 나부랭이요."

"그렇소? 그렇다면야……."

허광은 그래도 약간 걸리는 점이 있었다. 최근 살수업계에 도는 소문 중 하나가 청설위국 위사 중에 식인귀가 있다는 끔찍한 얘기였다.

소문이란 대개 부풀려지게 마련이라지만 그 점이 영 마음에 걸렸다. 그래서 이제껏 청설위국이 호위하는 인물이나 장소에 대해서는 최대한 청부를 거절해 왔다.

'하나 언제까지 자라새끼처럼 목만 움츠리고 그런 소문에 겁먹고 있을 수만은 없지 않은가? 하북살막도 활동이 없는 이때, 천하의 살수들이 온통 겁먹고 있는 청설위국 위사 놈을 보란 듯이 베어버려 크게 사고를 치겠다. 북경제일도 장철웅도 아니고 평범한 위사 나부랭이 몇쯤이야……'

"좋소, 그 청부 받아들이겠소."

허광이 승낙하자 신분을 감추고 혈곡 하북 지부를 찾아왔던 사내 모용연산이 득의양양한 미소를 지었다.

'살수를 잡는 것이 위사라지만, 위사를 잡는 것 또한 살수가 아니겠는가? 게다가 드러내 놓고 하지 못하는 지저분한 일을 맡기기에는 살수들이 최고지. 흐흐흐!'

"며칠 안에 좋은 소식 보내 드리겠소!"

혈곡 총단에서의 출세에 눈이 먼 허광은 자신만만하게 소리쳤다. 그러나 그는 고작 오백 냥짜리 청부에 자신은 물론 혈곡이 통째로 박살날 줄은 꿈에도 상상하지 못했다.

천상루 내 남천부.

"이런, 이런. 자리가 없지 않은가?"

야간 근무조 교대를 앞두고 이른 저녁을 먹기 위해 남첨부를 찾았던 당막천이 혀를 찼다. 식사 시간도 아닌데 언제나 한산하기 그지없던 남첨부에 자리가 없을 정도로 사람들로 바글거리고 있었다.

천하에 명성이 높은 금의위 도독 한청서와 예부상서 연청학이 이곳을 찾는다는 소문이 돌자 금의위 무관들과 문인들이 조금씩 남첨부를 찾아왔다.

진정한 맛집은 손님들이 먼저 알아보는 법이라 했던가?

한두 사람이 그 맛을 알아보고 입소문을 내기 시작하자 순식간에 남첨부에 사람들이 몰려들었다. 이제는 조정의 고관 대작들조차 자리 잡기가 쉽지 않다 할 정도로 남첨부의 음식이 크게 유명해졌다.

"헛! 위사님들 아니십니까?"

점소이계에서 잔뼈가 굵은 아평이 땀을 뻘뻘 흘리며 일하다 세인과 당막천 일행을 발견하고는 크게 반색했다.

"아평, 우리 왔는데 물론 자리는 있겠지?"

험악한 얼굴의 금동이 인상까지 써댔으나 아평이 없는 자리를 만들어낼 수는 없는 노릇이었다.

"송구합니다, 위사님들."

"허! 우리 먹을 자리도 없게 될 줄이야. 요즘은 남첨부 요리가 아니면 밥을 먹는 것 같지도 않은데 말이야."

당막천이 크게 아쉬워하는 어조로 말하자 그의 충복들인 금동과 목개가 팔을 걷어붙였다.

"큰형님, 저희들이 몇 놈 조져서라도 자리를 만들겠습니다."

두 사람이 당장에라도 피바람을 일으킬 기세로 나가려는 순간, 세인이 빙그레 웃으며 그들의 목덜미를 잡았다.

"자리가 없으면 기다리거나 다른 곳을 찾아가면 될 일이야."

"하나 큰형님께서……."

세인이 만류하자 두 사람이라 해도 어찌할 수는 없었다. 그러자 세인이 당막천에게 말했다.

"당 형님, 오늘 하루쯤은 다른 곳에서 식사를 하시지요. 곧 금의위에서 관직도 받으실 분이 백성들에게 폐를 끼쳐서야 되겠습니까?"

금의위 무관들과의 소동이 있은 후, 세인은 당막천의 과거에 대해 들을 수 있었다. 일견 우습기도 했으나 당막천의 평생소원이 그러했다 하니 완전히 이해가 되지 않는 일도 아니었다.

"흠흠, 금의위의 관원이 백성들에게 폐를 끼쳐서는 안 되겠지. 우리 다른 곳으로 가자."

평소 같으면 하고 싶은 일은 무조건 해야 직성이 풀리는 당막천이었다. 그러나 세인이 금의위 관직 얘기를 거론하자 금세 자신의 뜻을 꺾었다.

"동아, 개야. 뭐 하느냐, 어디 다른 곳으로 길 안 잡고."

당막천의 명에 금동과 목개가 한참 인간 개조 중인 신참 요립을 다그쳤다.

"요강아, 큰형님 말씀 못 들었냐? 빠릿빠릿하게 움직이지 않고 무엇 하느냐?"

전설의 마공이라는 흡성대법으로 세상의 군기란 군기는 모조리 빨아들인 것처럼 바싹 군기가 들어 있는 요립이 절도 있게 움직였다.

"위사 보조 요립, 명령 수행하겠습니다!"

위사 보조란 것이 있을 턱이 없다. 일단 요립을 데리고 다니기로 했으나 세인은 마음대로 위사를 고용할 위치에 있지 않았다. 그래서 당분간 요립을 위사 보조랍시고 데리고 다니기로 한 것이다. 물론 월 삯은 없고 하루 세 끼 밥이나 챙겨주고 잠만 재워주는 것이 다였다.

살인귀이기는 하나 천하의 무림맹에서조차 그 실력 하나만은 높게 평가하는 요립. 그런 고수가 고작 위사 보조 소리나 듣고 하루 세 끼나 간신히 얻어먹으며 연명하고 있을 것이라고는 누구도 상상치 못했을 것이다.

세인 일행이 천상루 일을 맡은 후 처음으로 남첨부 대신 서산부에서 식사를 마치고 주간조인 장철웅 조와 근무 교대를 하려 했다.

그런데 오늘은 특별한 사람이 하나 껴 있었다. 그를 향해 세인이 가볍게 고개를 숙였다. 그러나 그는 세인을 본 척 만 척하고 철웅에게 말했다.

"장 조장, 크게 한잔 살 테니 어서 가세나."

"하하하! 소국주님도 참. 지난번에 거하게 사준 술기운도 채 가시지 않았는데."

"장 조장이야말로 우리 위국의 보물. 소국주인 내가 귀히 여기지 않으면 누가 그리해 준단 말인가? 어서 가세나."

요즘 들어 위국이 불같이 일어나고, 청부 역시 끊이지 않아 큰돈을 만지고 있는 소국주 장우서였다. 그는 요즘 그야말로 미친 듯이 돈을 써대고 있었다.

"자네들에게도 두둑하게 챙겨줬으니 오늘 하루는 술독에 빠져 지내도 될 것이야. 다 자네들이 조장 잘 만난 복이니 앞으로도 성심을 다해 장 조장을 따라야 할 것이야."

장철웅 조에 속한 고참급 위사들은 두둑한 전낭을 만지며 소국주에게 고개를 숙였다.

"명심하겠습니다."

위사들의 우렁찬 목소리에 흡족해진 장우서가 보잘것없어

보이는 야간 근무조를 시큰둥하게 바라보며 말했다.

"뭐, 자네들도 대충 수고하게."

장우서는 세인 조를 대수롭지 않게 여기고는 곧 장철웅과 함께 주루로 향했다. 장철웅 조에 속한 고참 위사들 역시 술을 마시러 떠났다.

"허~! 저놈의 새끼 하는 꼬라지 좀 보게."

장우서의 무시에 금동이 발끈했다.

"형님, 저 새끼 목을 따버립니까? 명만 내려주십시오."

목개의 '목을 딴다'는 소리에 요립이 순간 눈을 번뜩였다. 살인귀의 마성을 제거하는 인간 개조 구타 중인 그였으나 과거의 본능을 완전히 잃지는 않고 있었다.

퍽!

"이 새끼가 어디 눈을 번뜩여!"

그 눈빛을 간파한 목개가 요립의 뒤통수를 후려쳤다. 한 번의 구타가 요립의 살인 본능을 순식간에 제압했다.

"찬물도 위아래가 있어. 형님들이 시식하시고 그다음에야 네놈 기회가 오는 거야."

요립을 구박한 목개가 당막천과 세인을 번갈아 바라봤다.

"형님들, 저 자식 당장에 확⋯⋯."

"헐헐헐! 그냥 두거라. 당당한 금의위 무관이 될 내가 그런 작은 일에 연연해서야 쓰겠느냐?"

무시당한다 싶으면 그 누구보다 발끈했을 당막천이다. 그러나 평생의 소원이었던 금의위 무관이 된다는 얘기에 생불처럼 인자하게 변하고 있었다. 자리가 사람을 만든다는 말이 당막천의 경우처럼 딱 들어맞는 경우도 없었다.

당막천이 저리 나오자 금동과 목개 역시 할 말이 없었다. 그저 '장우서인지 뭔지 하는 자식, 언제 한번 제대로 걸려봐라'며 후일을 기약할 따름이었다.

*　　　*　　　*

북경제일로 불리는 천상루의 기루에서 두 사람이 흠뻑 취해 있었다.

"장 조장, 아니이, 처루웅 형님, 한자안 더 드시지요."

천상루 안 주루에서 만취한 장우서가 혀가 꼬부라진 말투로 장철웅에게 연방 술을 권했다.

"그래에. 누가 주느은 잔이라고 거절하겠어."

역시나 혀 꼬부라진 소리로 답한 장철웅이 연거푸 술을 들이켰다.

"형니임, 이 장우서, 하북제일도이신 형니임만 믿고 가겠습니다아."

술이 들어가자 어느새 형님, 동생 하게 된 두 사람은 기억이 완전히 끊길 때까지 술잔을 주고받았다. 그들이 지금 무엇을 하고 있는지조차 구분하지 못할 정도였다.

그런데 얼마 후,

"꺄악!"

천지 분간을 하지 못하고 있던 두 사람의 귀에 여인의 비명 소리가 들려왔다. 그 소리가 조금이나마 그들의 정신이 돌아오게 만들었다.

"뭐지이?"

무공을 익혀 상대적으로 체력이 좋은 장철웅이 눈을 비비며 사방을 둘러봤다. 흐릿하게 핏빛이 일렁이고 있었다. 눈을 비비자 자신의 손에서도, 앞에 앉아 있는 장우서의 손에서도 핏빛이 더욱 선명해졌다.

장철웅이 눈을 번쩍 떴다.

"피, 피다!"

북경제일도네 뭐네 하지만 장철웅이 직접 피를 본 것은 손으로 꼽을 정도였다. 화들짝 놀라 정신이 번쩍 들었다.

"대체 왜 피가……."

도저히 영문을 모르겠다는 얼굴로 주위를 둘러봤다. 그러자 곧 그와 장우서 주변에 피를 흘리며 죽어 있는 세 사내의 시체가 눈에 들어왔다.

"헉!"

시신을 발견하자 이제껏 먹은 술이 완전히 깨며 장철웅이 비명을 지른 여인에게 물었다.

"이, 이들이 대체 왜 여기 죽어 있는 것이냐?"

여인, 두 사람에게 술을 따르던 천상루의 기녀는 장철웅을 크게 두려워하며 바들바들 떨었다.

"사, 살려주세요."

기녀의 영문 모를 소리에 장철웅이 의아한 표정을 짓고 사이, 기루를 관리하는 남궁위국 위사들이 우르르 몰려왔다.

"살인이다!"

그들 중 하나가 크게 소리쳤다.

"남궁 공자! 남궁연 공자가 죽었다!"

그 소리에 남궁위국 위사들이 더할 나위 없이 격분했다.

"저자가 남궁세가의 직계인 남궁연 공자를 죽였다!"

그리고 이어지는 경악성!

"이분은……."

남궁위국과는 다른 표식을 새긴 옷을 입고 있는 사내들이 기절할 듯이 놀라 소리쳤다.

"모용세가의 모용우상 공자까지!"

세가 직계의 죽음에 분노한 모용세가 사람들이 곧장 검을 빼 들고 유일한 목격자인 기녀를 다그쳤다.

"우리 공자를 죽인 자를 보았느냐?"

"그, 그것이……."

살인을 목격하고 크게 두려워하는 기녀가 말을 잇지 못했다.

"걱정 마라! 우리 모용세가가 너를 보호할 것이니 살인자를 밝혀라!"

모용세가가 보호해 준다는 소리에 그나마 용기가 생겼는지 기녀가 조심스럽게 술 냄새를 풀풀 풍기고 있는 장철웅과 장우서를 가리켰다.

"흉수가 저자들이냐?"

기녀가 고개를 끄덕였다. 그러자 모용세가 사람들은 물론이고 남궁위국 사람들까지 나서서 장철웅과 장우서를 단박에 제압하려 들었다.

"이, 이놈들! 북경제일도 장철웅에게 무슨 짓이냐!"

산적 같은 체구에 곰 같은 용력을 가진 장철웅이 필사적으로 저항하려 했다. 하지만 정신은 어느 정도 맑아졌으나 몸은 여전히 술에 절어 있던 상태라 몸이 통 말을 듣지 않았다.

결국 장철웅과 장우서는 남궁위국과 모용세가 무사들에게 제압당하고 말았다.

그들은 두 사람을 제압하고는 소리쳤다.

"이자가 분명 자신을 북경제일도 장철웅이라 밝혔다. 만약 이자의 말처럼 이 흉수들이 청설위국과 조금이라도 관련이 있다면 청설위국은 오늘 일의 책임에서 결코 벗어나지 못할 것이다."

극도로 분노한 무사들이 장철웅과 장우서를 개처럼 질질 끌고 밖으로 나갔다.

*   *   *

주루에서 일하는 점소이 아상이 허겁지겁 남첨부 안으로
달려들어 왔다.

"아평 형님, 큰일 났습니다!"

끝없이 손님이 들이닥치다 이제야 겨우 짬이 생겨 휴식을
취하려던 아평이 다짜고짜 큰일이 났다고 소리치는 아상에게
물었다.

"큰일? 천하제일기녀인 하상 누님에게 정인이라도 생긴 거
냐?"

"농을 던질 때가 아닙니다. 아평 형님이 일전에 말했던 청
설위국 위사님들 있잖습니까?"

"위사님들이 뭘 어쨌기에?"

"그 위사님들 중에 북경제일도 장철웅 위사님하고 청설위
국의 소국주라는 사람이 살인 혐의를 쓰고 남궁위국과 모용
세가 무사들에게 끌려갔어요."

손으로 부채질을 하며 얘기를 듣고 있던 아평이 그 소리에
화들짝 놀랐다.

"사실이냐?"

"제 눈으로 똑똑히 목격한 것이에요."

주루 점소이 아상에게 대략적인 사실을 들은 아평이 서둘
러 세인에게 달려갔다. 남첨부가 세인에게 크게 도움을 받은

이상 청설위국의 일을 모른 척할 수 없었다.

아평이 허겁지겁 달려가 세인에게 이 사실을 알렸다. 야간
조 근무를 끝내고 막 퇴근하려던 세인이 그 소식을 듣고는 생
각했다.

'철웅이가 허풍이 세고 실없기는 하지만 이유없이 사람을
죽일 녀석은 아니다. 소국주에 대해서는 잘 모르지만 어쨌든
국주 어른의 아들이 아닌가?'

용부를 떠나 북경에 온 것도, 북경에 와 위사 일을 하는 것
도, 위사 일을 하며 청설위국에 온 것도 우연은 없었다. 목적
은 단 하나, 청설위국 국주 장원교를 찾아온 것이었다.

'게다가 장우서 소국주는 최악의 경우에 쓸 수 있는 패 중
하나.'

그러면서 오늘의 자신이 있게 만들어준 위대한 거인을 떠
올렸다.

그분이 있었기에 강호의 절대고수 십만마교의 교주마저
상대를 꺼린다는, 무영무쌍(無影無雙) 진세인이 탄생할 수 있
었다.

"시대를 지배한 용부의 거인은 천수를 다했으나 용부는 영
원할 것이다."

용부는 용부의 새 부주는 세인을 내쳤으나 세인은 여전히
용부를 잊지 않았다.

"인아, 네가 정 용부를 맡기 싫다면 북경으로 가라. 북경으로 가서 용부를 이을 마지막 패를 지켜라. 네가 나를 위해 그러했듯이 북경에서도 그리해 줄 수 있겠느냐?"

생의 마지막 순간에서 무너져 내리던 용부의 거인의 마지막 유언이었다.

"이 진세인, 죽어서도 그 명을 잊지 않을 것입니다."

세인이 검을 들었다. 그가 갑자기 검을 들자 상황을 알 리 없는 금동과 목개 등은 의아한 표정으로 물었다.

"진 형님, 근무도 끝났는데 어디 가십니까?"

당막천 또한 심상치 않은 표정의 세인을 보며 말했다.

"인이 저 녀석이 저런 표정을 지을 때는 대개 한판 하러 가곤 했는데……. 몇 년 전에 혈천도제란 녀석 대가리를 일 검에 자를 때도 저 표정이었지, 아마?"

금동과 목개가 깜짝 놀랐다.

"혀, 혈천도제 말입니까?"

십여 년 전부터 강남땅에는 백성들을 현혹시켜 재물을 갈취하고 종국에는 백성들을 집단 자살로 이끄는 괴이한 사교 무리 하나가 있었다. 그 사교의 이름은 사사혈교라 했는데 그 교를 이끄는 교주가 바로 혈천도제였다.

수십 년 동안 강남을 지배했던 용부의 부주가 늙고 쇠약해

진 틈을 타 발호한 사사혈교로 인해 강남땅은 크게 혼란스러워진 적이 있었다.

"늙고 병든 종이호랑이에 불과한 용부의 시대는 끝났다. 이제부터 강남땅은 사사혈교가 지배할 것이다!"

혈천도제는 그렇게 호언장담했다. 또한 그는 그렇게 말할 힘이 있었다. 혈천도제는 환우십삼성 못지않은 절대 강자였고, 그를 따르는 무리 또한 용부의 정예를 격파할 정도로 강했다.

사사혈교로 인해 백 년 동안 이어진 용부의 시대가 막을 내릴 거란 쑥덕거림마저 생기기 시작했다.

그때, 거동조차 불편했던 용부의 부주가 강남땅 전체에 한 장의 포고문을 붙였다.

내용은 간단했지만 강렬했다.

"사사혈교에 용부의 검을 보낸다!"

그리고 고작 십 일 후.

사사혈교 총단이 있던 자리는 벽돌 한 장 남지 않고 완전 폐허로 변했다. 그리고 강남을 집어삼킬 기세로 위용을 자랑하던 혈천도제의 목은 소주에 위치한 용부 총단에 내걸렸다.

조금만 무공을 익힌 자라면 혈천도제가 단 일 검에 목이 잘렸음을 명백히 알 수 있었다.

이 일로 인해 강남은 물론 천하가 들썩거렸다.

당금의 천하제일인이라 일컬어지는 십만마교 교주 구양창

천조차 혈천도제의 목을 일 검에 베는 것은 무리였다.

또한 무림맹이 자랑하는 최정예부대인 천룡백봉단이라 해도 불과 십 일 만에 사사혈교 총단을 기왓장 한 장 남기지 않고 쓸어버리는 것은 불가능했다.

용부가 숨겨둔 이 비장의 한 수에 천하사패 중 나머지인 십만마교, 무림맹, 새외련이 일시에 긴장했다.

혈천도제를 일 검에 벤 고수가 등장한다면 구양창천과도 능히 승부를 낼 수 있을 것이며, 사사혈교를 순식간에 쓸어버린 정예가 투입된다면 천룡백봉단이라 할지라도 대항하기 힘들 것이기 때문이었다.

세 세력은 용부가 감추고 있는 절대고수와 정예부대의 실체를 밝히기 위해 노력했으나 번번이 실패하고 말았다.

결국 강호는 용부의 신비고수를 일컬어 '그림자도 찾기 힘들고 가히 대적할 자도 없다'는 의미인 무영무쌍이라 불렀고, 그와 함께 움직인 정예부대를 무영대(無影隊)라 칭했다.

"그럼 진 형님이 바로 무영무쌍입니까?"

목개의 물음에 당막천이 고개를 끄덕였다.

"허걱!"

금동과 목개가 기절할 듯이 놀랐다. 범상치 않은 인물일 거라는 예상은 하고 있었으나 세인이 강호를 진동시킨 용부의 검, 무영무쌍일 거라고는 전혀 예상하지 못했다.

당막천을 닮아 강자를 숭상하는 금동과 목개가 순간 감격해 존경을 표했다.

"무영무쌍 형님, 진즉에 알아보지 못해 송구합니다. 형님, 존경합니다. 형님, 성심을 다해 모시겠습니다. 형님, 뭐든 시켜만 주십시오. 형님, 형님, 형님……."

두 사람은 '형님, 형님' 소리를 남발했다. 그 소리가 듣기 부담스러웠던 세인은 두 사람을 애써 외면하고 재빨리 장철웅과 장우서가 끌려갔다는 곳으로 향했다.

"우리도 질 수 없지."

금동은 무영무쌍에 대한 순수한 존경심에서, 제법 머리를 굴리는 목개는 막주에 이어 무영무쌍 형님에게서도 한 수 가르침을 받으려면 잘 보여야 한다는 생각에 재빨리 몸을 날렸다. 그리고 위사 보조 요립은 두 사람이 움직이니 본능적으로 따라갔다.

"흠흠, 인이가 가는데 형인 내가 안 갈 수야 없겠지. 정신 줄 놓은 남궁세가는 그렇다 치고. 모용세가 이것들은 웅담이라도 집어삼켰나, 번번이 시비를 거는구나. 멸문지화가 남들 얘기인 줄 안심이라도 하고 있는 것인가? 허허! 무영대 아이들에게 모용세가가 인이를 귀찮게 하고 있다는 사실을 은근슬쩍 흘려볼까나? 그럼 참 재미있을 것인데. 흘흘흘!"

그러며 천하제일 박투술의 소유자이자 동시에 가장 빠른 발을 가졌다는 당막천 또한 움직이기 시작했다.

"멈추시오!"

막 천상루 밖으로 장철웅과 장우서를 끌고 가려던 남궁위국과 모용세가 무사들 앞을 세인이 가로막았다.

"감히 모용세가의 행사를 막아선 너는 누구냐?"

세인이 정중히 포권을 하며 신분을 밝혔다.

"나는 청설위국의 위사 진세인이라 하오."

세인이 자신을 청설위국 소속이라 밝히자 두 세력 무사들은 자신들이 끌고 가는 두 작자가 청설위국 소속임을 확신할 수 있었다.

"청설위국이 요즘 자그마한 명성을 얻더니 기고만장해 이런 만행을 저지르나 보구나. 이자들이 무슨 짓을 했는지 알고나 있느냐?"

아평에게 들어 알고 있었다. 장철웅과 장우서가 남궁세가 직계로 남궁위국에서 경험을 쌓고 있던 남궁연과 모용세가 모용우상과 다른 모용세가인을 살해한 혐의를 받고 있다는 사실을.

"목숨의 빚은 목숨으로 갚는 것. 길을 비켜라!"

사실 세인은 이 일과 관련된 자세한 내막은 모른다. 단지 장철웅의 심성으로 미루어볼 때 그가 그런 짓을 저지르지 않았으리라는 막연한 확신뿐이었다.

"세인, 나는 그런 기억이 없다. 소국주와 한참 마시다 거의

정신을 잃었다 깨어보니 내 곁에 세 사람이 죽어 있었다. 너는 내 말을 믿지?'

단단히 결박돼 끌려가고 있던 장철웅은 이미 적잖이 두들겨 맞았는지 피투성이가 된 상태로 항변하고 있었다.

퍽!

모용세가 무사 하나가 고래고래 억울함을 호소하는 장철웅의 뒤통수를 검집으로 후려쳤다.

"윽!"

어찌나 세게 쳤는지 곰 같은 체력의 소유자 장철웅이 입에서 피를 토했다.

"증거가 명백하고 증인까지 있는데 계속 버틸 것이냐? 그만 사실을 토설하고 죽음을 맞아라!"

"어, 억울하다, 세인."

장철웅이 의식을 잃어가며 다시 한 번 억울함을 호소했다.

다른 것은 모르겠으나 철웅은 결코 머리를 굴리거나 거짓으로 사람을 속일 사람은 아니었다. 그런 철웅이 저리도 억울하다 외치니 세인은 확실히 이 일에 필시 무슨 곡절이 있으리란 것을 추측할 수 있었다.

그러나 다른 무엇보다도 증인이 명확하다는 소리에는 세인조차 딱히 항변할 말이 없었다.

"그 증인을 만나볼 수 있겠소?"

남궁세가 무사가 바로 답했다.

"얼마든지 가능하다. 그러니 괜한 분란 일으키지 말고 길을 비켜라!"

무사가 그렇게 몇 번이나 소리쳤으나 세인은 결코 길을 비키지 않았다.

'두 사람이 남궁위국이나 모용위국 안으로 일단 끌려가면 다시 찾는 것은 몇 배는 힘들 터. 일단 두 사람을 청설위국에 데려다 놓고 차근차근 일을 풀어야 한다.'

세인이 길을 비켜줄 기색을 보이지 않자 무사가 소리쳤다.

"네가 억지를 부리려나 보구나."

"그렇소. 일단은 억지를 부려 두 사람을 우리 위국으로 데리고 갈 셈이오."

"억지를 부린다면 힘으로 제압할 수밖에."

그 무사를 시작으로 이십여 명에 달하는 남궁위국과 모용세가 무사들이 일제히 검을 뽑았다.

방계라 하나 남궁위국 위사들 역시 천하에서 손꼽히는 남궁세가의 검을 배운 자들, 강호오대세가에는 들지 못한다 하나 모용세가의 검 또한 신랄하고 독하기 그지없는 것으로 명성이 자자했다.

그러나 이십여 자루의 검을 눈앞에 두고도 세인은 별달리 미동도 하지 않았다. 그저 검끝을 노려보기만 할 뿐이었다.

"검도 뽑지 않은 자를 베었다는 오명을 듣기는 싫다. 그대도 검을 뽑아라."

세가의 직계가 비명횡사했음에도 저리 말하는 남궁위국 무사는 천생이 정정당당한 승부를 즐기는 자로 보였다.

'그분을 배출한 남궁세가는 원래 저처럼 당당한 곳이었지.'

"무엇을 주저하시오? 상대를 앞에 두고도 검조차 뽑지 않는다 함은 우리를 무시하는 행위, 그 오만함이 스스로 죽음을 부른 것이오. 우리 모용세가가 앞장서 저자를 제압할 것이오. 쳐라!"

그 명에 따라 모용세가 무사들이 일제히 세인을 향해 검을 휘둘렀다. 그 검초 하나하나가 치명적인 요혈을 노리고 들어온 살초들이었다.

세인은 같은 청설위국 소속인 동료와 소국주를 돕기 위해 나선 것뿐이다. 입장을 바꿔 그들이 이런 처지에 처했다면 당연히 동료를 돕기 위해 나서지 않았겠는가?

그러니 그저 제압만 해도 족한 것이었다. 그런데도 굳이 흉악한 살초를 쓰다니…….

세인이 미간을 찌푸리며 가볍게 몇 발자국을 옮겼다. 그러자 놀랍게도 그 간단한 움직임만으로도 그를 향해 날아오던 모용세가 무사들의 검 십여 자루가 단박에 뒤엉켜 버렸다.

최소한의 움직임이었으나 평범한 자들은 감히 상상조차 할 수 없는 효율적인 동작이었다.

"무슨 추태냐! 우리는 모용세가 무사들이다! 정신 차려라!"

기이하게도 자신들의 검이 모조리 뒤엉키자 그것을 세인의 신묘한 수로 인한 것이 아닌 자신들의 실수로 치부한 모용세가 무사가 크게 소리쳤다.

간단해 보이지만 세인의 동작 하나하나에는 나름의 의미가 담겨 있었고, 상승의 무리에 따라 이뤄지는 것이었다. 모용세가 무사들로서는 도저히 이해할 수 없는 수준에서.

그래도 본능적으로 위기를 감지하고 상대의 수준을 헤아리는 감각은 있는지 단 한 수의 교환만으로도 자신들의 앞을 가로막고 있는 자가 범상치 않다는 사실은 단박에 깨달았다.

또한 이곳에 오기 전 모용천산 소국주에게 이번 일은 절대 실패해서는 안 된다는 신신당부마저 듣고 온 터였다.

그래서 방해자 하나를 제압하기에 쓰는 데는 과하다 싶었으나 검진을 펼치기로 결정했다.

"북풍진을 펼쳐라!"

온 신경을 집중한 모용세가 무사들이 다시 대열을 정비해 모용세가가 자랑하는 '북풍진(北風陣)'이라는 검진에 따랐다.

"개진(開陣)!"

수뇌의 명에 따라 사전에 정해둔 북풍진의 검진 순서에 따라 모용세가 무사들이 차례로 검을 찔러 들어왔다.

북풍진 안에 갇힌 세인은 사방에서 적잖은 압력을 느끼기 시작했다.

'모용세가의 북풍진이 유명하다더니 명불허전이로구나.'

모용세가는 북방의 세가. 이제껏 강남에서만 활동해 온 세인은 모용세가의 북풍진을 경험한 적이 없었다.

처음으로 경험한 북풍진의 위력에 세인마저 적잖이 감탄했다.

그러나 결코 곤혹스러워하지는 않았다. 소림의 백팔금강이 한마음 한뜻으로 펼치는 절세의 진인 백팔나한진마저 두려워하지 않는 그였다.

세인이 가장 먼저 자신을 향해 날아온 검의 기운을 그대로 몸으로 받아냈다. 그런데 그렇게 그 검을 받아들이는가 싶더니 공자검의 신묘한 무리에 따라 그 검에 담긴 기세를 역으로 회전시켜 두 번째로 날아오는 검을 향해 뿜어냈다.

그러자 모용세가 무사의 검이 다른 모용세가 무사에게 향하자 공격을 당한 무사가 대경실색했다.

"무, 무슨 짓인가!"

본의 아니게 동료 무사를 공격하는 모양새가 된 모용세가 무사가 황급히 소리쳤다.

"아, 아니! 그럴 의도가……."

무사가 당황해 소리쳤으나 이미 그의 검은 동료 무사의 어깨를 그대로 관통한 후였다.

적의 검이 오면 그 기운을 정밀하게 읽어내려 역으로 회전시켰다. 그런 방식으로 세인을 향해 찔러 들어온 세 번째 검도, 네 번째 검도, 마지막 열 번째 검까지 모조리 상대에게 되돌려줬다.

세인은 단 한 방울의 내력도 쓰지 않고 오로지 적의 힘을 빌려 적을 제압하는 신기를 보여줬다.

한두 번도 아니고 연달아 그런 현상이 벌어지자 모용세가 무사들을 이끌고 있는 모용방산이 소리쳤다.

"이자가 사술을 쓰는구나!"

세인이 미소를 지었다.

'사술이라……. 그대들의 눈으로 보면 상대의 힘을 이용해 도리어 그 상대를 제압하는 이화접목(梨花接木)의 묘리가 그저 사술처럼만 보이겠지.'

세인은 모용세가의 북풍진만은 꽤 높이 평가했으나, 그 진을 펼치는 무사들의 수준은 크게 떨어진다고 판단했다.

'모용세가는 아직 멀었다.'

모용세가가 공공연히 강호오대세가를 자신들을 포함한 육대세가로 만들고자 한다는 얘기를 들었다. 그러나 무사들의 수준이 고작 이 정도라면 그것은 불가능한 얘기였다.

세인이 모용세가 무사들 중 아직까지 유일하게 서 있던 모용방산을 향해 가볍게 일장을 날렸다. 그것은 무관에 다니는 아이들조차 펼칠 줄 안다는 흔하디흔한 나한권의 일초였다.

"고작 나한권 따위로……."

사술을 쓰는 자라 크게 경계하던 모용방산은 세인이 보잘것없는 나한권을 펼치자 순간 마음을 놓았다. 모용방산이 강호에 널리 알려진 대로 나한권의 파훼식을 펼치기 시작했다.

강호의 상식대로라면 세인의 나한권은 모용방산의 파훼식에 단번에 격파돼야 마땅했다. 그러나 현실은 정반대였다.

세인의 나한권이 모용방산의 가슴을 크게 격타했다. 가볍게 내려친 것 같았으나 그 위력만은 어마어마했다.

"윽!"

모용방산이 비명을 내지르며 실 끊어진 연처럼 몇 장이나 날아가 바닥에 꼬꾸라졌다.

"흠……."

근처에서 자신을 청설위국 위사라 밝힌 이와 모용세가 무사 열 명의 대결을 지켜보던 남궁위국 무사 남궁후가 짤막한 신음성을 토했다.

그러며 그는 남궁세가 전체가 숭앙하는 그분의 말을 떠올렸다.

"같은 무공이라도 하수가 쓰면 하수의 무공이 되는 것이며, 고수가 쓰면 고수의 무공이 되는 것이다. 또한 진정으로 무서운 고수는 평범한 무공을 절세신공처럼 구사하는 자다."

그분의 말에 딱 들어맞는 이를 지금 이 자리에서 목격하고 있었다.

모용세가 무사들을 가볍게 제압한 청설위국 위사가 고개를 돌려 자신들을 바라봤다.

그 위사와 눈을 마주친 남궁후는 온몸에 전율이 이는 것을 느꼈다. 그는 침을 꼴깍 삼켰다.

'저자는 고수다. 그것도 상상을 초월하는 고수!'

이해할 수 없었다. 청설위국의 평범한 위사가 저처럼 고수라는 사실을.

모용세가 무사 열을 간단히 제압한 세인의 위력에 남궁후와 남궁위국 무사들이 크게 긴장한 사이, 세인이 그들을 향해 천천히 걸어왔다.

그저 자신들을 향해 걸어왔을 뿐인데 남궁후와 무사들은 숨이 턱턱 막히는 것만 같은 압박감을 받기 시작했다. 세인이 다가오면 다가올수록 몸의 솜털이란 솜털은 온통 삐죽삐죽 솟아올랐고 정신마저 혼미해지기 시작했다.

'사술인가? 아니면 단지 기만으로도 사람을 죽이고 살릴 수 있다는 검기상인의 경지에 오른 고수의 기운인가?'

남궁후는 당장에라도 허공에 피분수를 뿜을 것만 같았다. 숨통을 옥죄는 압력에 당장에라도 비명을 내지를 것만 같았다.

상대는 그저 자신들을 향해 걸어왔을 뿐인데…….

유유히 자신들 사이를 걸어온 상대가 나지막한 어조로 말했다.

"우리 위국 사람들을 데려가겠소. 나는 오늘 일에 심각한 오해가 있다 생각하오."

그리 말하는 상대와 남궁후가 다시 한 번 눈을 마주쳤다. 그러자 영혼마저 뒤흔들리는 것 같은 커다란 충격을 받고 말았다. 도저히 두 발로 서 있을 수가 없었다. 그는 털썩 주저앉더니 상대가 장철웅과 장우서를 데려가는 것을 넋 놓고 바라볼 수밖에 없었다.

세인이 남궁세가 무사들 사이로 걸어 들어가 유유히 두 사람을 구해오는 것을 목격한 금동과 목개는 순간 두려움을 느꼈다.

무식하면 용감하다고, 아예 느낄 수 없다면 두려움도 없었을 것이다. 그러나 방금 세인이 뿜어낸 기운의 위력을 느낄 수는 있는 경지에 있는 두 사람이었다.

두 사람은 존경 어린 눈빛으로 세인을 바라봤다. 특히 세인의 실력 중 한 가닥을 목격한 목개는 어떻게든 세인에게 한 수를 배워보겠다고 다짐에 또 다짐을 했다.

*　　*　　*

북경의 초입.

"대주 형님은 쌀쌀한데다 수시로 황토바람이 부는 북방 땅이 뭐가 좋다고 이곳에 온 거야?"

칠 척이 넘는 장대한 체구에 철갑처럼 온몸을 두르고 있는 근육이 인상적인 거한이 연방 투덜거렸다. 거한은 자신의 양 어깨 위에 앉아 목마를 타고 있는 자그마한 체구의 소년에게 말했다.

"소운, 대주 형님이 너를 각별히 아꼈으니 너는 혹 아는 것이 더 없느냐?"

얼굴이 창백한 것이 무언가 깊은 병이 있는 것같이 보이는 소년이었다. 유달리 입술도 붉고 눈도 큰, 게다가 얼굴선도 가늘어 마치 귀여운 소녀처럼 보이는 소년이 입을 열었다.

"모르겠어. 왜 북경인지……."

"용부제일의 천재라는 네가 모르면 누가 알아? 짐작 가는 바도 없는 거냐?"

"왕팔 형도 참. 내가 무슨 만사무불통지라도 되는 줄 알아?"

소년이 입술을 씰룩거렸다.

거한과 소년의 얘기를 곁에서 듣고 있던 여인이 웃었다.

"호호호! 북경에 숨겨둔 정인이라도 있나 보지?"

어지간한 사내보다 큰 육 척 장신의 여인이었다. 쭉쭉 뻗은 몸매와 늘씬한 다리가 인상적인 그녀의 몸매는 무척이나 육감적으로 느껴졌다. 특히 입술이 도톰한 것이 색정적으로까지 보였다.

거한과 미소년, 그리고 육감적인 매력을 풀풀 풍기는 여인까지. 이들 셋은 한 사람을 찾아 강남땅 소주에서 이곳 북경까지 온 것이었다.

"그나저나 북경 땅에 남궁세가의 노인네가 왔다던데, 우리 그 노인네랑 함 뜰까? 소운, 이 미랑이 그 노인네하고 한 판 뜨면 어떻게 될 것 같아?"

여인의 말투라고 보기에는 무리가 있는 미랑의 물음에 소운이 답했다.

"누님, 참아. 승산이 일 할도 되지 않으니."

잘라 말하는 소년 소운의 말에 미랑이 인상을 구겼다.

"젠장! 망할 놈의 노인네가 그리 세단 말이야?"

"누가 뭐라 해도 환우십삼성 중 하나니까. 게다가 그는 천하의 모든 검법을 안다고까지 알려진 검성. 검만 놓고 따지면 고금을 통틀어 다섯 손가락 안에 들 정도의 강자야."

그 소리에 거한 왕팔이 물었다.

"그럼 말이야, 대주 형님과 그 노인네가 맞붙으면 어찌 되는 거냐?"

그러자 소운이 웃었다.

"그걸 내가 굳이 답해줘야 알아? 변수는 있겠지만 정상적이라면 우리가 믿고 있는 그대로일 거야."

그 대답에 질문을 던진 왕팔도, 곁에서 듣고 있던 미랑도 웃었다.

"당연히 그렇겠지. 대주 형님이 어떤 분이신데……."

용부가 자랑하는 무영대, 그리고 그 무영대가 자랑하는 세 사람, 왕팔, 소운, 미랑이 무영대의 대주 세인을 찾아 지금 막 북경에 들어오고 있었다.

*　　　*　　　*

　남궁위국 국주실 분위기는 너무나 냉랭했다.

　"부끄럽습니다."

　지난밤 세인의 기세에 눌려 검 한 번 뽑아보지 못하고 돌아온 남궁후가 고개를 푹 숙였다. 그러자 곁에서 그 얘기를 듣고 있던 남궁위국주 남궁수가 호통을 쳤다.

　"못난 녀석! 본 가 직계인 연이가 청설위국 것들에게 죽임을 당했는데 그 흉수를 눈앞에서 빼앗기다니, 네가 그러고도 남궁위국의 위사라고 할 수 있겠느냐?"

　"면목없습니다."

　남궁수는 자신의 이복동생이기도 한 남궁후를 연방 꾸짖었다.

　"세상 경험을 쌓게 하기 위해 특별히 우리 위국에 와 있던 연이다. 연이에게 신경 쓰라고 내 몇 번이나 당부했더냐? 연이를 근무 중에 비명횡사하게 만들다니, 내 이 사실을 어찌 본 가 어르신들에게 알린단 말이냐? 게다가 연이를 죽인 흉수마저 놓쳤다고 말이다!"

"제가 모든 책임을 지겠습니다."

"책임? 책임져야 할 일이 있으면 책임을 져야지. 곧 너에 대한 처분이 내려질 것이다. 이렇듯 큰 실수를 했으니 위국에서 축출당하는 것까지 각오해라."

축출이라는 소리에 남궁후의 얼굴색이 크게 변했다. 그러나 입이 열 개라도 할 말이 없는 상황이었다.

"꼴도 보기 싫다! 물러가 있거라!"

"알겠습니다."

남궁후가 힘없는 목소리로 답하며 뒤로 물러나 막 국주실을 나가려 했다. 그런데 그가 막 문을 열자 나이를 쉬이 짐작키 어려운 신선 같은 노인 하나가 서 있었다.

가슴 어림까지 늘어진 은염(銀髥)에, 얼굴은 보기 좋은 대춧빛이었고, 나이가 들었다 하나 생기 넘치는 체구가 딱 '선풍도골이란 이를 말하는 것이구나'라고 할 만한 노인이었다.

그 노인을 보자마자 남궁후가 바로 바닥에 무릎을 꿇었다.

"태상 가주님!"

그 소리에 놀라 방 안에 앉아 있던 남궁수 역시 바로 달려와 크게 허리를 숙였다.

"본 가로부터 태상 가주님께서 내일이나 모레 도착하신다 들어 마중도 나가지 못했습니다. 용서하십시오."

남궁수와 남궁후 앞에 서 있는 노인은 바로 안휘성 합비 남궁세가의 태상 가주인 남궁유수였다. 아니, 그보다는 환우십삼성 중의 일인이자 천하제일검, 또는 검성(劍聖)으로 더욱 유명한 절대고수가 바로 이 노인이다.

"너희들이 안에서 하는 얘기를 본의 아니게 엿듣게 되었구나. 그래, 연이가 어젯밤 청설위국이란 곳 사람들에게 죽임을 당했다고?"

너무나 무표정한 얼굴에 감정 하나 읽을 수 없는 목소리였다. 그런데 노화를 터뜨리는 목소리보다 너무나 평온한 그 목소리에서 더 큰 분노를 읽을 수 있었다.

"송구합니다, 태상 가주님!"

남궁수가 면목없다는 표정으로 용서를 빌었다.

"그랬구나. 연이는 보기만 해도 안타까운 아이였어. 그 아이의 아비는 그 아이가 태어나기도 전에 세가를 위해 죽었지. 평생 아비 얼굴 한 번 보지 못한 녀석이 그래도 씩씩하게 자라 대견하게 여겼거늘. 무어라도 배워보겠다고 스스로 이곳 북경에 와 경험을 쌓고 있다 들었는데, 그 아이가 죽었구나. 그 아이가 죽었어."

검성 남궁유수가 하늘을 향해 탄식을 했다. 그의 목소리에는 손자뻘 되는 남궁연의 죽음에 대한 안타까움이 절절히 묻어 있었다.

"내일을 기약하기 힘든 강호인에게 있어 죽음이란 언제든 찾아올 수 있는 것이겠지. 하나 다른 아이도 아니고 그 불쌍한 아이가 그리 죽었다니 나 역시 가벼이 흘려보내기는 힘이

드는구나. 황도인 이곳 북경에서는 이런 일을 어찌 처리하곤 하느냐?'

북경은 특별한 곳이다. 북경은 황제가 거하는 황도. 다른 곳에서라면 강호인들이 강호의 율법대로 처리할 일도 이곳에서만은 황제의 법에 따라야 했다.

안휘성 합비에서 남궁세가 사람이 죽었다면 남궁세가 사람을 죽인 자를 남궁세가에서 자유로이 처리할 수 있었다. 그러나 황제의 법만이 통용되는 이곳 북경에서는 그런 경우 어찌 처리해야 하는지를 묻는 것이다.

"보통은 관부에 알려 살인자를 처벌하곤 합니다. 하나, 이 일은 저희 위국은 물론 본 가의 명예가 달린 문제입니다. 관부가 관여하겠다면 저희가 모든 힘을 동원해 막을 것입니다."

남궁수가 그리 대답하자 검성이 고개를 끄덕였다. 그러면서 남궁후에게 물었다.

"듣자 하니 지난밤 흉수들을 네게서 빼앗아간 자가 검기상인의 경지에 오른 고수라지?"

그 물음에 남궁후가 답했다.

"제 느낌에는 분명 그러했습니다."

"태상 가주님, 청설위국에 그런 고수가 있다는 얘기는 듣지 못했습니다. 어쩌면 저 녀석은 자신의 무능에 대한 변명거리로 검기상인의 경지에 달한 고수 운운하고 있는 것인지도 모릅니다."

자신이 거짓을 말한다는 남궁수의 비난에 남궁후의 얼굴이 벌겋게 달아올랐다. 그러나 쉬이 반박하지도 못했다. 사실 검기상인의 경지에 달한 고수는 극히 만나기 힘들었고, 어떤 것이 그런 경지인지도 남궁후 스스로도 확신하기 어려웠다.

더구나 고작 스물 정도로나 보이는 청년이 그런 경지에 올라 있다 하면 강호에 몸담고 있는 이라면 모두가 허튼소리로 치부할 법했다.

그 얘기에 검성은 지그시 눈을 감았다.

'남궁후 저 아이는 제법 기초도 튼실해 보이고 나이에 비해 빼어난 실력을 가졌다. 하나 검기상인의 경지를 명확히 느끼기에는 한 푼 정도 모자란 것도 사실. 하나 저 아이의 말이 모두 옳다면……'

고작 스물 정도로나 보이는 나이. 곱상하게 생긴데다 인상도 서글서글하고, 보기 드문 미청년이었다는 용모파기. 간단한 묘사였으나 그 정도를 듣는 것만으로도 검성은 곧 바로 한 청년을 떠올릴 수 있었다.

'천하는 그 나이에 검기상인의 경지에 오른 고수가 있을 리 만무하다 생각하겠지만, 나는 언젠간 그런 청년고수를 본 적이 있지. 가히 하늘이 내린 아이라 할 만했다.'

그런 기재가 왜 강호인에게 제약이 심한 북경에서, 그리고 작은 위국에서 위사 노릇이나 하고 있는지는 이해할 수 없었다. 여러 추측이 뇌리를 스쳐 갔다.

"직접 만나보면 알게 되겠지."

검성이 혼잣말처럼 그렇게 중얼거린 후 남궁수에게 말했다.

"청설위국으로 가겠다. 안내하거라."

*　　　*　　　*

같은 시각.

탁!

모용위국 소국주 모용천산이 크게 기뻐하며 탁자를 내려쳤다.

"검성이 직접 나섰다고? 지금 그가 청설위국으로 향하고 있고?"

"그렇습니다, 소국주님."

"하하하! 검성은 그저 뒤에서 이름만 걸어주면 족하다 여겼는데 직접 나서다니, 남궁연이라는 남궁세가 직계가 검성에게 특별한 존재라도 됐던가?"

검성은 남궁세가의 태상 가주. 남궁세가의 직계라면 모두 그의 혈족이었다. 그렇다고는 하나 남궁세가의 혈족이 어디 한둘이던가? 게다가 남궁연이라는 이는 태상 가주와는 먼 혈족에 불과하다고 들었다.

직계이기는 하나 죽여도 크게 부담이 없는 이였기에 청설위국을 치는 구실로 삼기 위해 제물로 바친 것이었다.

"다른 이도 아니고 천하의 검성이 직접 나섰으니 청설위국이 굴복하지 않고는 배기지 못하리라. 하하하하!"

그는 곧바로 휘하 무사들에게 명을 내렸다.

"이참에 청설위국에 철저히 망신을 주리라. 위국의 소국주조차 지키지 못하는 위국이 어찌 다른 이들을 보호할 수 있겠는지를 북경 전체에 똑똑히 보여주리라. 준비해라! 우리 모용위국 또한 청설위국으로 간다."

어차피 모든 일은 검성이 해결할 것이다. 그저 거드는 척만하고 청설위국을 굴복시켰다는 달콤한 과실을 얻겠다는 심산이었다.

지난밤 사건의 당사자인 장철웅과 장우서는 극구 부인했지만 두 사람이 만취해 남궁위국의 남궁연과 모용세가의 모용우상 등을 죽였다는 소문이 파다하게 퍼져 있었다.

두 사람을 잡아가겠다며 남궁위국과 모용세가 쪽에서 언제 들이닥칠지 몰라 청설위국 전체에 비상이 걸려 있었다. 상대가 상대이니만큼 위국 위사들은 잔뜩 겁먹은 상태였다.

해가 중천에 떠오른 시점, 근 이백에 달하는 무사들이 청설위국을 향해 점점 다가오고 있었다.

남궁위국과 모용위국 무사들인 이들은 반드시 핏값을 받

겠다며 다짐하고 있었다.

자신도 있었다.

무엇보다도 환우십삼성 중 한 명인 검성까지 있었으니 청설위국 따위를 굴복시키는 것은 일도 아니라 여겼다.

＊　　　＊　　　＊

천상루주의 방에서는 세 위국이 뒤엉켜 분란을 벌이고 있는 일을 두고 두 사람이 대화를 나누고 있었다.

"검성이 직접 나섰다면 일이 자못 커질 모양이로구나."

입가를 면사로 가리고 있는 미녀였다. 하나 면사 정도로는 그녀의 대단한 미모를 일 할도 채 가리지 못했다.

한쪽 눈은 흑요석처럼 빛나는 순수한 흑색이었고, 다른 눈에는 신비한 보랏빛이 감돌고 있었다. 보랏빛이 감돈다 하여 색목인의 눈동자처럼 색소가 진한 것은 아니었다. 중원인의 검은 눈동자에 은은하게 감도는 보랏빛이 아름다움을 넘어 신비롭게까지 보였다.

게다가 이 미녀의 몸에서는 향을 뿌리거나 지분을 바르지 않아도 절로 향기로운 향이 뿜어져 나왔다.

각기 다른 두 눈동자와 체향. 양친 중 하나가 파사국(波斯國:페르시아)의 피를 이어받았다는 전설적인 미녀 양귀비가 이러했다는 얘기가 있었다.

"루주님, 어찌하오리까?"

백설을 연상시킬 정도로 온통 하얀 백의를 입은 데다 얼굴 피부마저 창백하기 그지없는 사내였다. 하나 눈빛은 제대로 살아 있어, 저 눈빛에 베이면 사람의 살점마저 간단히 찢겨져 나갈 것 같은 강인한 인상을 풍기고 있었다.

"일단은 지켜보도록 하지."

북경제일의 도박장과 기루, 요릿집 등이 있는 천상루의 주인이자, 일설에는 북경제일거부로까지 불리는 천상루주가 자리에서 일어섰다.

"검성이 북경에 왔는데 그의 얼굴 한 번 보지 못한 데서야 말이 되질 않지. 청설위국으로 가겠다."

"존명!"

천상루주의 호위무사인 백의사내가 루주의 뒤를 따랐다.

*　　　*　　　*

북경의 유명 도박장 도원.

천상루 안에 있는 도박장 천상원과 함께 북경 이대 도박장 중 하나로 꼽히는 곳이다. 천상원이 고관대작이나 대부호, 대지주 등 출입자를 가려 받는 고급 도박장이라면 이곳 도원은 은자만 있으면 흉악한 살인자부터 강호의 공적까지 누구든 받아들이는 곳이었다.

천상루주가 누구인가도 북경 사람들의 관심사 중 하나였으나, 강북 무림을 장악하고 있는 무림맹조차 함부로 하지 못하는 이곳 주인을 두고도 많은 뒷말이 있었다.

"내 이미 말했었지? 귀혼검 요립의 고변은 사실이 아닐 거라고. 제정신이 아닌 피라미 하나가 지껄여댄 걸 가지고 과민 반응을 해 나까지 이곳에 보내다니. 본산에 있는 군사도 이제 나이가 들더니 판단력이 흐려진 건가?"

탁자 위에 쭉 편 다리를 걸쳐 놓고 있는 청년이 미소를 지었다. 새하얀 유삼에 허리에는 상질의 옥으로 만든 취옥요대를 차고 있고, 손에는 이태백의 시가 적힌 백옥선을 들고 있었다.

청년은 과거 전설적인 미남이었다는 송옥이나 반안 못지않은 대단한 미남이었다. 흑요석처럼 반짝이는 두 눈동자에서는 총기가 절로 느껴질 정도였고, 풍기는 기운이 가히 인중지룡이라 할 만한 인물이었다.

"황도인 북경은 역시나 따분해. 기껏해야 이류도 못 되는 위국들끼리 싸우는 것이 가장 큰 화젯거리라니. 북경은 참으로 지겨운 곳이야."

연방 '지겹다, 지겹다' 소리를 반복하며 투덜거리는 청년을 향해 그의 수하로 보이는 사내가 조심스럽게 입을 열었다.

"그렇기는 하오나 이번 소란에 검성 남궁유수가 나타났답니다."

그때서야 청년이 약간은 호기심을 표하기 시작했다.

"검성? 그 영감이 북경에 왜? 강호에서 은퇴한 거 아니었 나?"

"그런 얘기도 많았습니다. 하지만 검성이 자신의 애검까지 챙기고 지금 청설위국으로 향하고 있다고 합니다."

그 소리에 직전까지도 죽을 듯이 지루해하던 표정이었던 청년이 바로 자리를 박차고 일어섰다.

"하늘이 이 구양소유를 버리지 않았구나. 내게는 붙어볼 기회도 주지 않고 환우십삼성이 모두 은퇴해 버릴 것 같아 조 마조마하던 차였다. 검성이라, 검성이라……. 하하하하!"

진정으로 기뻐하는 구양소유가 바로 자신의 검을 챙겼다.

"청설위국으로 간다. 가서 이 구양소유가 오늘 검성과 검 을 섞어보겠다!"

수하로 보이는 사내가 만류하기도 전에 구양소유가 바람 처럼 방을 나섰다. 구양소유의 수하 또한 강호에서는 백대고 수 안에 능히 들 만한 절정의 고수였다. 그러나 그런 그의 능 력으로도 구양소유를 감히 따라잡을 엄두도 내지 못했다.

"이공자의 실력이야 질릴 정도로 잘 알지만, 그래도 상대 는 검성이다. 그럴 리는 없겠으나 만의 하나 이공자가 검성의 검에 목숨을 잃는다면 이공자를 극히 아끼는 교주님께서 참 을 리가 없다. 또 이공자의 검에 검성이 쓰러진다면 무림맹 또한 그냥 넘어갈 리가 없겠지. 자칫 우리 십만마교와 무림맹

사이에 전면전이 벌어질지도 모를 일이다."

천하사패 중 하나이자 서쪽을 지배하고 있는 십만마교가
자랑하는 고수, 군자마검 천강수가 이렇게 판단하더니 바로
수하들을 소집했다.

도원의 경비무사나 도원에 고용된 도박사, 도박장 일꾼 등
가지각색의 복장을 하고 있는 사내들이었다. 그러나 하나같
이 눈빛이 살아 있고, 범상치 않은 기운을 뿜어내고 있었다.

이들은 십만마교의 질풍대였다. 그들이 비록 십만마교 최
강의 전투부대는 아니었으나, 그 누구도 쉽사리 보지 못할 강
력한 전투력을 소유하고 있었다.

'본산의 지옥마검대 등에는 미치지 못하나 이곳 북경에서
는 누구도 질풍대에 맞서지 못할 것이다. 질풍대라면 어떤 위
기가 닥쳐도 극복할 수 있으리라.'

이들을 이끄는 질풍대주이기도 한 군자마검 천강수는 곧
바로 명했다.

"청설위국으로 간다!"

*   *   *

"우리 팽가와 남궁세가 사이가 좋지 않다지만 검성 어르신
이 북경에 오시는데 무림맹 북경지부장인 나에게 기별조차
하지 않다니. 이거 좀 너무하는군그래."

무림맹 북경 지부를 맡고 있는 하북팽가 출신의 팽연우가
서둘러 의관을 정제했다.

　　오대세가의 수좌 자리를 놓고 대대로 으르렁거렸다지만
남궁세가나 하북팽가 모두 무림맹의 주축 세력들 중 하나였
다. 이제는 이름만 걸어놓고 있다지만 검성 남궁유수는 무림
맹의 태상 장로 중 한 사람이었다. 그러니 맹의 태상 장로가
북경에 걸음을 했는데 북경 지부장인 팽연우가 모른데서야
말이 되지 않는 것이었다.

　　"북경위국에 기별을 넣어 검성 어르신을 맞이하는데 초라
해 보이지 않을 정도로 무사 지원 좀 받아오도록 해라."

　　"알겠습니다, 지부장님."

　　강호 세력의 존재를 인정치 않은 곳이 이곳 북경이다. 그런
이유로 무림맹 북경 지부는 고작해야 연락 사무소 규모였고,
무사들 또한 거의 배치되지 않았다.

　　그래서 일이 있으면 지부장과 개인적으로 연줄이 있는 곳
에 무사들을 지원받아 일을 치르곤 했다. 어차피 북경 지부장
은 대대로 하북팽가에서 독점해 왔으니 북경위국에서 무사를
지원받곤 했던 것이다.

　　"남궁세가와 경쟁 관계에 있다고는 하나, 검성 어르신이
맹 내에서 차지하고 있는 위치나 강호에서의 명성을 따져 보
면 이번 기회에 확실히 눈도장이라도 찍어두면 앞으로 내게
해될 일은 없으리라."

무림맹 총단에서 요직을 맡고 싶은 야망에 불타고 있는 팽연우는 의관 정제를 마치자마자 곧장 청설위국 쪽으로 향했다.

*　　*　　*

　"남궁위국과 모용위국 위사들 수백이 몰려왔네. 게다가 그, 그, 그……."

　대위사 조자한이 두려움에 떨며 누군가를 가리키려다 차마 말을 잇지 못했다.

　"오늘부로 우리 위국은 끝장이야."

　그는 크게 절망한 얼굴로 땅이 꺼져라 한숨만 내쉬고 있었다. 그러나 그 얘기를 듣고 있던 금동은 여유만만이었다.

　"거참, 그 두 위국 것들이 몰려오면 몰려오는 것이지, 뭐 그리 걱정이랍니까? 이 금동의 대가리만 믿으시오. 그런 자식들쯤 아무것도 아니니."

　"금 위사, 그게 그렇지가 않아. 남궁위국과 모용위국도 감당하기 힘든 터에 거, 검성까지 있단 말이네. 검성 남궁유수 말이야."

　발만 동동 구르며 어쩔 줄을 모르는 조자한과는 달리 금동은 자신의 대가리 손질을 하며 태연히 말했다.

　"아, 남궁가의 늙은이 말이오? 세다는 소리는 들었소. 그런데 좁디좁은 안휘성 바닥에서 코흘리개 애들 몇 때려잡아 명성 쌓은 걸 가지고 뭘 그리 호들갑이슈?"

"허! 이 친구 지금 제정신으로 하는 말인가? 요즘이야 그렇다 쳐도, 당년에 검성이 겪은 고수들만 해도……."

조자한이 검성이 얼마나 대단한지를 언급하려 할 때였다.

"조 대위사, 여서 뭐 하고 있는 건가? 위사들 데리고 얼른 위국 정문으로 가지 않고!"

최근에 대위사가 된 조자한보다 나이로 보나, 경력으로 보나 훨씬 윗줄인 막청송 대위사가 다급하게 소리쳤다.

"알고는 있습니다만……."

조자한이 말을 얼버무렸다. 그가 관리하는 위사 수는 원래 스물이 넘었으나 지금 모인 것은 고작 일곱에 불과했다. 위국에 일이 있어 급히 소집령을 내렸으나 다른 곳에 파견 나간 위사들 절반 이상이 소집에 응하지 않은 것이다.

이유가 있었다. 상대가 남궁위국과 모용위국인 데다 천하의 검성까지 온다 하니 삼류에 불과한 청설위국 위사들은 잔뜩 겁을 먹고 말았다. 그래서 대다수 위사들은 파견 나간 곳을 도저히 비울 수 없다는 핑계를 대고 소집령에 응하지 않은 것이었다.

사실 일단 계약을 맺은 이상, 일정 기간 자신들을 고용한 곳을 마음대로 비우고 위국에 돌아오는 것 또한 계약위반이기도 했다.

"그래도 그렇지, 위국이 지금 망하느냐의 기로에 서 있는
데⋯⋯."

자기 목숨 중한 것도 알고, 되도록 위험한 일은 알아서 피
하는 처세에도 능한 막청송이었다. 하나 반평생 몸담아온 위
국의 위기마저 모른 척할 정도로 야박한 사람은 아니었다.

"다른 건 몰라도 위사들 전부를 한 식구처럼 생각했는
데⋯⋯. 어찌 같은 식구가 집안의 위기를 이처럼 나 몰라라
한단 말인가!"

막청송이 크게 한탄을 하며 그나마 모여 있는 위사들을 바
라봤다. 최근 위국이 잘나갈 때는 자신 앞에서 그리 알랑거리
던 자들은 코빼기도 보이지 않고, 별 볼일 없다 여겼던 신참
들이 대부분이었다.

'이치들을 이끌고라도 어찌해 보는 수밖에⋯⋯.'

그러나 그가 보기에 승산은 전혀 없었다.

"남궁위국의 남궁수 국주님과 모용위국의 모용천산 소국
주라 하셨습니까?"

평소에는 위국 사람들조차 얼굴 보기 힘든 장원교 국주가
가볍게 포권을 하며 말했다.

그런 그를 훑어보며 모용천산이 속으로 생각했다.

'무공을 익히기는커녕 닭 모가지 하나 비틀 힘도 없어 보
이는 중년 서생 같은 사내가 국주였나?'

이곳에 오기 전에는 뜬금없이 북경제일도 장철웅 같은 고수를 배출했다 하기에 무언가 내력이 있을지도 모른다고 여겼었다. 더욱이 지난밤 청설위국의 평위사 하나가 장우서와 장철웅을 끌고 가던 자기 수하들과 남궁위국 무사들을 홀로 제압했다는 얘기에 어쩌면 청설위국이 천하사패 중 한곳과 관련된 것은 아닌가 의심하기도 했었다.

그런데 막상 국주란 자를 대면하고 보니 아들 목숨이 오락가락하는 마당에도 얼굴에 실없는 미소나 짓고 있는 부실한 위인이 아닌가?

이런 인사가 위국을 대표하는 국주라면 그 아랫것들은 더 볼 것도 없었다. 자연스레 장원교와 청설위국을 경시하는 마음이 일기 시작했다.

그때, 남궁위국의 국주인 남궁수가 뒤편에 조용히 서 있는 남궁유수를 한 번 바라보더니 앞으로 나섰다.

"지난밤 우리 남궁위국은 남궁연 공자를 지키지 못했소. 우리 위국 전체는 그 일과 관련해 비분강개하고 있소. 더욱이 북경 사람들은 크게 쑥덕거리고 있소. '자기 사람도 제대로 지키지 못하는 남궁위국 따위가 어찌 타인의 목숨을 지킬 수 있겠는가' 하고 말이오."

"국주님 말씀이 옳소!"

"우리는 씻을 수 없는 불명예를 감수해야 할 판국이오."

분노한 남궁위국 무사들의 목소리가 사방에서 터져 나왔다.

"상식이란 것이 있소. 목숨 하나를 상하게 했으면 당연히 그에 상응하는 목숨으로 대가를 치러야 할 것이오. 북경바닥에서 고개를 들지 못할 정도로 수치를 주었다면, 상대또한 마땅히 그리돼야 할 것이오. 이렇게 주장한다 하여 이사람이 억지를 부린다고 욕할 사람은 아무도 없을 것이오."

조용히 눈을 감고 서 있던 남궁유수가 별말없자 남궁수는더 자신을 얻은 듯 강한 어조로 소리쳤다.

"살인을 저지른 장우서와 장철웅을 당장 우리에게 넘기시오! 그리고 우리에게 수치를 준 대가로 청설위국은 향후 오년 동안 모든 대외 활동을 중단하시오!"

북경제일이라는 북경위국조차 일 년만 활동을 중단해도기반이 크게 흔들릴 것인데 이제 막 중형 위국이 된 청설위국에게 오 년 동안 문을 닫으라는 소리는 위국 현판을 내리라는소리나 진배없었다.

'바보가 아닌 이상에는 우리가 문을 닫으라고 한다 해서순순히 문을 닫을 리가 없지. 그럼, 이쯤 해서 한번 불을 질러볼까?'

남궁수 옆에 서 있던 모용천산이 거들고 나섰다.

"거두절미하고 장우서와 장철웅, 그 인간 백정 놈들을 내놓으시오!"

그러자 기다렸다는 듯이 모용위국 무사들이 협박하기 시

작했다.

"청설위국 전부를 불살라 버리기 전에 장우서 그 개자식을 내놓아라!"

"당장 내놓지 않으면 청설위국 놈들은 모조리 병신으로 만들어 버릴 것이다!"

"빌어먹을 놈의 위국, 기둥뿌리를 뽑아버리고 벽돌 한 장 남기지 않고 깡그리 밀어버려!"

작심하고 온 듯 모용위국 쪽에서 온갖 험악한 말들을 내뱉었다. 실제 그들은 장우서 따위에는 관심도 없었다. 어떻게든 시비를 걸고 일을 크게 만들어 청설위국을 박살 내는 것만이 목적이었다.

모욕적인 언사를 서슴지 않는 모용위국 무사들을 바라보며 장원교가 입을 열었다.

"오 년 동안 활동을 중단하라는 요구를 들어주는 것은 그리 어렵지 않소. 영원히 현판을 내리라 한다 해도 들어줄 용의가 있소이다."

장원교가 이렇게 나오자 오히려 놀란 쪽은 남궁수와 모용천산이었다.

'저자가 무슨 생각이지? 차라리 아들과 위사 놈을 내놓았으면 내놓았지, 위국과 관련된 요구는 절대 들어주지 않을 것으로 예상했는데.'

자신들 같으면 피붙이를 희생시켜서라도 위국을 지킬 것

이다. 또, 원하는 바를 얻기 위해 이미 먼 친척 되는 이들을 기꺼이 자신들 손으로 죽인 바 있었다.

그런 그들이었기에 위국의 존폐 따위는 전혀 신경 쓰지 않는 장원교가 전혀 이해되지 않았다. 그래도 자신들의 목적은 어디까지나 청설위국을 문 닫게 하는 것이었다.

'어쩌면 일이 쉽게 풀릴 수도 있겠구나.'

남궁수와 모용천산이 동시에 그리 생각하며 속으로 득의 양양한 미소를 지었다.

"나는……."

장원교가 막 자신의 아들과 철웅에 대한 자신의 입장을 밝히려던 때였다.

"너희들이 대체 무얼 믿고 그리 방자하게 나오는지 모르겠구나."

호탕한 외침과 함께 한 젊은 청년이 허공을 날아와 양쪽에서 대치하고 있는 모양새로 서 있던 남궁수와 장원교 사이에 내려섰다.

그 청년은 남궁수와 곁에 있던 모용천산을 바라보며 미소를 지었다.

"살인이 있었으면 그 살인자가 진실로 살인범인지부터 가려야 할 것이 아니오? 그리고 설사 그 살인자가 진범이라 할지라도 그 살인자 개인이 대가를 치르게 하는 데서 끝내야지, 왜 굳이 청설위국 전체를 끌어들이려 하는지 모르겠소. 이에

혹 다른 의도가 숨어 있는 것은 아니오?'

청년의 질책에 정곡을 찔린 모용천산이었으나 당황하지
않고 차분히 말했다.

"우리는 이미 현장에 있었던 천상루 기녀의 입을 통해 장
우서와 장철웅이 남궁연 공자와 내 친척 동생이기도 한 천상
이 살해당했음을 확인했다. 확실한 목격자가 있는데 무엇이
더 필요한가?'

"확실한 목격자라 했는데, 어디 그 목격자를 한번 대령해
보시겠소?'

모용천산이 비웃음을 머금었다.

"그대는 혹 북경부의 판관인가?'

"그렇지는 않소."

"그럼, 무림맹주라도 되나?'

청년이 인상을 찌푸렸다.

"그렇지 않다는 것은 그대가 더 잘 알지 않소?'

"북경부의 판관도 아니고, 무림맹주도 아닌데 우리가 왜
그대 앞에 목격자를 데려와야 한다는 것인가? 그대는 혹 그
살인멸구의 계책으로 목격자의 입이라도 막을 요량인 건가?'

"터무니없는 모함이오!'

"터무니없는 것은 오히려 그대다. 그대가 대체 무엇이기에
이 일에 참견을 하고, 목격자를 데려오라 말라 우리 두 위국
을 핍박하는 것인가? 우리는 개백정만도 못한 작자에게 소중

한 혈육을 잃었다. 설사 지금 이 자리에 십만마교의 개잡종이 있어 우리를 막아선다 해도 결코 물러설 생각이 없다!"

모용천산은 자신들의 확고한 의지를 밝히기 위해 한 사람의 이름을 끌어다 썼다. 이곳은 강호 세력이 존재하지 않는 북경, 자신은 무림맹에 속한 모용세가 출신, 대놓고 그를 욕한다 해서 문제가 생기기는커녕, 일부 무림맹 강경론자들에게는 기개가 대단하다는 평까지 들을 만한 얘기였다.

'검성 어르신께서는 그 개잡종과 대단한 원한이 있다 들었다. 이번에 죽은 남궁연의 아비 역시 남궁세가가 그 개잡종을 상대하다 희생됐던 것이 아닌가?'

모용천산이 굳이 그 이름을 끌어다 쓴 것은 다분히 검성 남궁유수를 의식한 것이었다.

무림맹 쪽에서 흔히 십만마교를 욕할 때, 어미가 천한 기녀 출신으로 아비조차 알 수 없는 십만마교 교주 구양창천을 개잡종이라고 부르곤 했었다.

그런데 검성을 고려해 내뱉은 그 이름이 지금 자신 앞에 서 있는 청년의 역린을 건드렸을 것이라고는 전혀 상상하지 못했다.

청년, 십만마교 교주 구양창천의 둘째 아들 구양소유가 싸늘한 어조로 말했다.

"뚫린 입이라고 함부로 지껄여 대는구나. 어디 그 마지막 말 다시 한 번 해보겠느냐?"

아비를 욕하는 소리를 듣고도 분노하지 않으면 그건 짐승보다 못하다 할 것이다. 더욱이 자신의 아비를 세상 누구보다도 존경하고 있는 구양소유는 한참 피 끓는 나이의 청년.

"못 할 것도 없겠지. 십만마교의 개잡종이……!"

쉬익!

모용천산이 말을 채 끝마치지도 못했을 때였다. 하늘을 가르고도 남을 강렬한 검광이 모용천산 앞에서 번쩍였다.

주르륵!

한참을 나불대던 모용천산의 입 주위부터 그의 이마까지 긴 혈선이 그어지며 피가 흐르기 시작했다.

"이, 이……!"

순간적으로 일어난 일이었기에 고통조차 느끼지 못하는 모용천산이었다. 그러나 자신의 시야를 가리고 뚝뚝 떨어지고 있는 피만은 확인할 수 있었다. 눈앞에 있는 작자의 검에 자신의 얼굴이 베였고, 이 정도 자상이라면 그 어떤 명의가 와도 평생 흉터가 남을 터였다.

"그다음엔 네놈의 명줄을 잘라주마!"

구양소유가 그렇게 소리치며 그의 손목을 움직였다.

'이자, 진정으로 나를 죽이려 한다!'

모용천산은 구양소유의 몸에서 폭발적으로 뿜어져 나오는 살기를 느꼈다. 그러나 그 살인적인 죽음의 기운을 이겨내지 못하고 순간 몸이 굳어버리고 말았다. 게다가 어찌나 겁을 먹

었는지 그의 바짓가랑이 사이가 다 축축하게 젖어버릴 정도
였으니.

구양소유의 검이 이번에는 모용천산의 목을 향해 날아갔
고, 그의 목이 몸통과 분리되는 것은 피할 수 없을 것 같았다.

모용세가가 비록 강호오대세가 중 하나가 아니라 해도 대
대로 무림맹을 구성했던 명문세가 중 하나였다. 비열한 방법
까지 서슴지 않으며 북방에서 축적한 부로 인해 모용세가의
무림맹 내 발언권도 작지 않은 상황이었다.

십만마교 교주의 아들인 구양소유가 모용세가주의 아들이
자 모용위국의 소국주인 모용천산의 목을 잘랐다는 사실이
알려진다면…….

도저히 피할 수도, 막을 수도 없을 것 같은 검이 허공을 갈
랐다.

모용천산이 커다란 비명을 질렀다.

"으아아악!"

『무영무쌍』 제2권에 계속…

절대천왕

怨罡天王

장담 新무협 판타지 소설

하늘을 무너뜨릴 것이다!
그리고 내가 하늘이 될 것이다!

원한이 하늘에 뻗쳤으니,
그로 인한 분노가 천하를 피로 물들인다.
뉘 있어 그를 막을 수 있을 것인가!
여기! 젊은 절대자가 천하를 향해 발을 딛는다!
오라! 꿈이 있는 자여!

Golden Key

박이수 소설

황금열쇠

「달의 아이」, 「붉은 소금성」의 작가 박이수.
그가 또 하나의 기대작 「황금열쇠」로 나타났다.

우연한 만남이란 단어는 그들에겐 존재하지 않았다.
얽혀 있는 사람들… 그리고 피할 수 없는 운명의 굴레!

뒤틀려 버린 운명의 주인공 세이엔 가이스카 리베 폰 라시에…
한순간 인생이 뒤바뀐 불운의 주인공 듀이 델콰!
그리고… 유일하게 그녀를 기억하는 단 한 사람 이샤무딘!

이제 운명의 주사위는 던져졌다.
엇갈린 운명 속에 모든 사건은 하나로 연결된다!
황금열쇠를 차지하기 위한 그들의 위험한 모험이 지금 시작된다.

유행이 아닌 자유추구 -
WWW.chungeoram.com

Book Publishing CHUNGEORAM

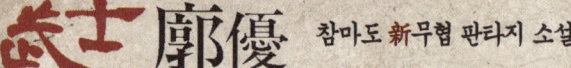

武士 廓優 참마도 新무협 판타지 소설

무사 곽우

『무정지로』, 『십삼월무』, 『화산진도』의
작가 참마도, 그가 돌아왔다!!

새롭게 시작되는 그의 네 번째 강호 이야기!!

"힘이 있는 자가 없는 자를 돕는 것입니다.
또한 힘이 없다면 돕기 위해 노력이라도 하는 것입니다.
그것이 진정한 협 아니겠습니까?"

"호오……."

송완은 다시 봤다는 듯 곽우를 바라보았고 담고위는
무슨 케케묵은 보물단지 보는 듯한 얼굴을 만들었다.
송완은 살짝 킥킥거리며 웃다가 이내 곽우에게 말했다.
"틀렸다. 협이란 무공이 높은 자의 중얼거림일 뿐이야.
무공이 낮은 자는 그저 그 협을 바라만 보고 있어야 하는 것이지.
그래서 세상은 협사가 널렸고 그 협사의 주변엔 구더기들이 들끓고 있는 거야."

강호라는 세상 속에서 지금 한 사람이 그 눈을 뜨려 한다.
한 자루의 부러진 검과 함께 곽우라는 이름을 가지고……

유행이 아닌 자유추구 -
WWW.chungeoram.com

Book Publishing CHUNGEORAM